도리언 그레이의 초상 1890

The Picture of Dorian Gray 1890

KB077975

오스카 와일드
임슬애 옮김

도리언 그레이의 초상 1890

The Picture of Dorian Gray 1890

「오스카 와일드」(정중원)

도리언 그레이를 그리다

정중원(초상화가, 『얼굴을 그리다』 저자)

    화가와 모델 모두가 만족하는 초상화의 탄생은 결코 흔하지 않다. 나는 초상화가로서 그림의 당사자에게 조금이라도 감동을 주기가 얼마나 힘든지 잘 알고 있다. 그런데 바질 홀워드가 그린 초상화는 모델인 도리언 그레이에게 '계시'와도 같은 감격을 선사했다. 선악과를 먹고 벌거벗은 자기 모습을 지각하게 된 아담처럼 천진했던 청년은 초상화를 보고서야 자신의 외모가 얼마나 아름답게 빛나는지 깨닫는다. 그것은 절망감이 들 만큼 강렬한 환희였다. 애착이 생기면 상실의 공포도 자리 잡는 법. 도리언은 세월과 함께 아름다움을 잃어 가는 자연스러운 과정을 이제 무엇보다 두렵고 끔찍한 운명으로 인식한다. 변화하는 실재는 초상화에 감금당하고 정작 스스로는 유령 같은 허상이 되어 버린 도리언 그레이의 비극은 여기서 시작된다. 그의 아름다움에 매혹된 화가의 시선이 이 기묘한 이야기를 촉발한 것이다.

    바질 홀워드의 눈에 도리언은 그저 작품을 위한 재료가 아니었다. 그를 추동한 것은, 대상을 전지적 시선으로 그려 내겠다는 화가의 오만이 아니라 눈앞에서 군림하는 황홀한 아름다움과 그것에 복종할 수밖에 없는 마법 같은 이끌림이었으리라. 그것은 부유한 의뢰인들이 약속하는 천만금이나 명성보다도 훨씬 강력한 동기다. 그래서 바질은 완성된 초상화가 자기 것이 아닌 도리언의 전적인 소유물이라고 선언한다. 도리언이 단순한 모델에 불과했다면 바질은 해리의 제안대로 초상화를 전시회에 출품하거나 비싼 값에 팔지 않았을까.

바질은 강렬했던 첫사랑을 회상하듯 도리언과의 첫 만남을 묘사한다. 도리언에게 어떻게 혼을 빼앗겼는지, 자기 천성을 바꿀 만큼 그 매력이 얼마나 강렬했는지, 그 뒤로 삶이 얼마큼 달라졌는지 말이다. 처음에는 도리언의 이름을 언급하기조차 주저하다가 망설임의 빗장이 풀리자 연분홍빛 말들을 쏟아 내는 바질의 술회는 마치 멜로드라마 속 주인공의 독백 같다. 초상화 속 자신을 마주하며 환희와 절망을 경험했던 도리언처럼 바질의 마음은 도리언의 존재를 알게 된 순간부터 기쁨과 슬픔을 오간다. 욕망이란 본디 양가적이라서 충족되었을 땐 황홀한 쾌락을 주지만 충족되지 못하면 견디기 힘든 고통을 안긴다.

그렇다, 욕망이다. 고상하고 지루한 단어들로 덮으려 하지만 바질의 마음을 지배한 것은 분명 욕망이었다. 영혼을 바쳐서 숭배할 만큼 아름다운 이가 눈앞에 있으나 그를 사랑하는 마음을 감히 드러낼 수 없을 때 깊어진 결핍과 증폭된 갈증은 욕망을 낳는다. 도리언을 본 바질이 '기이하고 본능적인 공포'를 느낀 까닭은 자기 마음속에 똬리를 틀기 시작한 욕망의 존재를 감지했기 때문이 아니었을까. 도리언의 초상에 스스로를 너무 많이 담아냈다는 그의 말은, 기실 그 안에 자신의 욕망을 적나라하게 묘사해 버렸다는 고백이 아니었을까.

누군가의 얼굴을 오래 응시하고 탐미할 권한을 가진 이는 이 세상에 오직 연인과 화가뿐이다. 모든 것이 변하는 세상에서 찰나의 순간이나마 불변하는 무언가로 붙잡아 두고 싶어 하는 마음 또한 연인과 화가가 공유하는 감정이다. 도리언의 초상화를 그리는 일은 바질에게 자기 욕망을 마주하게 하고 불완전하게나마 해소하는 일종의 의식이었으리라. 만약 도리언이 평범한 그림 소재였다면, 또는 도리언을 향한 바질의 마음이 사회적으로 용인되는 형태의 것이었다면 애초에 이 이야기는 시작되지도 않았다. 위선적인 이들에 의해서 나쁜 명성을 얻고 말았지만 욕망은 사랑의 엄연한 부분이고 예술의 촉매며 흑백의 삶을 화려하게 채색하는 물감이다.

그렇다면 바질의 마음을 그토록 뒤흔든 도리언의 얼굴은 과연 어떤 모습이었을까. 출판사로부터 이 책의 표지에 들어갈 도리언의 초상화를 부탁받자마자 떠오른 고민이다. 상상의 나래를 마음껏 펼쳐서 나만의 예술 작품을 내놔도 뭐라고 할 사람은 없었다. 그러나 도리언의 초상을 '복원'하는 일은 보다 엄밀해야 한다고 생각했다. 부족한 솜씨로나마 내가 사랑하는 저자의 소설에 진중한 헌사를 바칠 수 있기를 바랐기 때문이다. 그래서 작업의 단초를 오스카 와일드의 삶 속에서 구했다. 결론부터 이야기하자면 이 책의 표지에 들어간 도리언의 초상은 오스카의 연인이었던 앨프리드 더글러스의 생김새를 담고 있다.

사실 도리언 그레이의 실제 모델이었으리라 어렴풋이 추정되는 인물은 따로 있다. 오스카와 가깝게 지낸 젊고 잘생긴 시인, 존 그레이다. 그런데 내가 앨프리드 더글러스를 선택한

오스카 와일드와 앨프리드 더글러스(1893)

조지 찰스 베리스퍼드가 촬영한 앨프리드 더글러스(1903)

이유는 그가 여러모로 도리언 그레이와 훨씬 더 닮은 인물이라고 여겨졌기 때문이다. 오스카가 앨프리드를 만나서 교제를 시작한 1891년, 앨프리드는 바질을 처음 만났을 때의 도리언처럼 갓 스무 살을 넘긴 금발의 청년이었다. 도리언과 마찬가지로 앨프리드도 자신의 잘생긴 외모가 최고의 재능인 인물이었다. 다만 아름다운 외피에 걸맞은 능력이나 성품을 지니지는 못했다. 그는 이기적이고 자만심이 넘쳤으며 문란하고 사치스러웠다. 그럼에도 불구하고 오스카는 그를 헌신적으로 사랑했다.

도리언의 손끝에서 최후를 맞이한 바질처럼 오스카도 앨프리드와의 관계로 말미암아 비극적 운명을 맞이했다. 앨프리드의 아버지, 퀸스베리 후작은 수구적이고 난폭한 인물이었다. 그는 오스카를 공개적으로 남색자라 멸칭하며 법정 싸움을 야기했다. 남성을 사랑한 오스카의 사생활은 세간에 낱낱이 까발려졌고, 이 사건은 당시 보수적인 영국인들 사이에서 어마어마한 스캔들이 되었다. 퀸스베리 후작의 법률 대리인은 오스카와 앨프리드 사이에 오간 연시와 함께 『도리언 그레이의 초상』까지 증거로 제출했다. 그들은 오스카가 자신의 소설로 앨프리드를 유혹했다고 주장했다. 한때 사교계를 주름잡던 '스타' 작가 오스카 와일드는 순식간에 가장 경멸스러운 존재가 되었다.

조롱과 멸시의 한가운데서도 오스카는 당당함을 잃지 않았다. 법정에서 그는 자기 사랑에 "비정상적인 점은 아무것도 없"으며 그것은 "완전한 만큼 순수하다."라고 발언했다. 그러나 19세기 영국은 동성애를 범죄로 규정하고 있었다. 오스카는 법률이 정한 최고형인 '강제 노역 2년'을 선고받았다. 그는 형기를 다 마치고 출소한 지 삼 년 만에 46세의 나이로 쓸쓸히 죽었다. 재판이 한창일 때도 별다른 도움을 주지 않았던 앨프리드는 오스카가 죽은 뒤에 강성 기독교 신자가 되었다. 그는 오스카와 맺었던 관계를 적극 부정하면서 오스카와 그의 작품들을 헐뜯고 모욕했다. 그뿐만 아니라 극우 성향의 잡지를 창간해서 인종 차별적 글을 싣고, 유대인들에 관한 음모론을 펴 날랐으며 정치적으로 반대되는 인물들을 중상모략했다. 얼마나 고약한 삶을 살았으면 74세의 나이로 죽었을 때 장례식 조문객이 단 두 명밖에 안 됐다는 얘기가 전해질 정도다. 나는 젊은 앨프리드의 사진과 늙은 앨프리드의 사진을 나란히 두고서, 순수하고 아름다웠던 젊은 도리언 그레이와 사악한 모습으로 늙어 버린 도리언 그레이를 상상했다.

몇 해 전, 파리에 있는 페르라셰즈 묘지를 방문했다. 그곳에 잠들어 있는 오스카 와일드를 만나기 위해서였다. 겨울 아침의 찬 공기를 맞으며 적막 속에 즐비한 수많은 비석을 지나쳐 걸어갔다. 마침내 오스카 와일드의 무덤을 보았을 때 나도 모르게 울먹임 섞인 탄성을 질렀다. 야유와 경멸 속에 가장 외로운 죽음을 맞이했던 그의 무덤을, 지금은 전 세계 독자들이 선사한 꽃다발들이 에워싸고 있었다. 게다가 비석을 감싼 유리 벽에는 많은 사람들의 붉은 입술 자국이 남아 있었고, 애정 어린 감사 인사를 적은 쪽지들도 잔뜩 붙어 있었다. 바닥을 보니 담배꽁초가 열을 맞춰 늘어서 있었다. 애연가였던 오스카를 위해서 현재의 애연가들이 두고 간 선물이었다. 오스카 와일드가 오늘날의 사람들에게 이토록 사랑받는 까닭은 그가 엄숙과 금욕을 강요하는 무재색의 사회에서 마치 화려한 나비처럼 의연히 아름다움과 욕망, 개성과 자유를 당당하고 도도하게 노래했기 때문이리라. 『도리언 그레이의 초상』은 그런 오스카 와일드의 삶과 태도가 가장 짙게 녹아 있는 작품이다. 오스카의 무덤에 나도 꽃 한 송이를 바쳤다. 메고 있던 가방 속에 들어 있던 『도리언 그레이의 초상』은 하도 많이 읽은 탓에 모서리가 전부 닳아 있었다.

오스카 와일드의 추종자를 자처하는 사람이자 화가로서 『도리언 그레이의 초상 1890』 출간에 (그림으로) 기여했다는 사실은 평생의 자랑거리다. 소설에 묘사된 대로 실물 크기의 전신 초상화를 그릴 여건이 되었다면 더 좋았겠지만 주어진 작업 시간과 표지의 크기를 고려해서 도리언의 얼굴에만 집중해 보았다. 가장 중요하게 활용한 참고 자료는, 스물세 살시절 앨프리드 더글러스의 모습이 담긴 1893년의 사진이다. 하지만 단순히 그 얼굴만을 베껴서 도리언 그레이의 초상을 완성하지는 않았다. 내가 그린 도리언의 얼굴에는 이제껏 내가 마주했던 여러 아름다운 이들의 얼굴도 조금씩 섞여 있다. 그들의 미모를 잘게 조각내서 그림 속의 얼굴 곳곳에 흩뿌려 넣었다. 눈매의 곡선과 눈동자의 색깔, 뺨에 비치는 홍조와 입꼬리의 윤곽 등에 말이다. 물론 나는 그들이 누구인지 밝히지 않을 것이다. 당장은 나의 욕망을 바질과 오스카의 욕망 뒤에 조용히 감추어 둘 생각이다.

차례

1

작업실 안에는 짙은 장미 향기가 가득했고 정원의 나무들 사이로 산들산들 여름 바람이 불면 진한 라일락 향기가, 혹은 분홍빛 꽃을 틔우는 가시나무의 은은한 향기가 열린 문 안으로 밀려들었다.

소파로 쓰는 페르시아 쿠션 더미의 한끝에 누워 있던 헨리 워튼 경, 평소처럼 끝도 없이 담배를 피우던 그의 시야에 향기도 색깔도 꿀같이 달콤한 금사슬나무 꽃송이가 어른거렸다. 불꽃처럼 찬란한 꽃들을 지탱하느라 힘겨웠는지 나뭇가지가 파르르 떨리고 있었다. 커다란 창문 앞에 드리운 기다란 터서 실크 커튼에는 가끔 날아가는 새들의 그림자가 환영처럼 드리우며 순간적으로 일본 회화적인 효과를 만들어 냈고, 헨리 워튼 경은 그 광경을 보며 창백하고 지친 얼굴의 화가들을, 가만히 앉아 작업하면서도 속도감과 운동감을 구현하고자 애쓰는 그들을 떠올렸다. 꿀벌들은 오래도록 깎지 않아서 길게 자란 잔디 사이로 날아다니고, 6월 초부터 핀 나팔꽃과 고딕식 덩굴무늬 첨탑 같은 줄기를 끊임없이, 지루하게 맴돌았는데 그 음울하게 윙윙거리는 소리에 답답한 적막이 한층 더해지는 느낌이었다. 저 멀리서는 오르간의 저음 건반을 쿵쾅거리는 듯 왁자한 런던의 소음이 들려왔다.

작업실 한가운데에 세워진 이젤 위에는 범상치 않은 아름다움을 지닌 청년의 전신 초상화가 놓였고, 그 앞에 초상을 창조한 바질 홀워드가 바짝 붙어 앉아 있었다. 몇 년 전 그가 홀연히 자취를 감추었을 때 사람들은 잔뜩 호기심에 사로잡혀서 실종의 내막을 추측하느라 난리였다.

바질 홀워드가 자기 손으로 능숙하게 재현해 낸 우아하고 수려한 형체를 바라보는 동안 만족스러운 미소가 그의 얼굴에 번지더니 오래 머무를 기색을 보였다. 그러나 자리에서 벌떡 일어난 그는 어떤 기이한 꿈을 머릿속에 가두어 두려는 듯, 그 꿈에서 깨고 싶지 않다는 듯 눈을 감고 손가락으로 눈꺼풀을 감쌌다.

"네가 그린 것 중 최고야, 바질. 인생 최대의 역작인걸." 헨리 경이 나른한 목소리로 말했다. "내년에 꼭 그로브너[1]에 출품하도록 해. 왕립 미술원은 너무 크고 세속적이잖아. 그로브너가 딱 맞아."

"아무 데도 출품하지 않을 생각인데." 바질이 대답하며 특이한 방식으로 고개를 뒤로 젖혔다. 옥스퍼드 대학교 재학 시절부터 친구들을 웃겨 주던 버릇이었다. "싫어, 아무 데도 보내지 않을 거야."

헨리 경은 눈썹을 치켜뜬 채 놀란 눈빛으로 그를 바라보

1　1877년에 설립된 그로브너 갤러리는 전통적이고 보수적인 왕립 미술원에서 거부한 비주류 예술가들의 작품을 전시하며 새로운 예술 사조에 기여했다.

았다. 아편 섞인 독한 담배에서 소용돌이 모양의 연기가 뿜어져 나와 환상 속의 한 장면처럼 두 사람 사이를 엷고 푸른 불투명으로 채웠다. "아무 데도 안 보낸다고? 이봐, 도대체 왜? 이유가 뭐지? 화가들이란 이렇게 별나다니까! 명성을 얻기 위해서라면 무슨 짓이든 하다가도 막상 유명해지면 다 내던져 버리려고 난리야. 출품을 안 한다니 멍청한 짓이야. 세상에 이야깃거리가 되는 일보다 끔찍한 건 이야깃거리가 되지 않는 일뿐이니까. 이런 작품을 전시하면 네가 영국의 어느 젊은이보다 뛰어나다는 증명이 될 텐데! 그리고 늙은이들은 질투하겠지. 늙은이들에게 감정을 느낄 능력이나 있겠느냐마는."

"네가 비웃을 거라는 건 알지만." 그가 답했다. "전시는 못해. 나 자신을 너무 많이 담아냈어."

헨리 경은 소파 위로 긴 다리를 쭉 뻗고서 몸을 흔들며 웃었다.

"그래, 웃을 줄 알았지. 그래도 사실인 건 매한가지야."

"자신을 너무 많이 담아냈다니! 맹세하건대 바질, 네가 이렇게 허랑한 녀석인 줄 몰랐는데! 네 얼굴은 선이 굵고 단단한 데다 머리카락은 석탄처럼 새카맣잖아. 이 상아와 장미꽃으로 빚은 것 같은 풋풋한 아도니스[2]와 뭐가 닮았다는 말인지 모르겠군. 세상에나, 바질. 그림 속에 있는 사람은 나르키소스[3]지만 바질은 말이야…… 아, 물론 너도 지적인 분위기네 뭐네 그런 게 있긴 해. 그렇지만 아름다움, 진정한 아름다움은

---

2   그리스 신화에 등장하는 미소년으로 아프로디테의 연인이었고 사냥을 즐겼다.

3   그리스 신화 속 미소년. 자신의 미모를 자만하여 호수에 비친 자기 자신과 사랑에 빠지는 벌을 받았다.

지적인 분위기가 형성되는 지점에서 소멸하는 법이라고. 지성은 그 자체만으로도 너무 과한 것이라 얼굴의 조화를 망쳐 놓지. 사람이 자리에 앉아 생각을 시작하면 그 순간 얼굴에는 코밖에, 이마밖에, 아니면 다른 흉측한 것밖에 안 남아. 공부를 많이 해야 하는 분야에서 성공한 사람들을 생각해 봐. 하나같이 못생겼잖아! 물론 신학 쪽은 예외야. 하지만 교회에 있는 사람들은 생각이라는 걸 안 하지. 주교는 열여덟 살 소년이었을 때 배웠던 이야기들을 여든 살이 되어서도 똑같이 늘어놓는 직업이니 항상 얼굴이 활짝 폈지. 이 비밀스러운 연하의 청년, 네가 이름을 말해 주지 않아서 정체는 모르지만 초상화만으로 나를 완전히 매료해 버린 이 청년은 생각이라는 걸 안 하는 사람이야. 장담할 수 있어. 이 머리가 텅 빈 아름다운 피사체는 구경할 꽃이 없는 겨울에도, 머리를 식혀 줘야 할 여름에도 우리 옆에 두어야 해. 바질, 자아도취성 착각은 그만해. 너랑 이 친구는 하나도 안 닮았어."

"그런 이야기가 아니야, 해리. 당연히 우린 안 닮았지. 잘 알고 있다고. 사실 그렇게 아름답다는 건 애석한 일이야. 방금 어깨를 으쓱한 건가? 그래도 내 말이 맞아. 월등한 육체와 지성에는 비극적 운명이 뒤따르니까. 역사 속 왕들의 위태로운 행보를 끈질기게 추적하던 그런 비극적 운명 말이야. 다른 사람들에 비해 뛰어난 건 좋은 게 아니야. 못생기고 멍청한 사람들이 가장 잘 사는 법이라고. 조용히 앉아서 멍하니 세상이라는 연극을 감상하면 되니까. 승리가 무엇인지 모르는 만큼 패배할 위험에 처할 일도 없지. 우리는 전부 그런 사람들처럼 살아야 해. 평온하게, 무덤덤하게, 불안 없이. 그들에겐 타인의 삶을 망가뜨릴 일이 없고, 타인이 그들의 삶을 망가뜨릴 일도 없지. 네 지위와 재산, 변변찮은 내 지성과 그 가치조차 확실하지 않은 명성, 도리언 그레이의 외모. 우리는 신들이 우리에게 하사한 것들 때문에 고생할 거야, 아주 끔찍하게 고생할 테지."

"도리언 그레이? 그게 이 친구 이름인가?" 헨리 경은 작업실을 가로질러 바질 홀워드 쪽으로 걸어가며 말했다.

"맞아, 그게 이름이야. 알려 줄 생각은 없었는데."

"왜?"

"아, 설명하긴 힘들어. 누군가가 좋아지면 주변에 그 사람의 정체를 알려 주기 싫더라고. 꼭 그 사람을 공유하게 되는 것 같아서. 내가 비밀을 얼마나 좋아하는지 알잖아. 현대인의 삶에 놀라움과 수수께끼를 선사하는 건 오직 비밀뿐이니까. 아주 하찮은 것도 숨기면 재미있어져. 난 집을 비울 때도 사람들에게 절대 목적지가 어딘지 알리지 않아. 알려 주면 즐거움이 싹 사라지지. 사실 바보 같다면 바보 같은 습관이지만 삶에 커다란 낭만을 가져다준다니까. 내가 참 실없다고 생각하고 있겠지?"

"전혀 아니야." 헨리 경이 바질의 어깨에 손을 올리며 말했다. "이봐 바질, 그런 생각 절대 안 해. 넌 내가 기혼이라는 사실을 잊어버린 것 같은데. 결혼 생활의 유일한 매력이란 두 사람이 필연적으로 서로를 기만하며 살 수밖에 없다는 거야. 난 내 아내가 어디에 있는지 아는 법이 없고, 아내도 내가 뭘 하는지 절대 몰라. 우리는 만나면 몹시 진지한 얼굴로 정말 말도 안 되는 이야기를 늘어놓지. 가끔 만나서 외식을 하거나 공작의 집에 들르곤 하거든. 아내는 아주 능숙해, 사실 나보다도 훨씬 잘하지. 날짜 같은 걸 헷갈리는 법도 없어. 난 항상 헷갈리는데. 내 헛소리를 간파할 때도 결코 시끄럽게 반박하지 않

아. 가끔은 그랬으면 좋겠다는 생각이 들지만 그냥 한 번 비웃고 끝이야."

"자기 결혼 생활을 두고 그런 식으로 이야기하다니 정말 별로야, 해리." 바질 홀워드는 헨리 경의 손을 뿌리치고 정원과 연결된 문으로 향했다. "난 네가 아주 훌륭한 남편이라고, 다만 자신의 착한 성격을 부끄러워하는 거라고 믿고 있어. 참 특이한 친구라니까. 도덕에 맞는 말은 한마디도 안 하지만 못된 짓 역시 단 한 번도 한 적 없잖아. 너의 냉소적인 모습도 다 연기일 뿐이야."

"자기 자신으로 사는 것도 연기라고, 그것도 가장 짜증 나는 연기." 헨리 경이 웃으며 외쳤다. 두 남자는 함께 정원으로 나가서 한동안 아무 말도 하지 않았다.

오랜 침묵 끝에 헨리 경은 시계를 꺼냈다. "아무래도 가 봐야겠어, 바질." 그가 중얼거렸다. "가기 전에 아까 했던 질문에 답을 해 줬으면 좋겠는데."

"무슨 질문이었지?" 바질 홀워드가 땅에 시선을 고정한 채 물었다.

"알고 있으면서 왜 이러실까."

"정말 몰라, 해리."

"글쎄, 그러면 다시 묻도록 하지."

"제발 묻지 마."

"물어볼 거야. 왜 도리언 그레이의 초상화를 전시하지 않으려는지 설명해 줘. 진짜 이유가 듣고 싶어."

"진짜 이유라면 아까 말했잖아."

"아니, 말 안 했어. 그림 안에 네가 너무 많이 담겨 있다고 했지. 이봐, 그런 말은 유치해."

"해리." 바질 홀워드가 헨리 경을 똑바로 바라보며 말했다. "감정을 담아 그린 그림이라면 전부 모델의 초상화가 아닌 화가의 자화상인 법이야. 모델은 그냥 운에 따라, 상황에 따라 그 자리에 앉아 있게 된 것뿐이지. 화가가 드러내는 건 모델의 진면모가 아니야. 색이 담긴 캔버스 위에는 화가 자신이 드러나게 된다고. 이 그림을 전시하지 않으려는 이유는 내가 이 작품으로 내 영혼의 비밀을 보여 줬기 때문이야."

해리 경은 웃었다. "그 영혼의 비밀이라는 게 뭔데?" 그가 물었다.

"말해 줄게." 홀워드가 말했다. 곧 얼굴에 당황한 기색이 떠올랐다.

"기다리고 있으니 말해, 바질." 해리 경이 그를 바라보며 낮은 목소리로 말했다.

"아, 딱히 말할 것도 없어, 해리." 젊은 화가가 대답했다. "네가 이해할 수 있을 것 같지도 않아. 믿어 주지도 않을 것 같은데."

미소를 머금은 헨리 경은 몸을 숙이더니 잔디 속에서 분홍색 데이지를 꺾어 살펴보았다. "분명히 이해할 수 있을 거야." 그가 흰 솜털이 보송한 금빛 화반을 유심히 바라보며 대답했다. "그리고 난 뭐든 믿을 수 있어, 그게 믿을 수 없는 이야기라면."

바람이 불자 나무에 핀 꽃이 몇 송이 떨어졌고, 별 무리처럼 풍성한 라일락 꽃봉오리들이 나른한 산들바람에 앞뒤로 흔들렸다. 잔디밭에 있던 메뚜기가 울기 시작했다. 길고 가느다란 잠자리는 갈색 거즈 같은 날개를 펴고 날아갔다. 헨리 경은 이러다가 바질 홀워드의 심장 소리까지 들리겠다고 생각했다. 그는 무슨 말을 듣게 될지 궁금했다.

"글쎄, 이 정도면 믿을 수 없는 이야기지." 홀워드가 씁쓸한 목소리로 연거푸 말했다. "나도 가끔은 안 믿어지니까. 이게 무슨 뜻인지도 모르겠어. 사실 이야기는 단순해. 두 달 전에 레이디 브랜던이 주최한 파티에 다녀왔거든. 알잖아, 우리 가련한 화가들은 가끔 사교계에 얼굴을 내밀고 우리가 야만인이 아니라는 걸 세상에 상기시켜야 해. 언젠가 네가 말했지, 연미복에 흰 넥타이 차림이면 심지어 증권 중개인도 교양인으로 인정받을 수 있다고. 어쨌든 파티에 도착한 지 십 분쯤 지났을까. 옷차림이 과도한 덩치 큰 귀족 노부인들, 따분한 왕립 미술원 회원들과 대화 중이었는데 누군가의 시선이 느껴졌지. 살짝 몸을 돌렸고, 그때 처음으로 도리언 그레이를 봤어. 그와 시선이 마주치자 꼭 온몸의 피가 다 빠져나간 것 같았지. 기이하고 본능적인 공포가 나를 덮쳤어. 내가 바라보고 있는 건 너무나도 매력적인, 너무나도 매력적이라서 내가 허락하기만 한다면 나의 천성, 영혼, 심지어 나의 예술 세계까지 모조리 빨아들일 인물이라는 사실을 직감했던 거야. 사실 당시에 나는 삶에 외부적인 요소가 끼어드는 걸 원하지 않았어. 너도 알지, 해리. 나는 타고나기를 독립적인 사람이잖아. 아버지는 나를 군인으로 키우려 했지. 난 옥스퍼드에 가겠다고 고집을 부렸고. 그랬더니 나를 미들 템플 법학원에 보내 버렸잖아. 물론 난 거기서 몇 끼니 얻어먹기도 전에 때려치우고 화가가 되겠다고 선언했지만. 난 항상 내 인생의 주인으로 살아왔어. 적어도 도리언 그레이를 만나기 전까지는 그랬지. 그런데…… 아, 어떻게 설명해야 할지 모르겠네. 뭐랄까, 아주 중대한 분기점에 도달했다는 느낌이 들더군. 운명의 신이 나를 위해 이쪽에는 황홀한 기쁨을, 저쪽에는 황홀한 슬픔을 준비해 둔 것만 같은 기이한 감각을 느꼈지. 도리언에게 말을 건네면 앞으로 내 모든 걸 그에게 바치게 되리라는 사실, 그러므로 말을 걸어서는 안 된다는 사실을 깨달았어. 두려워진 나는 그곳에서 나오려고 뒤돌았지. 그런 결정의 원동력은 분별력이 아니었어, 비겁함이었지. 도망치려 했던 나를 칭찬하고 싶은 생각은 추호도 없어."

"분별력과 비겁함은 실제로는 같은 거라고, 바질. 분별력은 꼰대들이 즐겨 쓰는 허울 좋은 말일 뿐이야. 그게 다야."

"난 그렇게 생각하지 않아, 해리. 어쨌든 그렇게 행동한 이유가 무엇이든 난 그곳을 떠나려고 문으로 향했지. 자존심 때문이었을 수도 있겠어, 과거에는 나 역시 자존심이 강했으니까. 하지만 당연하게도 문 앞에서 레이디 브랜던을 마주쳤어. '이렇게 빨리 도망치는 게 어디 있어요, 홀워드 씨?'라고 꽥꽥거렸지. 그 날카롭고 듣기 싫은 목소리, 기억해?"

"그럼. 레이디 브랜던은 공작새처럼 시선을 사로잡는 사람이니까. 아름답지 않을 뿐." 헨리 경은 긴 손가락으로 조급한 듯 조금씩 데이지를 뜯어내며 말했다.

"도무지 나를 놔주려고 하지 않는 거야. 왕족, 별이랑 훈장이 주렁주렁한 고위직, 거대한 티아라를 쓴 매부리코 귀족 노부인 들에게 데려갔지. 나를 두고 가장 소중한 친구라고 부르더라고. 그 전까지 딱 한 번 만났을 뿐인데 나를 절친한 유명인으로 만들어 보려고 작정한 것 같았어. 아마 당시에 내 그림 중 하나가 좋은 반응을 얻고 있어서 그랬을 거야. 1페니짜리 싸구려 신문에 기사가 많이 나기는 했지. 19세기에는 그런 신문에 실리는 순간 불멸을 얻는 거나 다름없잖아. 어쨌든 정신을 차려 보니 자신의 매력으로 나를 기묘하게 자극했던 아까 그 청년이 내 앞에 있지 뭐야. 우리는 정말 가까이 서 있었어, 거의 닿을 정도로. 우리의 시선이 다시금 얽혔지. 미친 짓이었지만 나는 레이디 브랜던에게 소개를 부탁했어. 어쩌면 그렇게 미친 짓은 아니었을지도 모르겠다. 그저 피할 수 없는 일이었지. 우리는 누가 소개해 주지 않았더라도 결국 말을 텄을 거야, 분명해. 도리언도 그렇게 말했거든. 그 애도 우리가 알고 지낼 운명이라는 느낌을 받았대."

"레이디 브랜던은 이 굉장한 젊은이를 뭐라고 묘사했어? 그분은 이 손님의 인생사를 저 손님에게 '요약본'으로 속삭여 주는 게 취미잖아. 기억나네, 한번은 몹시 공격적이고 얼굴이 시뻘건, 온몸에 훈장과 휘장을 두른 나이 많은 양반을 소개하면서 내 귀에 그 사람 정보를 훑는데 안타깝게도 방에 있는 사람들이 전부 들은 거야. 뭐랬더라. '저 땅딸보 경이 아프가니스탄 국경에서 러시아와 내통한 이야기를 아시지요. 어쨌든 굉장히 잘나가는 분이시고, 아내는 코끼리에 밟혀 죽었고, 사별한 후로 마음고생이 심하다죠. 예쁘장한 미국 과부랑 결혼하고 싶어 해요. 요즘에는 다 그러잖아. 또 글래드스톤 씨를 싫어한대. 딱정벌레에 관심이 많고. 슈발로프를 어떻게 생각하는지 물어봐요.' 나는 바로 도망갔지. 난 직접 사람들을 알아 가는 게 좋다고. 하지만 바보 같은 레이디 브랜던은 경매인이 경매품을 취급하듯 손님을 다룬다니까. 처음부터 끝까지 다 설명해서 김을 빼거나 알고 싶은 것만 쏙 빼놓고 알려 주잖아. 어쨌든 도리언 그레이 씨에 관해서는 뭐라고 했으려나?"

"아, 이러더라. '매력적인 소년이죠. 저 애의 불쌍한 어머니랑 나는 절친했어요. 같은 남자랑 결혼하기로 했었지. 아니,

같은 날에 결혼하기로 했었다는 말이에요. 나도 참! 직업은 뭔지 모르겠네, 아무 일도 안 한다고 했었나. 아, 맞다, 피아노를 쳐요. 아니, 바이올린이었나요, 그레이 씨?' 우리 둘 다 웃음을 참을 수 없었고, 그 즉시 친구가 되었어."

"웃음이라, 우정의 시작으로는 나쁘지 않지. 우정을 끝내기에는 더할 나위 없고." 헨리 경은 데이지를 한 송이 더 잡아뜯으며 말했다.

홀워드는 손에 얼굴을 묻었다. "너는 우정이 뭔지 모르나 봐, 해리." 그가 낮은 목소리로 말했다. "증오에 대해서도 모르고. 너는 누구든 좋아하지. 그건 아무에게도 관심이 없단 말과 마찬가지야."

"말이 너무 심한데!" 헨리 경이 외쳤다. 모자를 뒤로 기울이며 탁 트인 청록색 여름 하늘 위로 떠가는 작은 구름을 바라보았다. 광택이 도는 흰 비단실을 돌돌 감아 놓은 실타래 같았다. "그래, 말이 너무 심하다고. 내가 얼마나 사람들에게 관심이 많은데. 난 사람들을 잘 관찰해서 외모가 훌륭한 사람들은 친구로, 인품이 좋은 사람들은 지인으로, 똑똑한 사람들은 적으로 삼지. 적을 고를 때에는 아주 깊이 고심해야 하는 법이야. 난 한 번도 멍청한 놈을 적으로 삼은 적이 없어. 내 적들은 전부 지적으로 뛰어나고, 그래서 내 가치도 정확히 알아봐. 이런 내가 허랑한가? 허랑한 것 같기도 하네."

"그렇다고 해야겠어, 해리. 하지만 네 분류법에 따르면 난 지인 정도밖에는 안 되는 건가?"

"이런, 바질. 너는 지인 이상이야, 그렇고말고."

"친구는 절대 못 될 것 같은데. 어쩌면 형제쯤 될까?"

"아, 형제라고! 난 형제는 별로야. 우리 형은 죽을 생각을 안 해. 남동생들은 죽기만 해서 탈이고."

"해리!"

"이런, 농담으로 하는 말이야. 하지만 가족은 아무리 애써도 싫어하게 되더군. 어쩌면 자신과 똑같은 단점을 가진 타인을 견디지 못하는 인간의 습성 때문인 것 같기도 하고. 이 나라 평민들이 특정 행실에 상류층의 악덕이라는 이름을 붙이고 분개하는 것도 난 공감할 수 있어. 그들은 술 먹고 난동 부리는 짓도, 멍청한 짓도, 배덕한 짓도 다 자기들끼리만 하고 싶은 거야. 그러니까 우리 중 하나가 헛짓거리를 하면 자신들 영역을 침범당한 느낌인 거지. 그 불쌍한 서더크라는 양반이 이혼하겠다고 나서니 사람들이 얼마나 분통을 터뜨렸어. 하지만 하층민 남자 중에서 자기 아내만 바라보고 사는 건 열 명 중 하나도 안 될걸."

"지금 자네가 한 말 중 어느 것에도 동의하지 않아. 해리, 너도 속으로는 동의하지 않겠지."

헨리 경은 뾰족한 갈색 수염을 쓰다듬다가 술 장식이 달린 등나무 지팡이로 페이턴트 가죽 부츠의 앞코를 톡톡 건드렸다. "정말 영국인다운데, 바질! 진정한 영국인이라면 누군가가 자기 의견을 펼쳤을 때 ─ 이건 언제나 무모한 짓이지 ─ 그 의견이 옳은지 그른지는 따져 볼 생각조차 안 해. 그는 오로지 의견의 주인이 그것을 믿는지 안 믿는지만을 문제삼을 뿐이야. 이봐, 의견의 가치는 그 의견을 표현한 사람의 진심과 전혀 상관이 없어. 실제로는 의견이 진심과 거리가 멀수록 지적인 가치는 더 높을걸. 그래야 의견이 개인적인 바람, 욕망, 편견에 오염되지 않을 테니까. 어쨌든 자네와 정치나 사회학, 형이상학에 관해 토론할 생각은 없어. 난 사상보다는 사람을 좋아하니까. 도리언 그레이에 대해서 더 말해 봐. 두 사람은 자주 만나고 있나?"

"매일 만나. 하루라도 얼굴을 보지 못하면 불행해진다고. 물론 가끔은 몇 분밖에 못 볼 때도 있지. 하지만 숭배하는 사람과는 몇 분이라는 시간조차 아주 풍족하니까."

"정말 숭배하는 건 아니겠지?"

"정말이야, 숭배해."

"굉장한데! 난 네가 그림에만 관심 있는 줄 알았다고. 아, 그림이 아니라 예술이라고 해야겠군. 예술이라고 하는 게 더 낫지, 아닌가?"

"이제는 도리언이 내 예술의 전부야. 가끔은 이런 생각도 해, 해리. 세계사를 통틀어 중요한 시기는 딱 두 번뿐이었다는 생각. 첫째는 예술에 새로운 장르가 탄생한 시기, 둘째는 예술에 새로운 인물이 도래한 시기지. 르네상스 시기 베네치아 화가들에게 유화의 발견이 중대했듯, 후기 그리스[4] 조각가들에게 안티누스[5]의 얼굴이 유의미했듯 내게는 도리언 그레이의 얼굴이 중요했다고 평가될 거야. 단순히 내가 도리언의 얼굴을 보고 그린다, 도리언은 내 모델이다, 라는 설명만으론 부족해. 물론 그 말도 전부 사실이야. 도리언은 우아한 갑옷을 입은 파리스[6]로서, 사냥꾼의 망토를 걸친 차림으로 갈고닦은 창

---

4   Late Greek. 기원후 2세기부터 8세기까지의 후기 고대(Late Antiquity)를 가리킨다.

5   로마 황제 하드리아누스가 사랑했던 미소년. 그가 나일강에 빠져 죽자 황제는 예술가들을 시켜서 그의 아름다움을 조각으로 남기도록 명령했다. 그렇게 탄생한 수많은 안티누스 조각상은 후기 고대의 이상적 아름다움을 보여 준다.

6   그리스 신화에 나오는 아름답고 총명한 왕자. 스파르타의 왕비 헬레네를 유혹

을 든 아도니스로서 캔버스 앞에 섰어. 풍성한 연꽃 왕관을 쓴 안티누스가 되어 하드리아누스의 뱃머리에 서서 탁한 녹색의 나일강을 바라보기도 했지. 또 나르키소스로 변해서 그리스의 어느 숲속에 있는 잔잔한 연못 위에 몸을 기울인 채 고요한 은빛 수면에 비친 수수께끼 같은 자신의 아름다움을 확인하기도 했고. 하지만 도리언은 모델 이상의 존재야. 내가 그린 도리언의 초상화가 불만스럽다거나 예술이 그의 아름다움을 표현하지 못할 정도라고는 말하지 않을 거야. 예술이 표현할수 없는 건 없고, 내가 도리언 그레이를 만난 뒤로 작업했던 결과물은 전부 훌륭해. 내 인생 최고의 작품이지. 하지만 어떤 묘한 방식으로…… 자네가 나를 이해할 수 있을까…… 도리언의 매력은 내게 완전히 새로운 방식의 예술이 있음을, 완전히 새로운 유형의 스타일이 있음을 알려 줬어. 나는 사물을 다르게 바라보고, 다르게 생각하게 되었지. 전에는 생각해 내지 못했던 방식으로 삶을 재현할 수 있게 되었어. '사색의 시대에 형태를 꿈꾸다.'라는 말을 누가 했지? 생각이 안 나네. 어쨌든 이게 도리언 그레이가 내게 갖는 의미야. 도리언은 사실 스무살이 넘었지만 내게는 소년으로밖에 보이지 않아. 이 소년이 내 눈앞에 존재한다는 것만으로, 내 눈앞에 존재한다는 사실만으로도…… 아! 내가 지금 무슨 말을 하는지 네가 과연 알까? 도리언은 자신도 의식하지 못하는 사이에 나를 위해서 어떤 새로운 학파를, 낭만적인 영혼이 가진 열정과 그리스적 정신이 보여 주는 완벽함을 모두 포괄하는 학파를 수립했어. 영혼과 육체의 조화를 이룬 거야. 정말 대단하지! 그동안 우리

함으로써 트로이 전쟁을 일으켰다.

는 정신이 나가서 이 둘을 분리했고, 남은 건 짐승 같은 사실주의와 텅 빈 이상뿐이었잖아. 해리! 해리! 도리언 그레이가 내게 무슨 뜻인지 네가 이해한다면 좋을 텐데! 내가 그렸던 풍경화 기억해? 애그뉴가 비싸게 쳐주겠다고 했는데도 팔지 않은 풍경화? 내가 작업했던 것 중 가장 훌륭한 작품이지. 왜 그런지 알아? 그걸 그리는 동안 도리언 그레이가 옆에 있었기 때문이라고."

"바질, 정말 굉장한데! 이 도리언 그레이라는 친구를 꼭 만나 봐야겠어."

홀워드는 자리에서 일어나 이리저리 서성였다. 한참을 그러더니 다시 자리로 돌아왔다. "내 말을 이해하지 못하는 것 같아, 해리." 그가 말했다. "도리언 그레이는 내게 단지 창작의 모티브일 뿐이야. 내 작품에 그의 모습이 없을 때야말로 그 존재감이 가장 두드러지지. 아까 말했듯이 그는 오직 내게 새로운 방식의 예술을 알려 준 존재일 따름이라고. 어떤 곡선의 굽이 속에서, 어떤 색깔의 어여쁨과 미묘함 속에서 그를 발견하지. 그게 다야."

"그러면 왜 초상화를 전시하지 않으려는 건데?"

"그림에 평범하지 않은 사랑을 전부 쏟아부었거든. 물론 도리언에게 절대 말할 수 없었던 사랑이지. 그는 아무것도 몰라. 앞으로도 몰라야 해. 하지만 다른 사람들이 추측할 수도 있잖아. 난 세속적이고 더러운 호기심으로 가득한 세상 사람들에게 내 영혼을 던져 줄 생각이 없어. 그들의 현미경에 내 심장을 올려놓지 않을 거야. 이 그림에는 나 자신이 너무 많아, 해리, 내가 너무 많다고!"

"시인들은 너만큼 자기방어에 철저하지 않던데. 그 사람들은 사랑이 책 팔기에 유용한 소재라는 걸 알지. 요즘에는 실연 이야기라면 2쇄, 3쇄, 계속 찍어."

"난 그래서 시인들이 싫어. 예술가는 아름다운 걸 창조해야 하는 법이지, 작품에 자기 인생을 쏟아부어서는 안 돼. 우리는 예술을 일종의 자서전으로 간주하는 시대에 살고 있어. 추상적인 아름다움이 뭔지 아무도 모른다니까. 앞으로 내가 세상에 추상적인 아름다움을 보여 줄 거야. 그런 이유로 도리언 그레이의 초상화는 공개하지 않을 거고."

"난 네 생각이 틀린 것 같지만, 바질, 굳이 토론을 하지는 않겠어. 토론은 지성을 잃은 사람들이나 하는 거니까. 말해 봐, 도리언 그레이도 너를 아주 좋아해?"

홀워드는 잠시 숙고했다. "좋아하기는 해." 침묵 끝에 그가 대답했다. "좋아한다는 건 알아. 물론 내가 무시무시하게 사탕발림을 늘어놓거든. 나중에 후회할 게 확실한 말도 도리언한테 건넬 때는 이상하게 기분이 좋아. 나를 놓아 버리게 된달까. 그 애도 별일 없을 때는 내게 다정하고, 우리는 팔짱을 낀 채 클럽[7]에서 작업실로 돌아와 앉아서 오만 가지 이야기를 나누곤 해. 하지만 도리언은 가끔 끔찍할 정도로 무심해. 내게 고통을 주면서 기뻐하는 것 같다니까. 해리, 그러면 나는 내 영혼을 외투에 장식할 꽃 한 송이 정도로, 자기 허영심을 만족시킬 장식품 정도로, 여름날에 어울리는 소품 정도로 치부하는 사람에게 통째로 갖다 바쳤다는 느낌에 사로잡혀."

"여름날은 오래도록 여운을 남기는 법이야, 바질. 어쩌면

---

7   19세기 영국에서는 식당, 바, 도서관 등을 갖춘 클럽이 유행했다. 부유한 상류층은 엄격한 가입 자격을 두는 회원제 클럽을 중심으로 사교 활동을 했다.

도리언보다 네가 먼저 질릴 수 있겠는데. 참 슬픈 일이지만 천재성이 아름다움보다 오래간다는 건 의심할 여지가 없거든. 바로 이 사실 때문에 우리는 무언가를 배우려고 그토록 애쓰는 거야. 존재하기 위해 아등바등하다 보니 불멸의 무언가를 갈망하게 되지. 그래서 정신에 온갖 쓰레기와 지식을 채워 넣어, 필멸의 삶을 극복하겠다는 멍청한 바람으로. 철저하게 박식한 인간, 그게 우리 시대의 이상적인 인간상이지. 그리고 철저하게 박식한 인간의 정신이란 끔찍한 거야. 꼭 소품 가게처럼 사방이 먼지에다 흉측한 것 천지고, 파는 건 전부 제값보다 비싸. 역시 바질이 먼저 시들해지겠어. 어느 날 갑자기 도리언의 얼굴이 살짝 불균형하게 느껴지겠지, 아니면 낯빛이 마음에 안 든다거나. 진심으로 도리언을 탓하게 될 거야. 진심으로 그가 바질에게 못되게 굴었다고 믿게 되겠지. 그 후로 도리언이 집에 찾아오면 정말 차갑고 무관심하게 대할 거야. 정말 안타깝지, 그 경험이 너를 바꿔 놓을 테니까. 낭만의 가장 나쁜 점은 결국 인간에게서 낭만을 빼앗는다는 거야."

"해리, 그렇게 말하지 마. 내가 살아 있는 한 도리언 그레이의 매력은 날 지배할 테니까. 내가 느끼는 걸 너는 느끼지 못해. 너는 변덕이 너무 심해."

"아, 불쌍한 바질. 바로 변덕 때문에 네가 느끼는 걸 나도 느낄 수 있는 거라고. 충실한 사람들은 사랑의 쾌락밖에는 몰라. 충실하지 않은 사람들이야말로 사랑의 비극까지 아는 법이야." 헨리 경은 우아한 은색 담배 케이스를 꺼내서 불을 붙이고 담배를 피우기 시작했다. 삶의 진리를 한 구절로 완벽하게 요약해 냈다는 듯 자의식 충만한 자기만족을 드러냈다. 참새들이 담쟁이덩굴에서 짹짹거리며 소란을 피웠고, 구름의 푸른 그림자는 앞서거니 뒤서거니 제비처럼 잔디밭을 지났다. 정원 풍경이 얼마나 아름답던지! 타인의 감정은 또 얼마나 재미있던지! 헨리 경에게는 역시 사람들의 생각보다 감정이 훨씬 재미있었다. 자신의 영혼과 친구들의 열정, 인생에서 진정 흥미로운 것은 이 두 가지뿐이었다. 바질 홀워드 곁에서 시간을 끄는 바람에 놓친, 확실히 지루했을 점심 약속을 떠올리니 즐거웠다. 약속대로 이모 댁에 갔더라면 분명히 아주 고매하신 분을 만나, 빈곤층에게 주택을 공급해야 한다느니 런던에는 저렴한 하숙집이 필수적이라느니 그딴 소리만 잔뜩 들었을 터다. 그런 일을 피하게 되었으니 얼마나 기쁜가! 그런데 이모를 생각하던 와중에 문득 어떤 기억이 떠올랐다. 그는 홀워드 쪽으로 고개를 돌리고 말했다. "바질, 방금 생각났어."

"뭐가?"

"도리언 그레이라는 이름을 어디서 들어 봤는지."

"어디서 들었는데?" 홀워드는 살짝 얼굴을 찌푸리며 물었다.

"표정 좀 풀어. 레이디 애거사, 우리 이모 댁에서. 아주 멋진 청년을 만났다면서 그 청년이 이스트엔드 빈민가 사업을 도와줄 거라고 했어. 이름이 도리언 그레이라고 했지. 잘생겼다는 말은 한마디도 없었다는 걸 말해 줘야겠군. 하여간 여자들은 잘생긴 사람을 봐도 감동할 줄 모른다니까. 적어도 착한 여자들은 모르지. 이모는 도리언이 아주 진중하다고, 천성이 선하다고 했어. 그 말을 들으면서 뻗친 머리에 주근깨가 잔뜩 난 데다 안경까지 낀 괴물이 커다란 발을 쿵쾅거리고 돌아다니는 모습을 떠올렸는데. 그게 네 친구였음을 그때 알았다면 좋았을걸."

"몰랐던 게 다행이야, 해리."

"왜?"

"네가 도리언을 만나는 게 싫거든."

"도리언 그레이 씨가 오셨습니다." 집사가 정원으로 나오며 말했다.

"이제는 소개해 줄 수밖에 없겠군!" 헨리 경이 웃으며 외쳤다.

바질 홀워드는 햇빛 속에 서서 눈을 깜빡이는 집사 쪽을 보았다. "그레이 씨에게 기다리라고 해 줘요, 파커. 금방 들어갈 테니까." 집사는 고개를 꾸벅 숙이고 물러갔다.

홀워드는 헨리 경을 보고 말했다. "도리언 그레이는 내가 정말 소중하게 생각하는 사람이야. 천성부터 순수하고 아름다운 친구라고. 이모님이 했던 말이 맞아. 그러니까 도리언을 향한 나의 마음에 찬물을 뿌리지는 말아 줘. 도리언을 물들이지 마. 해리, 네 영향력은 그 애에게 안 좋을 거야. 세상은 넓고 멋진 사람도 많지. 도리언 덕에 내 삶은 정말 사랑스럽게 바뀌었어. 그 애는 나의 예술이 가진 모든 경이로움과 매력의 원천이야. 그런 사람을 빼앗아 가지 마. 부탁이야, 해리. 너를 믿어." 그는 내키지 않는 말을 억지로 쥐어짜듯 아주 천천히 이야기했다.

"무슨 말도 안 되는 소리를!" 헨리 경은 웃으며 말했고, 홀워드의 팔을 붙잡고서 거의 끌다시피 안으로 들어갔다.

2

실내로 발길을 옮기던 그들 시야에 도리언 그레이가 들어왔다. 그는 두 사람에게 등을 돌린 자세로 피아노 앞에 앉아서 슈만의 「숲의 정경」 악보를 넘겨 보고 있었다. "이 악보를 좀 빌려야겠어요, 바질." 그가 외쳤다. "연습해 보고 싶어요. 정말 아름답다."

"오늘 모델 역할을 잘해 주면 빌려줄게, 도리언."

"아, 모델 일은 지겨운데. 게다가 실제 크기 초상화 같은 건 필요 없다고요." 소년은 피아노 의자에 앉아서 빙글빙글 돌며 고집부리듯 퉁명스러운 목소리로 말했다. 그러다가 헨리 경을 발견하고 자리에서 일어났다. 뺨이 살짝 붉어졌다. "실례했어요, 바질. 손님이 계신지 몰랐네요."

"이쪽은 헨리 워튼 경이야, 도리언. 옥스퍼드에서 만난 친구지. 도리언이 얼마나 모델을 잘 서는지 말해 주고 있었는데 네가 칭찬을 다 망쳐 버렸네."

"그렇다고 그레이 씨를 처음 만나는 기쁨까지 망친 건 아닙니다." 헨리 경이 앞으로 나와서 그와 악수했다. "이모께 이야기 들었습니다. 이모님이 가장 소중히 여기는 친구이자 안타깝게도 가장 열렬히 괴롭히는 분이시지요."

"레이디 애거사는 요즘 저를 미워하는걸요." 도리언이 뉘우치는 듯한 우스운 표정을 지으며 말했다. "지난 화요일에 화이트채플에 있는 클럽에 같이 가기로 약속해 놓고 잊어버렸거든요. 듀엣으로 한 곡, 아니 세 곡 연주하기로 했었는데. 뭐라고 하실지 모르겠네요. 연락하기도 겁나요."

"아, 제가 이모님께 잘 말씀드리지요. 그레이 씨를 아주 좋아하시거든요. 게다가 그 자리에 없었다 한들 큰 문제는 아니었을 겁니다. 그래도 관객은 듀엣이라고 생각했을 테니까. 애거사 이모님이 피아노 앞에 앉으면 두 사람인 것처럼 요란하잖아요."

"레이디 애거사가 들으면 굉장히 기분 나쁘겠어요. 내게도 칭찬은 아니고요." 도리언은 웃으며 대꾸했다.

헨리 경은 그를 바라보았다. 정말이었다, 과연 그의 미모는 굉장했다. 섬세한 곡선의 붉은 입술, 진솔한 푸른색 눈, 곱슬곱슬한 금발 머리. 얼굴에는 보는 이로 하여금 즉시 그를 신뢰하게 하는 무언가가 있었다. 젊음의 솔직함과 열정적인 순수함이 고스란히 담겨 있었다. 세상의 티끌이 묻지 않은 깨끗한 분위기가 풍겼다. 바질 홀워드가 숭배하는 것도 무리가 아니었다. 그는 숭배받기 위해 창조된 존재였다.

"그레이 씨는 사회사업에 발 들이기에는 너무 매력적인데요, 지나치게 매력적이야." 헨리 경은 소파 위에 몸을 던지고 담배 케이스를 열었다.

홀워드는 물감을 섞고 붓을 준비하느라 바빴다. 걱정스러운 얼굴이었고, 헨리 경의 마지막 말을 듣고는 그를 흘긋 바라보더니 잠시 고민하다가 입을 열었다. "해리, 이 그림을 오늘 완성하고 싶어서 말이야. 그만 돌아가 달라고 부탁하면 무례일까?"

헨리 경은 미소 짓더니 도리언 그레이를 바라보았다. "제가 가야 할까요, 그레이 씨?" 그가 물었다.

"아, 그러지 마세요, 헨리 경. 바질은 또 기분이 별로인가 보군요. 뚱한 바질은 견딜 수가 없어요. 그리고 왜 제가 사회사업을 하면 안 되는지 설명해 주셔야죠."

"그래도 될지 모르겠네요, 그레이 씨. 하지만 도망가지는 않겠습니다, 그러지 말라고 하셨으니까. 그냥 있으면 안 될까, 바질? 괜찮지? 모델과 이야기할 사람이 있으면 좋다고 종종 그랬잖아."

홀워드는 입술을 깨물었다. "도리언이 원한다면 당연히 있어도 돼. 저 친구의 변덕스러운 기분은 누구든 따라야 할 법률이거든. 정작 본인은 잘 안 따르지만."

헨리 경은 모자와 장갑을 집어 들었다. "퍽이나 설득력 있군, 바질. 난 가야겠어. 올리언스 클럽에서 만날 사람이 있거든. 가 보겠습니다, 그레이 씨. 언제 한번 커즌 스트리트에 있는 우리 집에 놀러 와요. 5시에는 항상 집에 있답니다. 올 때 미리 연락하는 것 잊지 말고요. 혹시라도 엇갈리면 속상할 테니까."

"바질." 도리언 그레이가 외쳤다. "헨리 경이 가면 나도 그냥 갈래요. 바질은 그림 그릴 땐 말 한마디 안 하잖아요. 나 혼자 단상 위에 서서 멋져 보이려고 애쓰는 일은 끔찍이도 지루하다고요. 그냥 있으라고 해 줘요. 내가 부탁할게."

"그냥 있어, 해리. 도리언을 위해서, 나를 위해서." 홀워드가 집중해서 그림을 바라보며 말했다. "도리언 말이 맞아. 난 작업할 때는 절대 입을 열지 않지, 귀도 마찬가지고. 내 가여운 모델들은 지루해서 죽고 싶을 거야. 부탁이니까 그냥 있어."

"클럽에 와 있을 내 친구는 어쩌고?"

홀워드가 웃었다. "그런 건 어렵지 않게 해결할 수 있잖아. 앉아, 해리. 그리고 도리언, 이제 단상에 올라가서 최대한 움직이지 말고 헨리 경이 하는 말에도 귀 기울이지 마. 해리의 친구들은 전부 해리가 끼친 지독한 영향에 물들었다고. 나는 예외지만."

도리언은 그리스의 젊은 순교자 같은 분위기를 풍기며 단상에 올라간 뒤 마음에 들지 않는다는 듯 헨리 경을 향해 살짝 '뾰로통한' 표정을 지어 보였다. 그는 헨리 경이 마음에 들었고, 홀워드와는 정말 딴판이었다. 그 둘은 재미있는 대비를 이루었다. 그리고 헨리 경은 목소리도 아주 아름다웠다. 잠시 후 도리언이 물었다. "정말 친구들에게 나쁜 영향을 끼치셨어요, 헨리 경? 바질이 말한 것처럼요?"

"좋은 영향이란 애초에 존재하지 않지요, 그레이 씨. 모든 영향력은 비도덕적이에요. 과학적인 관점에서 봤을 때 비도덕적이죠."

"어째서요?"

"왜냐하면 타인에게 영향을 끼치는 일은 결국 자신의 영혼을 강요하는 거니까요. 영향받은 자는 자기만의 생각을 하지 못하고 자기만의 열정을 불태우지 못하게 돼요. 그의 덕목도 거짓이 되지요. 그의 죄악도, 죄악이라는 게 정말 존재하는지 모르겠지만, 그저 빌린 것이 돼요. 그는 타인이 연주하는 악곡의 메아리, 자기 것이 아닌 배역을 맡은 배우로 전락해요.

인생의 목적은 자신을 발달시키는 겁니다. 천성을 완전하게 실현하는 것, 그게 우리가 세상에 온 이유지요. 요즘 사람들은 자신을 두려워해요. 모든 의무 중에 가장 중요한 것, 자기 자신에 대한 의무를 잊어버렸죠. 물론 퍼주는 거야 잘하죠. 배고픈 사람을 먹이고, 거지에게 옷을 입히고. 하지만 영혼은 굶주리고 헐벗었는걸. 이제 용기 같은 건 전혀 중요하지 않아요. 어쩌면 인간은 한 번도 용기를 내 본 적 없을지 모릅니다. 사회를 향한 두려움은 도덕의 근간이고 신을 향한 두려움은 종교의 비결이에요. 두 가지가 우리를 규율하지요. 그러나……."

"고개를 조금만 오른쪽으로 돌려 봐. 착하지, 도리언." 작업에 깊이 몰두한 홀워드가 말했다. 그는 소년의 얼굴에 한 번도 본 적 없는 표정이 떠오른 것만을 의식하고 있었다.

"그러나……." 하며 헨리 경은 낮고 음악적인 목소리로 이야기를 이어 갔다. 특유의 우아하게 흔드는 손동작, 이튼 칼리지[8]에 다닐 때부터 습관이었던 손동작을 곁들이고 있었다. "인간이 자기 인생을 완전히, 완벽히 살아 낼 수 있다면, 모든 감정에 형태를 부여할 수 있다면, 모든 생각을 표현해 낼 수 있다면, 모든 꿈을 실현할 수 있다면, 그렇게 된다면 세상은 참으로 신선한 기쁨의 충동을 얻을 테고, 우리는 중세 시대에서 비롯한 모든 병폐를 잊어버린 채 헬레니즘이 추구하는 이상향으로, 어쩌면 그보다 더 훌륭하고 풍요로운 것으로 회귀할 수 있겠지요. 하지만 우리 중 가장 용감한 자조차 스스로를 두려워하잖아요. 비극적이지요, 제거하려 했던 인간의 야만

---

8 영국의 명문 사립 중·고등학교이고, 왕실 자제들과 상류층이 다니는 것으로 유명하다. 수많은 유력 인사를 배출했다.

성이 자기 부정이라는 기형적인 괴물로 살아남아서 우리 삶을 뜯어먹고 있으니. 우리는 자신을 부정한 대가로 벌을 받고 있습니다. 충동을 질식시키려고 애쓰니 그것들이 우리 내면을 뒤덮고 독이 되지요. 인간은 겨우 한 번 죄악을 저지르고는 그걸로 끝이라고 다짐하지요. 일단 나쁜 짓을 저지르면 해소의 효과가 생겨서 그러는 겁니다. 이제 남는 거라곤 즐거웠던 기억과 후회라는 사치뿐이지요. 유혹을 이겨 내는 방법은 유혹에 굴복하는 것뿐입니다. 저항하려 할수록 영혼은 금지된 것을 갈구하면서, 자기가 만든 무시무시한 법률이 흉악하고 불법적이라고 선언한 그것을 욕망하며 병들어 갈 겁니다. 세상에서 가장 멋진 일들은 머릿속에서 발생하는 법이라고 하지요. 세상에서 가장 끔찍한 죄악도 머릿속에서, 오직 머릿속에서만 발생합니다. 그레이 씨, 당신도 붉은 장미 같은 젊음과 흰 장미 같은 앳됨으로 빛나는 당신 역시 겁나는 열정을 품은 적 있겠지요. 떠올리면 두려움이 차오르는 생각을, 기억하는 것만으로도 두 볼이 수치로 붉어지는 몽상과 꿈을 경험한 적 있을 겁니다……."

"그만!" 도리언 그레이가 중얼거렸다. "그만하세요! 정말 당황스럽군요. 무슨 말을 해야 할지 모르겠어요. 대답으로 해 줄 만한 이야기가 있긴 한데 떠오르질 않아요. 아무 말 마세요. 생각 좀 할게요, 아니, 생각을 좀 비워 볼래요."

거의 십 분 동안 그는 미동도 하지 않고 서 있었다. 입술이 살짝 벌어져 있었고 눈은 이상하게 반짝거렸다. 그는 처음 맛본 충동이 몸속에서 요동치고 있다는 사실을 희미하게 의식했다. 자기 내부에서 저절로 형성된 것 같은 충동이었다. 바질의 친구가 건넨 몇 마디 말이 — 분명 우연히 꺼낸 말이었고 그 안에는 의도된 모순이 깃들어 있었다. ─ 그의 마음속, 손 댄 적 없는 은밀한 곳을 건드렸으므로 이제 그곳은 기묘한 맥박에 맞추어 진동하고 펄떡거렸다.

음악도 그런 식으로 그를 자극한 적이 있었다. 그는 음악 때문에 여러 번 골머리를 앓았다. 다만 음악은 이토록 능변가가 아니었다. 음악이 사람의 내면에 만들어 내는 것은 새로운 세상이 아닌 낯선 혼돈이었다. 그런데 말은! 겨우 말 따위가! 말이란 얼마나 대단한지! 얼마나 명확하고, 생생하고, 잔혹한지! 말에서 도망치기란 불가능했다. 그 안에는 미묘한 마법이 있었다! 형체 없는 것에 실질적 형체를 부여하는 데다가 비올이나 류트처럼 자기만의 달콤한 음악성을 지닌 듯했다. 한낱 말인데! 세상에 말만큼 강렬한 것이 있을까?

그렇다, 과거에 소년 도리언으로서는 이해할 수 없던 것이 있었다. 그런데 이제는 이해할 수 있었다. 잿빛이던 삶이 갑자기 강렬한 색채로 채색되었다. 그동안 불길 속을 걸어온 것만 같았다. 왜 그것을 몰랐을까?

헨리 경은 특유의 슬픈 미소로 도리언을 바라보았다. 그는 심리적 효과를 연출하고자 입을 다물어야 할 순간을 정확히 알아보는 사람이었다. 너무나도 흥미로운 상황이었다. 자신의 이야기가 순식간에 자아낸 영향에 놀랐고, 그가 열여섯 살 때 읽었던 책, 읽기 전에는 몰랐던 것을 많이도 알려 주었던 그 책을 떠올렸으며, 혹시 도리언 그레이가 자신과 같은 경험을 하고 있는지 궁금해졌다. 그는 그저 허공으로 화살을 하나 쏘아 올렸을 뿐이었다. 그것이 적중한 것일까? 이 소년은 정말이지 매혹적이었다!

홀워드는 특유의 대담하고 기막힌 붓놀림으로, 강한 힘이 있어야만 구사할 수 있는 진실한 세련미와 완벽한 섬세함으로 거침없이 그림을 그렸다. 그는 작업실을 장악한 침묵을 전혀 의식하지 못했다.

"바질, 계속 서 있으니 힘들어요." 도리언 그레이가 갑자기 외쳤다. "정원에 나가서 앉아 있을래요. 여기는 공기가 답답해."

"미안해, 가여운 도리언. 난 정말 작업 중에는 다른 생각을 전혀 못 한다니까. 그런데 오늘처럼 모델 역할을 잘한 건 처음이야. 전혀 움직이지 않던데. 내가 원하던 모습도 포착했지. 살짝 벌어진 입술, 이상하게 반짝이는 눈동자. 해리가 무슨 말을 했는지 모르겠지만 네 얼굴에 가장 멋진 표정을 만들어 놓았어. 칭찬을 늘어놓고 있었던 모양이군. 해리가 하는 말은 절대 믿지 말도록 해."

"확실해요, 칭찬은 하나도 하지 않았어요. 어쩌면 그게 헨리 경의 말을 못 믿는 이유일지도 모르겠네요."

"전부 다 믿고 있으면서." 헨리 경이 꿈꾸는 듯 반쯤 감긴 눈으로 도리언 그레이를 바라보며 말했다. "나도 정원에 나가야겠다. 작업실 안이 끔찍하게 덥군. 바질, 얼음 넣은 음료 좀 부탁해, 딸기 들어간 거로."

"그래, 해리. 벨을 울려 줘. 파커가 오면 마실 것을 부탁해 놓을 테니까. 배경을 손봐야 해서 나는 나중에 합류하도록 하지. 도리언을 너무 오랫동안 잡아 두지는 말고. 오늘처럼 작업이 잘된 적은 없었어! 이건 내 최고의 역작이 될 거야. 지금으로서도 내 최고의 역작이지."

정원으로 나간 헨리 경은 도리언 그레이가 아름답고 서늘한 라일락 꽃송이에 얼굴을 묻고 포도주를 마시듯 향기를 흠

빽 들이마시는 모습을 발견했다. 헨리 경은 그에게 다가가 어깨에 손을 둘렀다. "잘하고 있습니다." 헨리 경이 말했다. "영혼을 치유해 주는 건 감각뿐이지요. 감각을 치유할 수 있는 게 영혼뿐이듯이."

소년은 깜짝 놀라서 뒤로 물러났다. 모자를 쓰지 않았던 탓에 황금 실 같은 구불구불한 머리카락이 나뭇잎에 닿아 뒤섞이고 헝클어진 모습이었다. 화들짝 잠에서 깬 사람처럼 눈동자에 두려움이 비쳤다. 조각 같은 섬세한 콧구멍이 떨렸고, 보이지 않는 신경이 자극한 붉은 입술도 줄곧 파르르 떨렸다.

"맞아요." 헨리 경이 이야기를 이어 갔다. "그게 삶의 가장 중요한 비결 중 하나입니다. 감각을 이용해 영혼을 치유하고, 영혼을 이용해 감각을 치유하기. 그레이 씨는 경이로운 피조물입니다. 당신은 스스로 안다고 생각하는 것보다 더 많이 알고 있어요. 알고 싶은 것보단 덜 알고 있는 것과 마찬가지로."

도리언 그레이는 얼굴을 찡그리고 고개를 돌렸다. 옆에 서 있는 우아하고 젊은 남자에게 자꾸 마음이 갔다. 낭만적인 올리브색 얼굴과 그가 짓는 표정이 호기심을 자극했다. 낮고 나른한 목소리는 정말이지 매혹적이었다. 서늘하고 희고 꽃 같은 손에도 묘한 매력이 있었다. 그들이 걷는 동안에도 그는 이야기를 계속했다. 목소리는 노래 같았고 자기만의 언어가 있는 듯했다. 하지만 도리언은 그가 두려웠고, 그 두려움이 부끄러웠다. 어떻게 낯선 사람이 도리언 스스로도 몰랐던 자신의 내면을 드러내 보여 줄 수 있었을까? 바질 홀워드와 몇 달 동안 알고 지냈는데도 두 사람의 우정은 도리언에게 큰 영향력을 미치지 않았다. 그런데 누군가가 불쑥 나타나서 도리언에게 인생의 비밀을 폭로하고 있었다. 하지만 무섭다니, 대체 무엇이? 그는 꼬마가 아니었다. 무서워할 이유는 전혀 없었다.

"저기 그늘에 가서 앉지요." 헨리 경이 말했다. "파커가 음료를 가져왔네요. 게다가 계속 이 땡볕 아래 있다가는 얼굴이 엉망이 될 테고, 그러면 바질은 더 이상 그레이 씨를 모델로 세우지 않겠지요. 정말이에요, 그레이 씨는 절대 햇볕에 타면 안 됩니다. 정말 안 어울릴 거예요."

"외모 같은 게 뭐가 중요하다고 그래요?" 도리언이 웃으며 외쳤다. 그는 정원 끄트머리에 있는 자리에 앉았다.

"당신에게 중요한 건 그게 전부인데요, 그레이 씨."

"왜요?"

"지금 당신에겐 찬란한 젊음의 아름다움이 있고, 살면서 누려 볼 만한 가치가 있는 건 그게 유일해요."

"글쎄, 잘 모르겠네요, 헨리 경."

"그럼요, 지금은 모르겠죠. 언젠가 나이 들어 주름지고 추해지면, 생각이 많아져서 이마에 고랑이 파이고 뜨거운 열정에 입술을 그을리면, 그때 알게 될 겁니다. 아주 절절하게 알게 되겠죠. 지금은 어딜 가든 온 세상이 그레이 씨의 매력에 홀딱 넘어오잖아요. 그게 영원할까요?

그레이 씨의 얼굴은 그야말로 아름답습니다. 찡그리지 마세요. 사실이니까요. 아름다움은 천재성의 한 형태고, 실로 천재성보다도 훌륭한 겁니다. 설명이 필요 없으니까요. 세상에서 가장 대단한 것 중 하나죠. 햇볕이나 봄날 같은 거예요. 우리가 달이라고 부르는, 새카만 수면 위에 비치는 은색 조개껍데기 같은 것. 아름다움에는 질문의 여지가 없어요. 자기만의 신성한 권리가 있죠. 아름다움은 그것을 가진 사람을 군주로 만듭니다. 지금 웃었어요? 아! 잃어버리면 웃지 못할걸요.

사람들은 아름다움이 피상적이라고 말하지요. 그럴 수도 있어요. 하지만 적어도 사상만큼 피상적이지는 않아요. 내게 아름다움은 세상의 온갖 경이로운 것 중에서도 단연 으뜸입니다. 사람을 외모로 판단하지 않는 건 속물적인 짓이에요. 진정한 수수께끼는 보이는 것에 있지, 보이지 않는 데에 있지 않아요.

맞아요, 그레이 씨. 신들은 당신에게 친절했습니다. 하지만 신들은 줬던 걸 바로 빼앗아 가는 법. 그레이 씨가 진정한 삶을 경험하는 것도 몇 년 안 남았습니다. 젊음이 사라지면 아름다움도 같이 사라질 거예요. 그리고 돌연 깨닫게 되겠죠, 앞으로는 승리할 일이 없다는 걸. 아니면 시시한 승리감에 만족하다가 불현듯 과거의 기억이 떠올라서 패배한 것보다도 쓸쓸해지겠지요. 시간이 지나며 젊음은 더욱더 시들어 가고 끔찍한 것이 더 가까이 다가오겠지요. 세월은 그레이 씨를 질투하고, 당신의 백합과 장미를 상대로 전쟁을 치를 겁니다. 그레이 씨는 건강한 혈색을 잃고 봉긋한 볼살을 잃고 눈동자의 생기를 잃을 겁니다. 끔찍한 고통을 겪을 거예요.

아직 젊을 때 젊음의 가치를 깨닫도록 해요. 지루한 이야기를 듣느라, 망가질 수밖에 없는 것을 개선하려고 애쓰느라 인생의 황금기를 낭비하지 말아요. 삶을 무지한 자들에게, 통속적인 사람들에게, 상스러운 사람들에게 바치는 것, 우리 시대가 목표이자 이상으로 설정한 그릇된 행위도 결국 낭비입니다. 살아요! 그레이 씨 안에 있는 경이로운 삶을 살아요! 어떤 것도 놓치지 말아요. 항상 새로운 감각을 찾아내요. 아무것도 두려워하지 말고요.

새로운 쾌락주의! 그게 바로 우리 시대가 원하는 겁니다.

당신은 쾌락주의가 인간으로 현현한 결과일지도 모르겠군요. 당신의 매력으로는 못 할 일이 없습니다. 잠시나마 세상은 당신 것이에요.

처음 만났을 때 그레이 씨는 자신이 무엇인지, 자신에게 어떤 가능성이 있는지 전혀 의식하지 못했지요. 지나치게 매력적이었으므로 나는 당신에 관해 설명해 줘야겠다고 생각했습니다. 그레이 씨의 삶이 어영부영 흘러간다면 얼마나 비극적일지 생각했어요. 젊음은 아주 짧게만 머무를 테니까요, 아주 짧게만.

길에 널린 들꽃조차 시든 뒤에 다시 꽃망울을 맺지요. 금사슬나무는 내년 6월에도 지금처럼 금빛으로 빛날 거예요. 한 달 내로 클레마티스에는 보랏빛 꽃송이가 필 것이고, 해가 지나고 또 지나도 그 초록 잎은 밤하늘이 되고 보랏빛 꽃은 그 창공의 별이 되어 빛날 거예요. 하지만 인간은 젊음을 되찾지 못해요. 스무 살 시절에 내면에서 두근거리던 기쁨의 맥박은 점점 느려지지요. 팔다리는 생각처럼 움직이지 않고, 감각도 혼탁해지고, 우리는 끔찍한 꼭두각시로 전락해 버려요. 젊을 때는 두려워서 시도하지 못한 열정과 굴복하지 못한 아찔한 유혹의 기억을 떨쳐 낼 수 없게 됩니다. 젊음! 젊음! 젊음이 없다면 세상은 아무것도 아닙니다!"

도리언 그레이는 눈을 휘둥그레 뜬 채 귀를 기울이며 생각에 빠졌다. 그의 손에 들려 있던 라일락 가지가 자갈 위로 떨어졌다. 털이 보송한 꿀벌이 다가와서 잠시 라일락 주변을 맴돌았다. 그러고는 떨리는 작은 보라색 꽃송이 위를 타고 올라가기 시작했다. 그는 그 장면을, 그 사소한 풍경을 기이한 흥미를 품고 바라보았다. 인생에 결정적인 사건이 발생해서

문득 두려워질 때, 어떻게 표현할지 모를 새로운 감정에 마음이 산란할 때, 두려움을 자극하는 생각이 갑자기 머릿속을 사로잡고 복종을 요구할 때면 사람들이 으레 그러듯이. 이윽고 벌은 날아갔다. 그는 얼룩덜룩 물든 자주색 메꽃 위로 벌이 기어가는 모습을 보았다. 파르르 떠는 듯하던 꽃이 부드럽게 앞뒤로 흔들렸다.

갑자기 홀워드가 작업실로 통하는 문간에 나타나서는 두 사람에게 들어오라고 다급하게 손짓했다. 두 사람은 서로를 마주 보고 미소 지었다.

"기다리고 있었다고." 홀워드가 외쳤다. "어서 들어와. 빛이 완벽해. 마시던 것 가져와도 돼."

그들은 자리에서 일어나 함께 느긋하게 걸어갔다. 초록색과 흰색으로 알록달록한 나비 두 마리가 두 사람 옆을 지나갔고, 정원 끝자락에 있는 배나무에서 개똥지빠귀가 울기 시작했다.

"나를 만나서 기쁘시지요, 그레이 씨." 헨리 경이 그를 바라보며 말했다.

"네, 지금은 기쁘네요. 영원히 기쁘기만 하려나요?"

"영원! 끔찍한 단어군요. 들을 때마다 오소소 소름이 돋아요. 여자들은 그 단어를 아주 좋아하죠. 사랑을 영원히 지속시키려고 애쓰다가 꼭 일을 망치고 만다니까요. 무의미한 단어이기도 해요. 변덕과 영원한 사랑 사이에 차이가 있다면 변덕이 조금 더 오래간다는 것."

작업실에 들어서며 도리언 그레이는 헨리 경의 팔 위에 손을 얹었다. "그렇다면 우리 우정이 변덕스러우면 좋겠네요." 그는 작게 속삭이며 자신의 대담함에 얼굴을 붉히고는 단상으로 올라가서 자세를 취했다.

헨리 경은 커다란 고리버들 안락의자에 몸을 던지고 그를 바라보았다. 멀찍이 서서 그림을 점검하고자 뒷걸음질 치는 홀워드의 발소리 말고는 붓이 캔버스 위를 스치고 질주하는 소리만이 작업실의 적막을 깼다. 열린 문을 통해 흘러든 비스듬한 빛기둥 속에서 먼지 조각들이 춤추며 금빛을 띠었다. 짙은 장미 향기가 사방에 깊이 스며들어 있었다.

십오 분 정도 지나서 홀워드는 그리기를 멈추고 오랫동안 도리언 그레이를 바라보더니 시선을 옮겨 또 오랫동안 그림을 바라보았다. 커다란 붓끝을 잘근잘근 씹으며 미소 지었다. "완성이야." 마침내 그는 선언하고 몸을 낮추어 캔버스 왼쪽 구석에 주홍색 글씨로 이름을 썼다.

헨리 경은 가까이 와서 그림을 살펴보았다. 말할 것 없이 대단한 작품이었고, 모델과도 대단히 닮은 모습이었다.

"이봐 바질, 진심으로 축하해." 그가 말했다. "그레이 씨, 와서 직접 보시지요."

소년은 꿈을 꾸다가 깬 듯 화들짝 놀랐다. "정말 완성했어요?" 그가 단상에서 내려오며 중얼거렸다.

"정말 완성했어." 홀워드가 말했다. "오늘 모델 역할을 정말 잘했어. 전부 도리언 덕분이야."

"아니, 그건 순전히 내 덕이라고." 헨리 경이 끼어들었다. "그렇지 않아요, 그레이 씨?"

도리언은 아무 대답도 하지 않은 채 무심히 캔버스 쪽으로 가서 그림을 마주했다. 그림을 확인하자 뒤로 물러났다. 볼이 기쁨으로 물들었다. 처음으로 자신의 진가를 인식한 듯 눈동자에 즐거운 기색이 떠올랐다. 그는 경이에 사로잡혀 가만히 서 있었다. 홀워드가 뭐라고 말을 건네는 것 같았으나 제대로 들리지 않았다. 마치 계시를 받은 듯 자신의 아름다움을 감각하게 되었다. 전에는 한 번도 느껴 본 적 없었다. 바질 홀워드의 칭찬은 그저 친구가 기분 좋으라고 해 주는 과장으로만 다가왔다. 귀에 들어오면 한바탕 웃고 다른 귀로 흘렸다. 홀워드의 칭찬은 그의 성정을 물들이지 못했다. 그런데 헨리 경이 나타나서 젊음을 향한 괴괴한 찬사를 늘어놓고, 젊음은 한순간이라며 경고했다. 듣고 있을 때도 마음이 산란했는데 지금 자기 아름다움의 그림자를 바라보고 있노라니 그가 했던 말의 참뜻이 맹렬히 그를 강타했다. 그렇다, 도리언의 얼굴이 주름지고 시들 날이, 눈동자가 빛과 색을 잃을 날이, 우아한 몸이 부서지고 변형될 날이 올 것이다. 입술에서 주홍빛이 사라지고 머리카락의 황금빛도 탈색되리라. 삶이 축적되며 영혼은 단단해질지언정 몸은 부서질 것이다. 그는 천하고 끔찍하고 상스러운 인간이 될 터다.

이런 생각이 떠오르자 칼날처럼 날카로운 고통이 마음에 꽂혔고, 그의 천성을 구성하는 미세한 조직들을 모조리 뒤흔들었다. 그의 눈이 자수정처럼 어두워지고 눈물이 뿌옇게 차올랐다. 얼음으로 된 손이 심장을 쥐어짜는 것만 같았다.

"도리언, 마음에 안 들어?" 결국 홀워드가 입을 열었다. 그는 의미를 해독할 수 없는 소년의 침묵에 조금 상처를 받은 상태였다.

"당연히 마음에 들지." 헨리 경이 말했다. "이걸 누가 싫어하겠어? 동시대 미술 작품 중 가장 훌륭한 수준인데. 값은 달라는 대로 다 줄게. 이 그림, 꼭 가져야겠어."

"이 그림은 내 것이 아니야, 해리."

"그럼 누구 건데?"

"도리언의 것이지, 당연히."

"대단히 운이 좋은 친구군."

"정말 슬픈 일이야!" 도리언 그레이가 여전히 자신의 초상화에 시선을 고정한 채 중얼거렸다. "정말 슬픈 일이에요! 나는 나이 들어 끔찍하고 추해질 테니까요. 하지만 이 초상화는 영원히 젊음을 잃지 않겠지요. 이 6월의 어느 날에서 단 하루도 더 늙지 않을 거예요……. 서로 반대라면 얼마나 좋을까! 내가 영원히 젊음을 잃지 않는다면, 그 대신 초상화가 나이 들어 끔찍해진다면! 그럴 수 있다면, 그럴 수만 있다면 난 뭐든 바칠 거예요! 그래, 뭐든 바치지 못할 게 없어요!"

"너는 이런 식의 거래를 별로 좋아하지 않을 것 같은데, 바질." 헨리 경이 웃으며 외쳤다. "바질에게는 아주 속상한 일일 거야."

"그래, 나라면 강력하게 반대하겠지, 해리."

도리언 그레이는 돌아서서 바질을 바라보았다. "분명히 그럴 거예요. 바질에게는 친구보다 예술이 더 중요하니까. 바질에게 나는 녹색 청동 조각상일 뿐이지요. 그보다 못할지도 모르고."

홀워드는 깜짝 놀라서 바라보았다. 도리언이 그런 투로 말하다니 낯설었다. 무슨 일이 있었던 걸까? 도리언은 화가 난 듯한 모습이었다. 얼굴이 새빨갰고 볼은 달아올랐다.

"맞죠." 도리언이 계속 말했다. "바질에게 난 그림 속의 상앗빛 헤르메스나 은빛 파우누스보다 못하잖아요. 바질은 그런 것들을 영원히 좋아하겠죠. 나는 얼마 동안 좋아해 주려나? 처음으로 주름이 생길 때까지는 좋아해 주려나. 난 이제 알아. 멋진 외모를 잃은 사람은, 멋진 외모라는 게 정확히 뭐든, 자기가 가진 모든 걸 잃은 거나 다름없어요. 바질의 그림이 내게 가르쳐 줬지요. 헨리 경이 전적으로 옳아요. 누릴 가치가 있는 건 오직 젊음뿐이에요. 내 얼굴이 늙어 가기 시작하면 난 자살할 거예요."

얼굴에서 핏기가 싹 가신 홀워드는 도리언의 손을 잡았다. "도리언! 도리언!" 그가 외쳤다. "그런 말 하지 마. 내 인생에 너 같은 친구는 없었고 앞으로도 없을 거야. 살아 있지도 않은 걸 부러워하는 건 아니지, 설마 그런 거야?"

"아름다움을 잃지 않는 건 뭐든 부러워요. 바질이 그린 내 초상화도 부럽다고요. 내가 잃어버릴 아름다움을 어째서 초상화는 영원히 누리는 건데? 매 순간 시간은 내게서 무언가를 빼앗아 초상화에 주겠지요. 아, 그 반대였다면 얼마나 좋을까! 바뀌는 건 초상화고 나는 항상 지금 같을 수 있다면 얼마나 좋을까! 이런 걸 대체 왜 그렸어요? 이 초상화는 언젠가 날 조롱할 거야, 아주 끔찍하게 조롱할 거라고!"

도리언 그레이의 눈에 뜨거운 눈물이 차올랐다. 그는 바질 홀워드가 쥐고 있던 손을 홱 빼고 소파 위로 몸을 던지더니 기도하듯 쿠션에 얼굴을 묻었다.

"네 탓이야, 해리." 홀워드가 씁쓸한 어조로 말했다.

"내 탓이라고?"

"응, 네가 그랬어. 잘 알고 있다시피."

헨리 경은 어깨를 으쓱했다. "저게 도리언 그레이의 진짜 모습이야, 그게 다라고." 그가 대답했다.

"아니야."

"아니라고 치자, 그러면 왜 내 탓인데?"

"내가 가라고 했을 때 갔어야지."

"네가 가지 말라고 해서 안 갔잖아."

"해리, 친한 친구 둘이서 부탁하는데 내가 어떻게 싫다고 해. 하지만 두 사람 덕에 내 인생 최대의 역작이 꼴도 보기 싫어졌으니 없애 버려야지. 사실 캔버스에 물감을 칠한 것에 지나지 않잖아? 이 그림이 우리 세 사람의 인생을 방해하고 망치려 든다면 그냥 놔둘 수 없어."

도리언 그레이는 쿠션에 묻은 황금빛 머리를 들었다. 창백한 얼굴과 눈물 번진 눈이 바질의 움직임을 좇았다. 바질은 커튼이 드리운 커다란 유리창 밑 송판 작업대로 가고 있었다. 거기서 뭘 하려는 걸까? 그의 손가락이 어지럽게 널린 물감 튜브와 마른 붓을 헤치며 무언가를 찾았다. 바로 긴 물감 나이프, 날렵한 철로 만든 얇은 칼날을 찾고 있었다. 마침내 칼이 나타났다. 바질은 캔버스를 찢으려는 것이었다.

도리언 그레이는 북받치는 흐느낌을 억누르며 소파에서 일어나 홀워드에게 달려들더니 손에 들린 물감 나이프를 빼앗아 작업실 반대편으로 던졌다. "안 돼요, 바질, 절대 안 돼!" 그가 소리 질렀다. "그건 살인이나 마찬가지야!"

"늦게라도 내 작품을 인정해 주니 다행이네, 도리언." 홀워드는 깜짝 놀랐으나 정신을 가다듬고서 냉랭한 목소리로 말했다. "영영 안 그럴 줄 알았지."

"인정? 난 이 그림을 사랑해요, 바질. 이건 나의 일부야. 그게 마음에서 느껴져요."

"그래, 도리언이 마르면 광택제를 바르고 액자에 넣어서 집으로 보내 주도록 하지. 그다음에는 네가 하고 싶은 대로 해." 바질은 작업실을 가로질러 걸어가더니 종을 울렸다. "차

마실 거지, 도리언? 해리 너도 마실 거고? 차야말로 우리에게 남은 단 한 가지 순전한 즐거움이니까."

"난 순전한 즐거움은 싫은데." 헨리 경이 말했다. "그리고 연극이 아닌 이상 소란 피우는 것도 별로라고. 두 사람 다 정말 황당한 친구들이네! 인간을 이성적 동물이라고 정의한 사람이 누구였지. 세상에서 가장 섣부른 정의였어. 인간에게 많은 면모가 있지만 절대 이성적이지는 않아. 사실 이성적이지 않아서 좋지. 어쨌든 그 그림 가지고 그만 좀 다퉈. 나한테 줬으면 훨씬 나았을 거야, 바질. 이 아무것도 모르는 꼬마는 진정으로 초상화를 원하는 게 아니거든. 나와는 달리."

"나 말고 다른 사람에게 그림을 줬다가는 절대 용서하지 않을 거예요, 바질!" 도리언 그레이가 소리쳤다. "그리고 아무것도 모르는 꼬마라니, 누구든 날 그런 식으로 부르는 건 용납 못 해요."

"그림은 네 거야, 알면서 왜 그래. 이건 존재하기 전부터 도리언 거였어."

"지금까지 아무것도 모르는 양 굴었잖아요, 그레이 씨. 그리고 어리다는 말이 정말 듣기 싫은 건 아니면서."

"오늘 아침에 확실히 싫다고 말해 둘 걸 그랬네요, 헨리 경."

"아! 아침! 그레이 씨의 진정한 삶은 그때 시작되었지요."

문을 두드리는 소리와 함께 집사가 들어와서 작은 일본산 테이블 위에 차 쟁반을 내려놓았다. 컵과 받침접시가 달그락 거리고 홈이 파인 조지 왕조 시대의 주전자에서 수증기를 내뿜는 쉭쉭 소리가 났다. 일하는 아이가 뚜껑 덮인 도자기 접시를 두 개 가져왔고, 도리언 그레이는 다가가서 차를 따랐다.

다른 두 사람은 무심히 테이블로 걸어가서 뚜껑을 열고 접시에 무엇이 있는지 살폈다.

"오늘 밤엔 연극을 보러 가자." 헨리 경이 말했다. "공연하는 극장이 어딘가엔 있겠지. 화이트네 집에서 저녁을 먹기로 했지만 오랜 친구 사이니까 몸이 아프다고, 아니면 다른 더 재미있는 일이 생길 것 같아서 못 가겠다고 하면 그만이야. 꽤 괜찮은 변명이 되겠는걸. 솔직함에 놀라겠지."

"정장 입는 건 정말 싫은데." 홀워드가 툴툴거렸다. "누구든 정장을 입혀 놓으면 못 봐줄 정도로 흉측해져."

"맞는 말이야." 헨리 경이 꿈꾸듯 말했다. "이 시대의 복장은 정말 혐오스럽지. 정말 어둡고 우울해. 단색만 고집하는 현대의 풍조는 그야말로 죄악이야."

"도리언 앞에서 그런 말은 하지 말아 줘, 해리."

"어느 도리언을 말하는 거지? 우리에게 차를 따라 주는 도리언, 아니면 그림 속의 도리언?"

"둘 다."

"나도 함께 연극을 보러 가고 싶어요, 헨리 경." 소년이 말했다.

"그럼 같이 갑시다. 너도 갈 거지, 바질. 그렇지?"

"못 가, 정말이야. 집에 있는 게 좋겠어. 할 일이 많거든."

"그래, 그러면 우리 둘이서 갑시다, 그레이 씨."

"정말 잘됐네요."

바질 홀워드는 입술을 깨물고 손에 찻잔을 든 채 초상화 쪽으로 걸어갔다. "나는 진짜 도리언과 있어야겠군." 그는 슬픈 목소리로 말했다.

"그게 진짜 도리언이라고요?" 초상화의 주인공이 바질에게 달려가며 외쳤다. "정말 그 정도로 닮았어요?"

"응, 그 정도로 닮았어."

"정말 기쁜데요, 바질!"

"적어도 보기에는 똑같이 생겼지. 하지만 그림은 변하지 않을 거야." 홀워드가 말했다. "그게 다른 점이지."

"사람들은 변하지 않는 것에 너무 큰 가치를 둔다니까." 헨리 경이 중얼거렸다. "결국에는 순전히 생리학적 문제인데 말이야. 의지랑은 전혀 상관이 없다고. 그저 운이 없어서 생긴 일이거나 천성 때문에 닥친 불행이지. 늙은이들은 변하고 싶지만 변할 수 없어. 젊은이들은 변하기 싫지만 변하게 되고. 할 수 있는 말은 그것뿐이야."

"연극 보러 가지 마, 도리언." 홀워드가 말했다. "가지 말고 나랑 저녁 먹자."

"그건 어렵겠어요."

"왜?"

"헨리 경이랑 같이 가기로 했잖아요."

"그 약속을 지킨다 해도 해리의 호감을 살 순 없어. 해리는 항상 약속을 어긴다고. 가지 마, 부탁이야."

도리언 그레이는 웃으며 고개를 저었다.

"무릎 꿇고 빌게."

소년은 머뭇거리며 헨리 경을 바라보았다. 그는 차가 차려진 테이블에 앉아서 재미있다는 듯한 미소를 띠고 두 사람을 지켜보고 있었다.

"난 가야겠어요, 바질." 그가 대답했다.

"그렇다면 별수 없지." 홀워드가 말했다. 그러고는 발걸음을 옮기더니 찻잔을 쟁반에 올려놓았다. "시간이 늦었네. 두 사람은 외출하려면 옷을 갖춰 입어야 할 테니 부지런히 움직이는 게 좋겠어. 잘 가, 해리. 도리언도 잘 가. 날 보러 또 와. 내일이라도."

"그럴게요."

"잊지 않고 오는 거지?"

"그럼요, 잊을 리가 있나요."

"그리고…… 해리!"

"왜, 바질?"

"내가 했던 부탁을 기억하지? 아까 오전에, 정원에 있을 때 말이야."

"다 잊어버렸어."

"너를 믿어."

"나도 나를 믿을 수 있었으면 좋겠군." 헨리 경이 웃으며 말했다. "갑시다, 그레이 씨. 내 마차가 밖에 있으니 집에 데려다줄게요. 안녕, 바질. 그야말로 흥미로운 오후였어."

그들이 문을 닫고 사라지자 홀워드는 소파에 몸을 던졌다. 그의 얼굴에 고통스러운 표정이 떠올랐다.

3

그렇게 한 달이 흘러 어느 날 오후, 커즌 스트리트에 있는 헨리 경의 저택 안 작은 서재에서 도리언 그레이가 호화로운 안락의자에 기대어 앉아 있었다. 그곳은 특유의 매력이 가득한 장소였다. 올리브 빛깔 참나무로 만든 높은 웨인스코팅 판벽, 크림색 프리즈와 양각으로 무늬를 새긴 천장, 벽돌색 카펫과 그 위에 펼쳐 놓은 기다란 술이 달린 페르시아산 비단 러그가 근사했다. 작은 새틴우드 테이블 위에는 클로디옹이 만든 소형 조각품이 있었고, 그 옆에는 클로비스 이브가 마르그리트 드 발루아 여왕을 위해 제본한 『100가지 이야기』가 보였다. 여왕이 직접 고른 문장인 금박 데이지로 장식한 책이었다. 벽난로 선반 위에는 패롯튤립 꽃잎이 수북이 담긴 커다랗고 푸른 도자기 단지가 자리 잡고 있었다. 창틀이 납으로 된 작은 창문을 통해서 여름날 런던의 살구색 햇살이 흘러 들어왔다.

헨리 경은 아직 도착하지 않았다. 그는 제때제때 다니는 건 언제나 시간 낭비라는 자기만의 원칙에 따라서 지각을 일삼는 사람이었다. 그래서 소년은 다소 뚱한 얼굴로 섬세한 삽

화가 곁들여진 『마농 레스코』를 책장에서 찾아낸 뒤 무기력한 손가락으로 넘겨 보았다. 루이 14세 시대의 시계가 무겁고 단조롭게 똑딱거리며 그의 신경을 긁었다. 한두 번쯤 그냥 가 버릴까 생각하기도 했다.

드디어 밖에서 가벼운 발걸음 소리가 들리더니 문이 열렸다. "너무 늦었잖아요, 해리!" 그가 투덜거렸다.

"어쩌지요, 그레이 씨. 난 해리가 아닌데." 여자 목소리가 들렸다.

그는 재빨리 뒤쪽을 바라보며 자리에서 일어섰다. "미안합니다. 저는 해리인 줄……."

"내 남편인 줄 아신 거죠. 난 해리의 아내예요. 처음 뵙네요. 사진으로 많이 봐서 그레이 씨를 잘 알긴 하지만요. 아마 남편에게 그레이 씨 사진이 스물일곱 장은 있을 거예요."

"정말 스물일곱 장은 아니겠지요, 레이디 헨리?"

"뭐, 그러면 스물여섯 장이라고 해 두죠. 언제였지, 오페라에서 해리랑 같이 있는 것도 봤어요." 레이디 헨리가 긴장한 듯 웃으며 말했다. 물망초 같은 눈으로 멍하니 도리언 그레이를 바라보고 있었다. 기이한 여자였다. 그가 입는 드레스는 죄다 화난 사람이 디자인한 것 같았고, 게다가 격앙된 상태에서 입은 듯한 모양새였다. 항상 누군가와 사랑에 빠져 있었으며, 열정이 짝사랑에 그칠 때면 자기만의 몽상을 즐겼다. 그림처럼 아름다운 외모를 연출하려고 애썼지만 실상은 지저분해 보일 뿐이었다. 이름은 빅토리아였고, 광적으로 교회를 다녔다.

"그 오페라가 「로엔그린」이었죠, 레이디 헨리?"

"맞아요. 그 대단한 「로엔그린」이었죠. 난 바그너의 음악이 누구의 음악보다 좋아요. 소리가 어찌나 큰지, 공연 내내 떠들어도 옆에 하나도 안 들리잖아요. 그건 정말 좋은 점이지요. 그렇지 않나요, 그레이 씨?"

아까와 똑같은 스타카토식의 긴장 섞인 웃음이 레이디 헨리의 얇은 입술 사이에서 터져 나왔고, 손가락은 기다란 종이 용 칼을 만지작거리기 시작했다.

도리언은 미소 짓고 고개를 저었다. "그건 잘 모르겠네요, 레이디 헨리. 저는 음악이 나올 때는 떠들지 않아서요, 적어도 좋은 음악이 나올 때는요. 형편없는 음악이 나온다면 꼭 대화 소리로 덮어 버려야겠지만요."

"아! 그건 해리가 하는 말이네요. 아닌가요, 그레이 씨? 그런데 내가 좋은 음악을 싫어한다고 오해하시면 곤란해요. 사실은 정말 좋아하는데 무서워서 그래요. 좋은 음악은 나를 너무 낭만적으로 바꿔 놓거든요. 난 피아니스트들을 숭배해요. 가끔은 한 번에 두 피아니스트와 사랑에 빠지기도 하죠. 뭐가 그렇게 좋은지 나도 이해가 안 돼요. 외국인이라 좋은지도 모르겠어요. 피아니스트들은 전부 외국인이잖아요, 그렇지요? 영국에서 태어났더라도 결국에는 외국인이 되어 버려요, 아닌가요? 정말 기발한 선택이죠. 예술적으로도 굉장히 좋은 일이고요. 국제적인 분위기가 생기니까요, 아니에요? 그레이 씨는 내가 주최한 파티에 한 번도 온 적 없지요? 꼭 오세요. 난초 살 돈은 없어도 외국인만큼은 아주 넉넉하게 준비해 두니까요. 외국인이 많으면 파티가 그림처럼 아주 근사해져요. 가만, 해리가 왔네요! 해리, 당신한테 물어볼 게 있어서 서재에 왔다가 — 이젠 질문이 뭐였는지 잊어버렸네. — 그레이 씨를 만났어. 음악에 대해서 정말 즐거운 이야기를 나눴지 뭐야. 어쩜 우리는 생각하는 게 그렇게 닮았는지. 아니, 딱히 닮지는 않았어. 그래도 얼마나 즐거운 이야기 상대였는지. 만나게 되어서 정말 기뻐."

"잘됐어, 여보. 정말 잘됐군." 헨리 경은 짙은 초승달 모양 눈썹을 치켜뜨고 흥미롭다는 듯 미소를 머금은 채 두 사람을 바라보며 말했다. "늦어서 미안해, 도리언. 워더 스트리트에 오래된 양단을 보러 갔는데 몇 시간이나 값을 흥정해야 했어. 요즘 사람들은 어느 물건이든 값이 비싼 건 안다니까, 그 가치는 모르면서."

"난 이제 가야겠네." 어색한 침묵 끝에 레이디 헨리가 예의 난데없고 실없는 웃음을 터뜨리며 외쳤다. "공작 부인이랑 외출하기로 했거든. 그럼 이만, 그레이 씨. 안녕, 해리. 밖에서 식사할 거지? 나도 그럴 거야. 어쩌면 레이디 손베리의 집에서 볼 수도 있겠네."

"거기서 보자고, 여보." 헨리 경이 말했다. 레이디 헨리가 비 맞은 극락조 같은 모습으로 잽싸게 방을 나가자 헨리 경은 문을 닫았고, 서재에는 아내가 남긴 희미한 파촐리 향기만이 남았다. 그는 도리언 그레이와 악수한 뒤 담배에 불을 붙이고 소파에 털썩 앉았다.

"머리카락이 밀짚색인 여자랑은 절대 결혼하지 마, 도리언." 그가 담배를 몇 모금 빨더니 말했다.

"왜요, 해리?"

"너무 감상적이거든."

"난 감상적인 사람 좋아하는데."

"아예 결혼을 하지 마, 도리언. 남자는 피곤해서 결혼하고, 여자는 호기심에 결혼하지. 결국에는 둘 다 실망해."

"난 결혼하면 안 될 것 같아요, 해리. 사랑만으로도 버거워서요. 사랑이 충만할 땐 결혼하면 안 된다고 해리가 그랬죠? 그 말을 실천해 볼 생각이에요. 난 해리가 하는 말은 전부 실천하니까."

"누구랑 사랑에 빠졌는데?" 헨리 경이 호기심 어린 미소를 띠고 바라보았다.

"배우예요." 도리언 그레이가 얼굴을 붉히며 말했다.

헨리 경은 어깨를 으쓱했다. "배우와의 첫사랑이라, 너무 흔한 '데뷔'인데." 그가 중얼거렸다.

"그 여자를 만나 보면 생각이 달라질걸요, 해리."

"어떤 여자인데?"

"이름은 시빌 베인이에요."

"처음 듣는 이름이야."

"완전 무명이에요. 하지만 언젠가는 유명해질 거예요. 천재거든요."

"가여운 도리언, 여자 중에는 천재가 없어. 여성이란 장식품 같은 성별이야. 쓸 만한 이야기라곤 아무것도 생각해 내지 못하지만 예쁘게는 말할 줄 알지. 여자들은 마음보다 물질이 우위라는 걸 보여 주지, 남자들이 도덕보다 마음이 우위라는 점을 보여 주듯. 세상에는 두 종류의 여자밖에 없어. 무색인 여자와 알록달록한 여자. 무색인 여자들은 유용하지. 존경할 만한 사람이라는 명성을 얻고 싶으면 무색인 여자를 꾀어내서 저녁을 먹으러 가면 그걸로 끝이야. 알록달록한 여자들은 매력적이야. 하지만 한 가지 실수를 저지르지. 어려 보이려고 화장을 해. 우리 할머니 세대는 이야기할 때 돋보이려고 화장을 했는데 말이야. '립스틱'과 '영혼'이 한 쌍이었지. 그런 건 이제 다 사라졌어. 요즘 여자들은 딸보다 십 년쯤 젊어 보이면 그걸로 무척 만족해하지. 말솜씨에 관해 말하자면 런던에서 이야기를 나눠 볼 만한 여자는 기껏해야 다섯 명쯤 될까. 그런데 그중 둘은 고상한 사회라면 절대 용납 못 할 여자들이라. 어쨌든 자네가 만난 천재에 대해서 더 말해 줘. 얼마나 알고 지냈지?"

"세 주 정도. 오래되지 않았어요. 정확히는 두 주하고 이틀 됐어요."

"어떻게 만났는데?"

"말해 줄게요, 해리. 그렇지만 공감하면서 들어 줘야 해요. 사실 해리를 만나지 않았다면 일어나지 않았을 일이니까. 내 마음이 삶의 모든 것을 알고 싶다는 욕망으로 가득 찬 건 해리 때문이잖아요. 우리가 만나고 며칠 동안 내 혈관에서 두근거리는 무언가가 느껴졌어요. 공원에서 여유를 즐길 때도, 피커딜리를 산책할 때도 지나가는 사람들을 하나하나 지켜보게 되었고, 저들은 어떤 삶을 살고 있을지 광적인 호기심을 느꼈어요. 강렬하게 흥미가 동하는 사람도 몇 명 있었어요. 날 무섭게 하는 사람도 있었고요. 공기에서 섬세하고 아름다운 독성이 느껴졌어요. 나는 감각을 향한 열정으로 타올랐지요.

어느 날 저녁 7시, 재미있는 모험을 찾아서 외출하기로 했어요. 런던이라는 우리의 잿빛 괴수가, 이곳에 도사리고 있는 무수한 사람들과 눈부신 죄인들과 음흉한 죄악들이, 언젠가 해리의 말처럼, 나를 위해 무언가를 준비해 놓고 기다리고 있으리라 생각하게 됐거든요. 오만 가지 상상이 떠올랐어요. 위험한 일이 생길지 모른다는 가능성만으로도 마음이 달뜨던데요. 우리가 처음으로 같이 저녁 식사를 했던 그 굉장했던 밤에 해리가 했던 말, 아름다움을 찾아다니는 것이야말로 삶을 지탱해 주는 위험한 비결이라는 말이 떠올랐지요. 뭘 기대했는지 모르겠지만 밖으로 나가서 동쪽을 향해 걷기 시작했고, 곧 미로처럼 얽힌 더러운 길과 풀 한 포기 없는 어두침침한 광장을 헤매게 되었어요. 8시 30분쯤 되었을 때 가스등을 밝혀 놓고 촌스러운 전단을 나눠 주는 작은 삼류 극장을 맞닥뜨렸어요. 끔찍이도 못생긴 유대인이 내가 살면서 본 것 중 가장 신기한 조끼 차림으로 극장 입구에 서서 고약한 시가를 피우고 있었어요. 기름진 곱슬머리에 꼬질꼬질한 셔츠 앞에는 거대한 다이아몬드가 번쩍번쩍했지요. '어서 오십시오, 귀족 나리.' 그가 나를 보더니 말했어요. 그러고는 아주 멋지고 정중하게 모자를 벗어 보였지요. 아주 재미있는 구석이 있는 사람이었어요, 해리. 정말 괴물 같았지요. 이 이야기를 하면 분명히 해리가 비웃을 것 같지만 난 극장에 들어가서 1기니나 주고 특별관람석 표를 샀답니다. 지금까지도 왜 그랬는지 모르겠다니까요. 하지만 그러지 않았더라면! 해리, 내가 그 표를 사지 않았다면 내 인생 최고의 사랑을 놓쳤을 거예요. 뭐야, 웃으려고 하네. 못됐어!"

"안 웃어, 도리언. 적어도 비웃는 건 아니라고. 그런데 네 인생 최고의 사랑이라는 말은 틀렸지. 첫 번째 사랑이라고 해야지. 도리언은 항상 사랑받을 거고, 항상 사랑과 사랑에 빠질 테니까. 삶에는 도리언이 모르는 엄청난 것들이 준비되어 있지. 이건 시작일 뿐이야."

"해리는 내가 그렇게 얕은 사람이라고 생각해요?" 도리언 그레이가 화나서 외쳤다.

"아니. 아주 깊은 사람이라고 생각하는데."

"깊다는 게 정확히 무슨 뜻인데요?"

"이봐 도리언, 평생 한 사람만 사랑하는 자들이야말로 얕은 사람들이라고. 그들이 충직함이나 정절이라고 부르는 것을 나는 관습적 무기력이나 상상력 부족이라고 부르지. 감정의 영역에서 한 사람에게 충실하다는 건 지적 영역에서 한 가지 견해만 고집하는 것과 똑같아. 한마디로 실패한 거지. 이런, 이야기를 방해하고 싶진 않아. 하던 얘기 계속해 줘."

"어쨌든…… 작고 구질구질한 특별석에 앉았더니 눈앞에 저질스러운 무대 현수막이 떡하니 보였어요. 커튼 뒤를 살펴보고 극장 안을 둘러보았어요. 아주 천박했지요. 큐피드와 뿔 모양 장식이 꼭 싸구려 웨딩 케이크 같던데요. 값싼 꼭대기 좌석과 일반 좌석 뒤쪽은 거의 다 찼지만 맨 앞줄과 특별석이라고 불러야 할 자리에는 거의 관객이 없었어요. 여자들은 오렌지와 진저비어를 꺼내 놓기 시작했고, 다들 견과류를 끔찍이도 많이 먹었지요."

"영국 연극의 전성기 시절 같았겠군."

"맞아요. 정말 끔찍했어요. 전단을 확인했을 때는 어떻게 해야 할지 정말 진지하게 고민하기 시작했어요. 그날 공연이 뭐였을 것 같아요, 해리?"

"「멍청한, 혹은 멍청하지만 순수한 소년」이었을 것 같은데. 우리 아버지 세대는 그런 걸 좋아했다더군. 나이가 들수록, 도리언, 우리 아버지들에게 충분했던 것들이 우리에겐 충분하지 않음을 절감하게 돼. 정치와 마찬가지로 예술에서도 '할아버지들은 언제나 틀렸어.'"

"하지만 그 작품은 우리에게도 충분한 거였어요, 해리. 「로미오와 줄리엣」이었거든요. 인정할게요. 처음에는 그런 끔찍한 돼지우리 같은 곳에서 셰익스피어를 봐야 한다는 사실에

짜증이 치밀었지요. 그래도 어느 정도 흥미가 동하더라고요. 어쨌든 1막까지는 기다려 볼 생각이었어요. 정말이지 처참한 오케스트라가 연주 중이었는데 어떤 젊은 유대인이 금 간 피아노 앞에 앉아서 진두지휘하고 있었지요. 그 꼴을 지켜보고 있자니 자리를 박차고 나오고 싶더라니까요. 그래도 결국에는 막이 걷히고 연극이 시작됐어요. 로미오 역의 배우는 눈썹을 까맣게 칠한 땅딸막한 아저씨로 목소리가 허스키한 비극 톤이었고 몸은 드럼통 같았어요. 머큐쇼도 못지않게 끔찍했고요. 삼류 코미디언이 연기했는데 자기 마음대로 개그를 집어넣지 뭐예요. 뒷좌석 관객들은 아주 좋아했지요. 배우들은 무대 장식만큼이나 기괴했고 오십 년 전에 유행하던 우스꽝스러운 무언극 공연에서 튀어나온 것 같았어요. 하지만 줄리엣은! 해리, 상상해 봐요! 겨우 열일곱은 됐을까 싶은 앳된 소녀, 그의 작은 꽃송이 같은 얼굴, 그리스 미인 같은 조그마한 머리와 땋아 묶은 짙은 갈색 머리카락, 보랏빛 열정의 우물 같은 눈, 장미 꽃잎 같은 입술을! 살아생전 본 것 중 가장 아름다운 존재였어요! 언젠가 그랬죠, 해리는 슬픈 이야기에는 감동하지 않지만 아름다움, 아름다움에는 눈물이 차오른다고. 이 말은 진심인데, 해리, 뿌옇게 서린 눈물 때문에 그 여자가 잘 보이지도 않았어요. 그리고 목소리, 그런 목소리는 들어 본 적이 없어요! 처음에는 아주 낮았는데 깊고 그윽한 음역이라 꼭 노래하는 듯 들렸지요. 그러다 소리가 더 커지니 꼭 플루트나 먼 곳의 오보에 같았어요. 정원 장면에서는 새벽이 오기 직전 나이팅게일이 지저귈 때처럼 떨리는 즐거움이 가득했어요. 나중에는 바이올린처럼 거친 열정을 뽐내던 순간도 있었고요. 한 사람의 목소리에 마음이 전율할 수 있음을 해리는 잘 알 거예요.

해리의 목소리와 시빌 베인의 목소리, 나는 두 사람의 목소리를 결코 잊지 못해요. 눈을 감으면 두 목소리가 들려요. 그것들은 서로 다른 이야기를 하지요. 어느 쪽을 따라야 할지 모르겠어요. 왜 시빌을 사랑하면 안 되나요? 해리, 난 정말 시빌을 사랑해요. 내 삶에는 시빌이 전부예요. 요즘은 매일 밤 시빌이 나오는 연극을 보러 가고 있어요. 시빌은 어느 저녁에는 로절린드[9]였다가 그다음 날 저녁에는 이모젠[10]이 돼요. 나는 시빌이 스산한 이탈리아 묘지에서 연인의 입술에 묻은 독을 핥고 죽는 모습을 보았어요. 긴 양말과 더블릿과 앙증맞은 모자로 남장을 하고 아든 숲을 배회하는 광경도 보았지요. 시빌은 분노한 채 죄지은 왕 앞으로 나아가서 그에게 받아들여야 할 비탄과, 맛봐야 할 쓸쓸한 약초를 선사하기도 했지요. 순수한 존재가 될 때도 있었고, 질투의 검은 손에 그 갈대 같은 목이 꺾이기도 했어요. 내 눈앞에서 시빌은 나이도, 옷차림도 변화무쌍했지요. 평범한 여자들은 상상력을 자극하지 못해요. 자기 시대에만 머물러 있거든요. 어떤 화려함도 그들을 변화시키지 못해요. 뒤집어쓴 모자만큼이나 뻔한 게 그들의 생각이지요. 언제든 꿰뚫어 볼 수 있어요. 그런 여자들 중 신비로운 구석이 있는 사람은 하나도 없다고요. 오전에는 공원에 가서 마차를 타고, 오후에는 티파티에 가서 수다를 떨잖아요. 그 정형화된 미소, 틀에 박힌 행동 방식. 정말 뻔해. 하지만 배우는!

9 셰익스피어의 희곡 『뜻대로 하세요』의 주인공. 공작인 아버지가 추방당한 뒤 덩달아 쫓겨나지만 아든 숲에서 남장을 하고 꿋꿋이 살아간다.

10 셰익스피어의 희곡 『심벨린』의 주인공. 공주의 신분으로 가난한 남자와 결혼한 뒤 사랑과 순결을 시험받지만 유혹에 굴하지 않는다.

배우는 완전히 달라요! 해리, 사랑할 만한 가치가 있는 건 배우뿐이란 사실을 왜 이야기하지 않았어요?"

"배우들을 숱하게 사랑해 봤기 때문이지, 도리언."

"아, 네. 머리를 염색하고 얼굴엔 화장을 떡칠한 그런 끔찍한 배우들 말이죠."

"염색 머리와 화장을 깎아내리지 말라고. 가끔은 그런 것도 매력적이니까."

"아무래도 시빌 이야기는 괜히 꺼낸 것 같네요."

"말하지 않고는 못 배겼을 거야, 도리언. 앞으로도 뭐든 내게 털어놓게 될걸."

"맞아요, 해리. 그 말이 맞아요. 해리 앞에선 뭐든 말하게 되더라고요. 이상하게 나를 쥐락펴락한다니까. 내가 범죄를 저지르더라도 결국 해리에게 달려가서 털어놓고 말겠죠. 해리는 이해해 줄 테고."

"도리언 같은 사람들…… 한결같이 빛나는 햇살 같은 사람들은 범죄를 저지르지 않아. 그래도 칭찬은 고마워. 이제 말해 봐. 잠깐, 그 전에 성냥 좀 집어 줘. 착하네, 고마워. 말해 봐, 그러면 시빌 베인은 네 정부가 되기로 한 거야?"

도리언 그레이가 벌떡 일어났다. 볼이 붉게 물들고 눈빛은 이글이글 타올랐다. "어떻게 그런 말을 해요, 해리? 너무하네요. 시빌 베인은 순결한 여자라고요!"

"순결한 것에만 손댈 가치가 있지, 도리언." 헨리 경의 목소리에서 미묘한 비애가 느껴졌다. "그런데 왜 그렇게 신경질을 내? 언젠가는 정부로 삼게 될 거잖아. 사랑에 빠진 사람은 처음엔 스스로를 속이다가 끝내는 다른 사람들을 속이게 되는 법이야. 이게 바로 세상이 로맨스라고 부르는 것의 실체지.

어쨌든 그 여자와 안면은 텄겠지?"

"물론이죠. 처음으로 그 극장에 갔던 날 밤에 연극이 끝나자 추한 유대인 늙은이가 다가와서는 무대 뒤로 가자고, 줄리엣을 소개해 주겠다고 하더군요. 난 화가 나서 말했어요, 줄리엣은 이미 수백 년 전에 죽었고 그 시신은 베로나에 있는 대리석 무덤에 묻혀 있다고. 그 사람은 놀라서 멀거니 나를 바라봤죠. 내가 샴페인을 너무 많이 마셨다고 생각하는 것 같았어요."

"놀랍지 않아."

"나도 놀라지 않았어요. 그다음에는 혹시 신문 기자냐고 묻던데요. 신문은 읽어 본 적도 없다고 했죠. 그는 진심으로 실망한 것 같았어요. 평론가들이 전부 작당하고 자기를 상대로 악평을 쓰는 바람에 뇌물을 바쳐야 하는 상황이라고 그러더라고요."

"분명 그 말이 맞을 거야. 그런데 평론가들은 대부분 몸값이 비싸지 않잖아."

"글쎄, 그 사람은 자기 형편으론 완전히 무리라고 생각하던데요. 이야기가 이쯤 흘렀을 때는 극장의 조명마저 다 꺼졌고 나도 갈 시간이었어요. 나에게 어떤 시가를 강력히 추천한다고, 한번 피워 보라고 권했어요. 싫다고 했죠. 물론 다음 날에도 그 극장에 갔어요. 그 사람은 나를 보더니 살짝 고개를 숙이고는 나더러 예술 애호가라며 난리였지요. 정말 거슬리는 인간이었지만 셰익스피어를 향한 열정만큼은 남달랐어요. 한번은 자랑스럽다는 듯 말하길 셰익스피어 때문에 세 번이나 파산했다고 하더군요, 셰익스피어를 굳이 '더 바드'[11]라고

---

11   The Bard. '(유일무이한 바로) 그 시인'이라는 뜻으로 셰익스피어의 별명이다.

불렀어요. 그걸 대단한 일이라고 생각하던데."

"대단한 일이지, 도리언. 그야말로 대단한 일이라고. 그런데 시빌 베인 씨와는 언제 처음으로 만난 거야?"

"세 번째 밤에요. 시빌이 로절린드 역할을 했던 날이었어요. 계속 주변을 서성이게 되더라고요. 연극이 끝난 후에 꽃을 던졌더니 시빌이 날 바라봤어요. 적어도 내 상상 속에서는 그랬어요. 늙은 유대인은 참 끈질겼지요. 무대 뒤를 구경시켜 주겠다고 고집을 부려서 좋다고 했어요. 시빌과의 만남이 꺼려졌다는 게 이상해요, 그렇죠?"

"아니, 하나도 안 이상해."

"왜죠, 현명한 해리?"

"나중에 이야기해 줄게. 지금은 그 여자에 대해 알고 싶으니까."

"시빌 말이죠? 아, 시빌은 정말 수줍음이 많고 친절했어요. 어딘가 아이 같은 면이 느껴졌지요. 내가 시빌의 연기를 어떻게 생각하는지 말했더니 깜짝 놀라서 눈을 휘둥그레 뜨던데요. 자신에게 어떤 힘이 있는지 잘 모르는 것 같았어요. 아마 우리 둘 다 긴장했던 것 같아요. 유대인 늙은이는 먼지 뿌연 초록색 방 문간에 서서 히죽거리며 우리에 관해 아주 거창한 말들을 늘어놓았고, 우리는 어린애들처럼 마주 보고 서 있었어요. 그 남자가 굳이 나를 '귀족 나리'라고 부르는 바람에 시빌에게 진짜 귀족 작위가 있는 건 아니라고 설명해야 했어요. 시빌은 이렇게만 대답했죠. '내 눈엔 귀족보단 왕자님 같아요.'"

"이건 확실해, 도리언. 시빌 양은 칭찬하는 법을 아는 사람이야."

"해리는 시빌이 어떤지 몰라요. 시빌은 나를 연극 속의 인물을 대하듯 했어요. 그 애는 삶에 대해선 아무것도 몰라요. 어머니랑 같이 사는데, 알고 보니 첫날에 드레스인지 가운인지 모를 보라색 옷을 입고 레이디 캐풀렛[12]을 연기했던 생기 없고 지친 여자가 시빌의 어머니였어요. 좋은 날은 다 지나간 것 같은 얼굴이었지요."

"어떤 얼굴인지 알아. 보면 어김없이 우울해지는 얼굴."

"유대인은 시빌의 과거 이야기를 들려주려고 했지만 관심 없다고 거절했어요."

"과연 옳은 선택이지. 다른 사람의 비극은 항상 보잘것없게 느껴지거든."

"시빌은 나의 유일한 사랑이에요. 출신이 어떻든 무슨 상관이겠어요? 그 아담한 머리부터 자그마한 발까지 그야말로 전적으로 경이로워요. 매일 밤 연기하는 시빌을 보러 가지만 항상 지난밤보다 훌륭하다니까요."

"그러면 이제 우리가 함께 저녁을 먹을 일은 영영 없겠군. 아주 기이한 연애를 즐기는 중인 줄 알았는데 말이야. 물론 그렇긴 한데 내가 기대했던 것과는 달라."

"이봐요, 해리, 우린 매일 만나서 점심이나 야식을 먹잖아요. 오페라에도 몇 번이나 같이 갔으면서."

"도리언은 항상 심각할 정도로 늦었지."

"1막만이라도 시빌이 나오는 연극을 보고 싶어서 그랬어요. 시빌을 보지 못하면 마음이 허하거든요. 그리고 그 작은 상앗빛 몸에 감춰진 멋진 영혼을 생각하면 경이감으로 가득

---

12 셰익스피어의 희곡 「로미오와 줄리엣」의 주인공 줄리엣의 어머니.

찬답니다."

"오늘은 나랑 저녁 먹을 수 있지, 도리언. 안 되려나?"

그는 고개를 가로저었다. "오늘 시빌은 이모젠이 될 거예요." 그가 대답했다. "내일은 줄리엣이 될 거고."

"언제 시빌 베인으로 돌아오는데?"

"돌아오지 않아요."

"축하해."

"정말 너무하네요! 시빌은 세상에서 가장 멋진 여자 주인공들이 하나로 응축된 존재라고요. 한 명의 인간 이상의 존재예요. 웃고 있네요. 하지만 장담하건대 시빌에게는 재능이 있어요. 난 시빌을 사랑해요. 시빌도 나를 사랑하게 만들고 말거예요. 해리는 인생의 비밀이라면 전부 알잖아요. 어떻게 해야 시빌 베인을 사로잡아서 날 사랑하게 할지 알려 줘요! 로미오도 질투하게 하고 싶으니까. 저승으로 떠난 연인들이 우리 웃음소리를 듣고 슬퍼하면 좋겠어요. 우리의 뜨거운 숨결이 그들의 유골에 의식을 불어넣고 잿가루로 남은 육신에 고통을 일깨우면 좋겠어요. 세상에! 해리, 난 진심으로 시빌을 숭배해요!" 도리언은 이리저리 서성이며 이야기했다. 볼이 군데군데 붉게 물들었다가 흰 피부로 돌아오기를 반복했다. 굉장히 흥분한 상태였다.

헨리 경은 미묘한 즐거움을 느끼며 그를 바라보았다. 지금 도리언의 모습은 바질 홀워드의 작업실에서 만난 수줍음 많고 겁 많던 소년과는 완전히 딴판이었다! 그의 천성이 서서히 꽃처럼 피어나더니 기어이 타오르는 듯한 주홍빛 꽃송이로 여물었다. 영혼이 숨어 있던 은신처에서 기어 나오자 욕망이 그것을 마중하러 나섰다.

"어떻게 할 생각인데?" 헨리 경이 마침내 입을 열었다.

"해리와 바질을 데려가서 시빌의 연기를 보여 주고 싶어요. 그 결과가 어떨지는 전혀 걱정되지 않아요. 두 사람은 시빌의 천재성을 반박할 수 없을 테니까. 그다음에는 시빌을 유대인의 손아귀에서 구해 줘야지요. 계약 때문에 지금부터 삼 년 동안…… 최소 이 년 팔 개월 동안 묶여 있거든요. 그 대가로 뭐라도 쥐어 줘야 할 거예요, 당연한 말이지요. 그게 다 해결되면 웨스트엔드 극장가에서 제대로 데뷔하게 해 줄 거예요. 시빌은 나를 사로잡은 것처럼 세상을 사로잡을 거예요."

"그건 불가능해, 이 친구야!"

"가능해요. 시빌은 자기 안에 예술, 예술을 향한 탁월한 본능만 가진 게 아니에요. 매력도 있어요. 해리가 자주 그랬죠, 시대를 움직이는 것은 원칙이 아니라 매력적인 인물이라고요."

"그래, 그러면 언제 보러 갈까?"

"가만 보자, 오늘이 화요일이죠. 내일 가도록 해요. 내일 시빌은 줄리엣을 연기해요."

"좋아. 8시에 브리스틀 클럽. 바질은 내가 데리고 가지."

"8시는 안 돼요, 해리. 6시 30분이요. 막이 올라가기 전에 도착해야 해요. 1막을, 시빌이 로미오를 만나는 장면을 꼭 봐야 한다고요."

"6시 30분! 그렇게 애매한 시간에! 마치 미트티[13]를 먹는 것 같겠군. 어쨌든 원한다면 그렇게 해야지. 그때까지 바질과 만날 일 있나? 아니면 내가 연락해 놓을까?"

---

13 meat-tea. 주로 노동자 계급이 5시에서 7시 사이에 먹는 가벼운 저녁 식사. 하이티(high tea)라고도 한다.

"바질! 일주일이나 얼굴을 못 봤네. 내가 정말 잘못했죠. 바질이 내 초상화를, 직접 디자인한 아주 멋진 액자에 넣어서 보내 줬거든요. 나보다 한 달이나 젊다는 점에서 시샘이 나기는 하지만 보고 있으면 기분이 좋다는 건 인정해야겠어요. 해리가 연락하는 게 더 좋겠네요. 단둘이서 보기는 조금 꺼려져서. 바질은 거슬리는 이야기를 많이 해요."

헨리 경이 미소 지었다. "아마 바질이 쓸모 있는 조언을 해 준다는 뜻이겠지. 사람들은 자신에게 가장 필요한 걸 나눠 주기를 좋아하니까."

"혹시 바질의 인생에 열정이나 사랑이 있다고 생각하는 건 아니겠죠?"

"열정은 모르겠지만 사랑은 분명 있어." 헨리 경의 눈에 즐거운 기색이 비쳤다. "바질이 그런 이야기를 하지 않던가?"

"단 한 번도 안 했어요. 직접 물어봐야겠네요. 바질의 인생에 사랑이라니, 놀라운데요. 정말 좋은 친구지만 내 눈에는 사랑 같은 건 모르는 세속적인 사람 같거든요. 해리를 알게 된 뒤로 바질의 그런 면모가 눈에 띄더군요."

"이봐, 도리언, 바질은 자신의 모든 매력을 작품에 쏟아부어서 그런 거야. 그렇게 자신을 소진한 결과, 삶에 편견과 원칙, 상식밖에 안 남고 말았지. 몸소 만났을 때 매력적인 예술가들은 전부 예술가로선 형편없어. 반면 훌륭한 예술가들은 모든 걸 예술에 바치기 때문에 인간적으론 하나도 재미없지. 위대한 시인, 진정으로 위대한 시인만큼 시적이지 않은 사람도 없다니까. 하지만 실력 없는 시인들은 그야말로 매력적이야. 운율이 형편없을수록 인간적인 면은 그림처럼 아름다워져. 이류 소네트 시집을 출판했다는 사실만으로 거부하기 힘든 매력이 생기지. 글로는 쓸 수 없는 시를 삶으로 살아 내고 있는 거니까. 다른 시인들은 겁나서 실천하지 못하는 시를 써 낸 거야."

"그게 정말일까요, 해리?" 도리언 그레이가 탁자 위에 놓인 금색 뚜껑이 달린 커다란 향수병을 들더니 손수건에 향수를 묻혔다. "해리가 그렇게 말한다면 그런 거겠죠. 난 이제 가야겠어요. 이모젠이 날 기다리고 있으니까. 내일 약속 잊지 말아요. 안녕!"

도리언 그레이가 떠나자 헨리 경은 무거운 눈꺼풀을 내리깔고 생각하기 시작했다. 물론 도리언 그레이처럼 헨리 경을 사로잡은 사람은 극소수였지만 이 소년의 다른 사람을 향한 광적인 애정은 그의 신경을 건드리거나 질투를 자극하지 않았다. 헨리 경은 오히려 그 점이 재미있었다. 그 덕분에 도리언 그레이는 더 흥미로운 연구 대상이 되었다. 그전부터 헨리 경은 과학이 흔히 연구 주제로 삼는 것들을 전부 사소하고 하찮게 여겼으나 과학의 방법론이라면 깊은 흥미를 보였다. 그래서 자신을 해부하기 시작했고, 나중에는 타인을 해부하게 되었다. 인간의 삶, 그것만이 연구할 가치가 있었다. 어느 것도 인간의 삶에 견줄 만한 가치를 지니지 못했다. 얼굴에 유리 가면을 쓴 채 괴괴한 고통과 쾌락의 시련에 빠진 삶을 지켜보기란 불가능했고, 삶의 유독한 기운으로 인한 두통을 막는 것, 상상력이 무시무시한 공상과 기형적인 꿈으로 돌변하지 못하도록 막기도 불가능했다. 어떤 독들은 정말이지 미묘해서 직접 중독되기 전에는 그 성격을 파악하지 못했다. 어떤 병들은 정녕 이상해서 걸려 보기 전까지 그 본질을 알 수 없었다. 하지만 알고 나면 얼마나 대단한가! 그 후에 세계는 또 얼마나 경이로워 보이는지! 기묘하고 냉철한 열정의 논리와 감정적이고 알록달록한 지성의 삶을 주의 깊게 바라보는 일, 열정과 지성이 어디서 만나고 헤어지며 어디서 합쳐졌다가 불화하는지 관찰하는 일, 그런 일에는 즐거움이 있었다! 그 대가가 얼마나 크든 무슨 상관이겠는가? 감각적인 경험을 위해서는 비용이 얼마라도 지불해야 했다.

헨리 경은 자신이 했던 말 때문에, 음악적으로 속삭였던 감미로운 말 때문에 도리언 그레이의 영혼이 순수한 소녀를 발견했고 몸을 굽혀 소녀를 숭배하게 되었다는 사실을 의식하고 있었다. 그것이 헨리 경의 갈색 마노 같은 눈동자에 기쁨의 빛을 드리웠다. 실로 도리언 그레이라는 소년은 헨리 경이 빚어낸 피조물이었다. 헨리 경은 그에게 성급함을 부여했다. 그것은 참 대단한 일이었다. 보통 사람들은 인생이 비밀을 드러내 보일 때까지 기다렸지만 선택받은 소수는 베일이 걷히기 전에 스스로 삶의 수수께끼들을 찾아냈다. 때때로 그것은 예술, 그중에서도 열정과 지성을 직접적으로 다루는 문학이라는 예술의 효과였다. 그러나 가끔은 복잡하고 매력적인 인물이 예술의 자리를 차지해서 그 역할을 도맡았고, 실로 매력적인 인물은 그 자체로 작품이었다. 마치 훌륭한 시나 조각이나 회화가 탄생하듯 삶이 자기만의 정교한 대작을 탄생시켰다.

그렇다, 소년은 성급했다. 아직 봄인데 수확에 나선 셈이었다. 내면에 고동치는 젊음의 열정은 있었으나 자의식이 너무 강해지고 있었다. 그를 바라보는 일은 과연 즐거웠다. 아름다운 얼굴과 아름다운 영혼, 도리언은 본질적으로 감탄의 대상이었다. 모든 것이 어떤 식으로 끝나든, 어떤 식으로 끝나게 될 운명이든 결국에는 상관없었다. 그는 역사극이나 연극에 나오는 우아한 인물들 같은 존재였다. 그의 기쁨은 범인들과 너무 동떨어져 보이지만 그의 슬픔은 범인들의 미감을 자극했고, 그의 상처는 붉은 장미 같았다.

영혼과 몸, 몸과 영혼, 그것들은 얼마나 신비로운지! 영혼에는 동물적 면모가 있었고, 몸에도 때로 영적인 순간이 있었다. 감각은 갈고닦을 수 있으며 지성은 타락할 수 있었다. 육체적 충동이 멈추고 정신적 충동이 시작되는 지점이 어디인지 누가 정확히 짚어 내겠는가? 용속한 심리학자들이 제멋대로 갖다 붙인 이야기들은 얼마나 얄팍한지! 하지만 다양한 학파의 주장 중 무엇이 진실인지 가려내는 일은 또 얼마나 힘든가! 정말 영혼은 죄악이라는 집에 자리한 그림자일까? 아니면 철학자 조르다노 브루노의 주장처럼 몸은 정말 영혼 안에 존재할까? 영혼과 몸이 분리되었다고 생각하면 신비로웠고, 영혼과 몸이 결합되었다고 해도 신비롭기는 마찬가지였다.

헨리 경은 심리학을 절대적인 학문으로 끌어올려 숭상하면 과연 그것이 삶의 작은 원동력들을 모조리 밝혀낼지 궁금했다. 지금 인간들은 항상 스스로를 오해했고 타인도 거의 이해하지 못했다. 경험에는 윤리적 가치가 하나도 없었다. 경험이란 지금껏 저지른 실수에 붙인 이름일 뿐이었다. 인간은 경험을 통해 위험을 예측할 수 있다고 생각했고, 경험이 인격 형성에서 도덕적 효용을 발휘한다고 주장했으며, 우리가 무엇을 따라가고 피해야 할지 가르쳐 준다고 여기면서 칭송했다. 하지만 경험에는 동력이 없었다. 양심과 마찬가지로 인간을 움직이게 하는 힘이 없었다. 실제로 경험이 증명하는 사실은 우리 미래가 과거와 똑같으리라는 것, 한 번 경악하며 저지른 죄악을 앞으로는 여러 번 즐겁게 반복하리라는 것뿐이었다.

헨리 경이 보기에 열정을 과학적으로 분석하기 위해서는 오직 실험법만이 유효했다. 분명 도리언 그레이는 지금 헨리 경의 연구 대상이었고, 풍성하고 유익한 연구 결과를 선사할 것 같았다. 시빌 베인을 향한 그의 급작스럽고 광적인 사랑은 가볍게 넘길 심리적 현상이 아니었다. 분명 그 사랑의 뿌리에는 호기심이, 새로운 경험을 향한 호기심과 욕망이 있었으나 그의 열정은 단순하다기보다 꽤 복잡했다. 소년 시절의 순전히 감각적인 본능에서 출발한 사랑에 상상력이 작용한 결과, 그 사랑은 도리언의 눈에 감각과 거리가 먼 듯 보이는 무언가로 바뀌었고 다름 아닌 그 이유로 훨씬 더 위험한 것이 되어 버렸다. 세상에는 뿌리에 대해 거짓말을 하게 하는 사랑이 있었고, 그런 사랑이야말로 우리를 가장 강력하게 집어삼켰다. 우리가 그 본성을 잘 파악하고 있는 행동 동력일수록 영향력은 가장 미미했다. 그리고 우리가 타인을 대상으로 실험한다고 생각하지만 사실은 자기 자신을 실험 중일 때도 종종 있었다.

헨리 경이 이런 생각에 빠져 있는데 문을 두드리는 소리가 들렸고, 시종이 나타나더니 저녁 식사를 위해서 옷을 갈아입어야 한다고 알려 주었다. 헨리 경은 자리에서 일어나 거리를 내다보았다. 주홍빛 섞인 금빛 석양이 맞은편 집들의 위층 창문을 강타하고 있었다. 유리창이 가열된 금속판처럼 붉게 빛났다. 그리고 먼 하늘은 바랜 장밋빛이었다. 그는 강렬한 색채로 빛나는 젊은 도리언 그레이의 생을 떠올렸고, 모든 것이 어떻게 끝날지 궁금해졌다.

12시하고도 30분이 지나서 집에 돌아왔을 때 그는 복도 테이블에 놓여 있는 전보를 보았다. 도리언이 보낸 것이었다. 시빌 베인과 약혼했다는 소식이 적혀 있었다.

4

"소식은 늘었겠지, 바질?" 다음 날 저녁 3인분의 식사가 차려진 브리스틀 클럽 식당의 작은 방에 바질 홀워드가 나타나자 헨리 경이 말했다.

"아니, 해리." 홀워드는 고개를 꾸벅 숙인 웨이터에게 모자와 코트를 건네주며 답했다. "무슨 소식인데? 정치 이야기는 아니었으면 좋겠는걸? 정치 이야기는 재미없어. 하원 의원 중에는 그려 볼 만한 사람이 하나도 없지. 얼굴에 물감을 잔뜩 칠해 놓으면 그나마 보기 좋을 사람은 숱하지만."

"도리언 그레이가 약혼했다더군." 헨리 경은 바질에게 시선을 고정한 채 말했다.

홀워드의 얼굴에서 핏기가 싹 가셨다. 그러고는 잠시 눈빛이 이상해지더니 곧 평상시 모습으로 돌아왔다. 이제 눈동자에는 아무런 감정도 담겨 있지 않았다. "도리언이 약혼을!" 그가 외쳤다. "말도 안 돼!"

"사실이야."

"누구랑 했는데?"

"웬 풋내기 여자 배우랑."

"못 믿겠어. 도리언은 그보단 훨씬 현명한데!"

"이봐, 바질, 도리언은 아주 현명해서 때때로 바보 같은 짓을 할 수밖에 없는 거야."

"결혼은 때때로 할 수 있는 게 아니잖아, 해리." 홀워드는 미소를 머금고 말했다.

"미국에서는 할 수 있지. 그런데 난 도리언이 결혼했다고 한 적은 없는걸. 약혼했다고 했어. 큰 차이가 있다고. 난 내가 결혼했음은 똑똑히 기억하고 있지만 약혼했던 기억은 전혀 없거든. 약혼한 적은 없다고 믿고 싶어."

"하지만 도리언의 신분과 지위와 재산을 생각해 봐. 자기보다 훨씬 모자란 여자와 결혼하는 건 말이 안 된다고."

"결혼이 성사되기를 바란다면 꼭 그 말을 하도록 해, 바질. 그러면 도리언은 끝까지 밀어붙일 거야. 남자가 철저하게 멍청한 짓을 할 때는 언제나 고귀한 이유가 있는 법이지."

"약혼자가 좋은 여자라야 할 텐데, 해리. 도리언이 웬 끔찍한 여자에게, 도리언의 성정을 타락시키고 지성을 망쳐 놓을 여자에게 발이 묶이는 꼴은 보고 싶지 않아."

"오, 좋은 여자보다 낫지. 아름답거든." 헨리 경은 베르무트와 오렌지 비터스를 섞은 음료를 홀짝이며 중얼거렸다. "도리언이 그러던데, 그 여자가 아름답다고. 그리고 그 애는 아름다움에 관해선 틀리는 법이 없으니까. 네가 그린 초상화가 도리언에게 타인의 아름다움을 식별하는 능력을 줬어. 초상화가 일으킨 여러 효과 중에서도 단연코 굉장해. 이제 다 같이 가서 그 여자를 보게 될 거야. 도리언이 오늘 약속을 잊지 않았다면."

"그래서 너는 이 약혼을 찬성하는 거야, 해리?" 홀워드는 입술을 꼭 깨물고 이쪽저쪽으로 서성거리며 말했다. "정말 찬성한다고는 못 하겠지. 한순간의 철없는 불장난에 지나지 않는데."

"난 이제 어떤 일에 찬성도 반대도 하지 않아. 그런 태도로 세상을 바라보는 건 바보 같아. 우리는 도덕적인 편견을 전시하려고 이 세상에 온 게 아니야. 난 평범한 사람들이 뭐라든 신경 쓰지 않고, 매력적인 사람들이 무슨 짓을 하든 끼어들지 않아. 나를 매료한 사람이라면 무슨 짓을 하더라도 내겐 기쁨일 뿐이지. 도리언 그레이는 셰익스피어 연극에 출연하는 여자와 사랑에 빠졌고, 그 여자에게 결혼하자고 했어. 그러면 안 되는 이유라도 있나? 메살리나[14]와 결혼하더라도 도리언은 변함없이 흥미로운 인물이야. 자네도 알지, 난 결혼을 썩 좋게 생각하지 않아. 결혼의 진정한 단점은 인간을 이타적으로 만든다는 거야. 이타적인 인간이란 무미건조하거든. 개성이라곤 없지. 그래도 어떤 사람들은 결혼 덕에 성격이 더 풍성해지기도 해. 그들은 연신 자기중심적인 태도를 유지하면서 거기에 다른 자아를 추가하지. 하나 이상의 삶을 살 수밖에 없어서 그래. 더 조직적으로 살게 되지. 게다가 모든 경험에는 가치가 있는 법이고, 결혼에 관한 관점은 저마다 다를 수 있지만 결혼이 일종의 경험이라는 데엔 반박의 여지가 없으니까. 난 도리언 그레이가 그 여자를 아내로 삼아서 반년 정도 열정을 다해 사랑을 하다가 갑자기 다른 사람에게 빠졌으면 좋겠어. 그러

14 로마 황제 클라우디우스의 황후. 원하는 것은 어떤 식으로든 손에 넣을 만큼 물욕이 강했으며, 성욕도 넘쳐서 불륜을 일삼았다. 허영심과 물욕, 성욕의 상징이다.

면 아주 훌륭한 연구 대상이 되겠지."

"진심은 아니겠지, 해리. 진심이 아니라는 건 자네가 더 잘 알 거야. 도리언 그레이의 인생이 망가진다면 자네보다 애석해할 사람은 없으니까. 아닌 척하지만 자네는 사실 좋은 사람이라고."

헨리 경은 웃었다. "인간이 타인을 애써 높게 평가하는 이유는 자신의 안위가 걱정되기 때문이야. 긍정적인 마음의 근간은 순전히 공포심이지. 우리는 다른 사람들의 장점을 칭찬하면서 자기가 너그럽기에 그러는 줄 알아. 하지만 우리가 칭찬하는 타인의 장점이란 전부 자신에게 이익이 되는 것일 뿐이지. 은행한테 돈을 빌릴 일이 있으면 은행원을 칭찬하고, 내 지갑은 털지 말라는 뜻으로 강도에게서도 선한 면을 찾아내지. 내가 하는 말, 전부 진심으로 하는 거야. 내겐 긍정주의만큼 경멸스러운 것도 없어. 그리고 망가진 인생에 관해서 말하자면 성장하려는 사람을 억누르지 않는 이상 그의 인생이 망가질 일은 없어. 사람 성격을 망가뜨리고 싶을 땐 가르치려고 나서면 돼. 그나저나 도리언이 왔군. 나보다 훨씬 잘 설명해주겠지."

"친애하는 해리와 바질, 나를 축하해 주세요!" 소년은 안감이 새틴으로 된 이브닝 케이프를 벗어 던지고 차례차례 친구들과 악수했다. "이렇게 행복한 건 처음이에요. 물론 급작스럽긴 해요. 사실 즐거운 일은 다 급작스럽잖아요. 내가 평생 찾아 헤매던 게 결혼이었나 봐요!" 흥분과 기쁨으로 발그레해진 그의 얼굴은 놀랄 만큼 아름다웠다.

"항상 행복하기를 바라네, 도리언." 홀워드가 말했다. "하지만 내게 약혼 이야기를 하지 않은 건 봐줄 수 없겠는걸. 해리에게는 알려 줬으면서 말이지."

"이렇게 늦게 온 것도 봐줄 수 없어." 미소를 머금은 헨리 경이 도리언의 어깨에 손을 올리며 끼어들었다. "어서 앉아서 새로 왔다는 요리사의 음식을 즐겨 보자고. 어떻게 된 일인지 설명도 해 주고."

"설명할 것도 없어요." 도리언이 말했다. 세 사람은 작은 원형 테이블에 앉았다. "일어난 일은 이게 전부예요. 어제저녁 해리네 집에 들렀다가 루퍼트 스트리트에 있는 특이한 이탈리아 식당, 전에 해리가 알려 줬던 그 식당에서 저녁을 먹고 시빌이 있는 극장에 갔죠. 시빌은 로절린드 역을 맡았어요. 물론 무대 연출은 끔찍했고 올란도 역의 배우는 봐주기 힘들었어요. 하지만 시빌! 두 사람도 시빌을 봤어야 했는데! 남자아이처럼 차려입고 등장한 모습이 정말 근사했어요. 이끼 색깔 벨벳 조끼와 계피 색깔 소매, 딱 붙는 갈색 양말과 그 위에 흘러내리지 않게 십자로 동여맨 끈, 매의 깃털을 보석으로 고정해서 매단 작고 섬세한 초록색 모자, 짙은 빨간색 안감을 덧댄 모자 달린 외투까지. 그렇게 아름다운 모습은 또 처음이었답니다. 바질의 스튜디오에 있는 타나그라 점토 인형[15]처럼 섬세한 우아함을 뽐내고 있었어요. 창백한 장미를 감싼 짙은 잎사귀처럼 머리카락이 얼굴을 감쌌고요. 시빌의 연기는⋯⋯ 뭐, 오늘 밤에 보게 되겠죠. 간단히 표현하자면 시빌은 타고난 예술가랍니다. 난 그 어두침침한 특별석에서 경이에 휩싸였어요. 지금이 19세기, 여기가 런던이라는 사실조차 까맣게 잊었어요. 누구도 본 적 없는 외딴 숲속으로 내 사랑의 손을 잡

15 고대 그리스의 소형 인물상.

고 떠난 것 같았다니까요. 연극이 끝나고 무대 뒤로 가서 시빌과 이야기를 나눴어요. 함께 앉아 있는데 불현듯 시빌의 눈 속에 어떤 빛이, 한 번도 본 적 없었던 빛이 반짝였어요. 내 입술이 시빌의 입술로 다가갔고, 우리는 키스했어요. 그 순간 어떤 기분이 들었는지는 형용할 수 없어요. 내 한평생이 그 한순간으로, 장밋빛 기쁨으로 가득한 그 완벽한 순간으로 수렴하는 기분이랄까. 시빌은 한 떨기 수선화처럼 파르르 떨었죠. 그러고는 무릎을 꿇고 내 손에 입을 맞췄어요. 두 사람에게 이 이야기를 하면 안 될 것 같지만 참을 수가 없네요. 물론 우리의 약혼은 전적으로 비밀이에요. 심지어 시빌의 어머니도 이 소식을 몰라요. 내 후견인들께서 소식을 들으면 뭐라고 할까! 래들리 경은 분명 불같이 화를 내실걸요. 상관없어요. 이제 일 년도 못 되어 성인이 될 테니 내 마음대로 할 수 있어요. 시에서 사랑을 취한 것, 셰익스피어의 작품 안에서 아내를 찾은 것, 전부 잘한 일이죠, 바질? 그렇지요? 셰익스피어에게 말하는 법을 배운 입술이 내 귀에 비밀을 속삭였어요. 난 로절린드의 팔에 안겼고, 줄리엣의 입술에 입을 맞췄답니다."

"그래, 도리언. 잘한 일인 것 같아." 홀워드가 느릿느릿 말했다.

"오늘도 시빌을 만났으려나?" 헨리 경이 물었다.

도리언이 고개를 저었다. "시빌은 아든 숲에 두고 왔어요. 이제 베로나의 과수원으로 가면 찾을 수 있겠죠."

헨리 경은 생각에 잠겨서 샴페인을 홀짝였다. "정확히 어느 순간에 결혼 이야기를 꺼냈지, 도리언? 그리고 대답은 뭐라고 했고? 그런 건 다 잊어버렸을지도 모르겠지만."

"이런, 해리, 계약서라도 썼다고 생각하는 건가요. 공식적으로 결혼해 달라고 말한 건 아니에요. 사랑한다고 했더니 갑자기 시빌이 자기는 내 아내가 될 만한 자격이 없다는 거예요. 자격이 없다니 당치도 않죠! 정말이지, 온 세상을 다 준다 해도 시빌이 아니면 아무 의미 없어요."

"여자들이란 굉장히 실용적이지." 헨리 경이 말했다. "우리 남자들보다 훨씬 실리에 밝아. 그런 상황에서 남자들은 결혼 이야기를 꺼낼 생각도 못 하는데 여자들이 항상 일깨워 준다니까."

홀워드는 헨리 경의 팔에 손을 얹었다. "그만해, 해리. 이미 너는 도리언의 신경을 잔뜩 긁어 났다고. 도리언은 다른 사람들과는 달라. 누구에게도 고통을 주지 않을 거야. 그러기엔 너무 선한 친구니까."

헨리 경은 테이블 건너편을 보았다. "난 도리언의 신경을 긁은 적 없어." 그가 답했다. "그런 질문을 했던 건 가장 합당한 이유, 다름 아닌 단순한 호기심 때문이야. 질문하는 행위에 대해 내세울 수 있는 유일한 이유는 바로 호기심이지. 내 생각에 먼저 청혼하는 쪽은 언제나 여자야, 남자가 아니고. 물론 중산층은 예외지. 하지만 중산층은 현대적이지 않으니까."

도리언 그레이는 웃으며 머리를 뒤로 젖혔다. "정말 못 말린다니까요, 해리. 그래도 상관없어요. 해리에겐 도무지 화를 못 내겠거든요. 시빌 베인을 실제로 보고 나면 그녀에게 상처를 줄 수 있는 건 잔인한 괴물뿐이라고 생각하게 될걸요. 사랑하는 사람을 아프게 하는 인간들이, 난 도무지 이해가 안 돼요. 난 시빌 베인을 사랑해요. 시빌을 황금으로 된 단상 위에 세워 놓고 싶어요. 온 세상이 내 여자를 숭배하는 모습을 보고 싶어요. 결혼이 뭔가요? 철회할 수 없는 맹세잖아요. 그리고 나는 바로 철회할 수 없는 맹세를 원해요. 시빌의 신뢰가 나를 신실하게 하고, 시빌의 믿음이 나를 선하게 만들어요. 시빌과 함께 있으면 해리에게 배운 모든 걸 후회하게 돼요. 해리가 아는 나와는 다른 사람이 돼요. 난 이미 변했어요. 시빌 베인의 손길만으로도 해리의 모든 그릇되고 매혹적이고 유독하고 즐거운 이론들을 까맣게 잊게 돼요."

"너는 영원히 날 좋아할 거야, 도리언." 헨리 경이 말했다. "여러분, 커피 좀 드시겠나? 웨이터, 커피와 핀샹파뉴[16], 담배를 가져오도록. 아니, 담배는 됐어요, 조금 남았으니까. 바질, 시가 피우지 마. 담배를 피워. 담배는 완벽한 종류의 완벽한 쾌락이라고. 아주 섬세하고, 다 피운 뒤에도 채워지지 못한 갈망을 남기지. 그 이상 더 무엇을 원하겠나? 그래, 도리언, 너는 영원히 날 좋아할 거야. 난 도리언이 감히 저지르지 못한 모든 죄악을 상징하니까."

"정말 말도 안 되는 소리를 하네요, 해리!" 도리언 그레이는 웨이터가 테이블 위에 두었던 용 모양 은제 라이터로 담배에 불을 붙였다. "당장 극장으로 가요. 시빌을 직접 보면 새로운 꿈이 생길걸요. 지금껏 전혀 몰랐던 무언가를 시빌이 알려줄 거예요."

"내겐 모르는 게 없어." 헨리 경이 슬픔 어린 눈동자로 말했다. "하지만 언제든 새로운 감정을 경험할 준비는 되어 있지. 물론 내게 새로 경험할 감정 같은 건 없지만. 그래도 도리언의 멋진 약혼자는 내게 놀라움을 선사할지 몰라. 난 연극이 좋아. 삶보다 훨씬 더 생생하거든. 그럼 일어납시다. 도리언은

16 코냑의 한 종류.

나랑 같이 가자고. 미안해, 바질, 내 사륜마차에는 두 자리뿐
이야. 따로 마차를 잡아서 따라와 줘."

　세 사람은 자리에서 일어나 선 채로 커피를 홀짝이며 코
트를 입었다. 홀워드는 말없이 생각에 잠겨 있었다. 얼굴에 우
울한 분위기가 감돌았다. 도리언의 결혼은 견디기 힘들었지
만 일어날 수도 있었던 다른 일들을 생각하면 차라리 나은 듯
싶었다. 잠시 후 세 사람은 아래층으로 내려갔다. 홀워드는 약
속한 대로 혼자 마차를 타고 가며 두 친구의 작은 사륜마차가
앞에서 불빛을 반짝이는 모습을 바라보았다. 낯선 상실감이
내면에 퍼졌다. 그가 여태껏 알고 지낸 도리언 그레이는 이제
영영 사라져서 만날 수 없을 것만 같았다. 홀워드의 눈동자에
어둠이 드리웠고, 번쩍거리며 붐비는 거리마저 뿌옇게만 보
였다. 마차가 극장 앞에 도착했을 때 그는 몇 년은 더 늙은 기
분이었다.

5

어떻게 된 일인지 그날 극장은 만원이었고, 문간에서 그들을 반겨 준 뚱뚱한 유대인 주인은 느끼한 웃음을 지으며 입이 귀에 걸려 있었다. 그는 과시적인 공손함이 느껴지는 태도로 세 사람을 특별석으로 안내했다. 보석이 주렁주렁한 손을 연신 흔들었고, 말할 때마다 고래고래 소리를 질렀다. 도리언 그레이는 극장 주인이 어느 때보다도 꼴 보기 싫었다. 미란다를 찾으러 왔는데 칼리반[17]을 만난 것 같은 기분이었다. 반면 헨리 경은 그가 마음에 들었다. 적어도 말은 그렇게 했다. 굳이 악수를 청하며 진정한 천재를 알아본 사람, 셰익스피어 때문에 파산했던 사람을 만나게 되어 뿌듯하다고 말했다. 홀워드는 저렴한 뒤쪽 좌석에 앉은 사람들을 관찰하느라 즐거웠다. 극장 안은 열기로 끔찍하게 답답했고, 거대한 조명은 꽃잎 대신 불꽃을 단 달리아처럼 뜨거웠다. 꼭대기 관람석의 젊은

17　미란다와 칼리반은 셰익스피어의 희곡 『태풍』에 등장하는 인물로 미란다는 공작의 딸이고, 칼리반은 미개하고 추한 괴물 같은 존재다.

이들은 코트와 조끼를 벗어서 옆에 걸었다. 그들은 극장 반대쪽에 앉은 사람들에게 큰 소리로 말하고 옆에 있는 싸구려 화장을 한 여자들과 오렌지를 나누어 먹었다. 뒤쪽 좌석에 앉은 여자들은 지독할 만큼 날카롭고 찢어지는 목소리로 깔깔 웃었다. 바에서 펑 하고 코르크 마개를 따는 소리가 들렸다.

"정말 이런 곳에서 너의 여신을 찾았다고!" 헨리 경이 말했다.

"맞아요!" 도리언 그레이가 답했다. "바로 여기서 시빌을 찾았고, 시빌은 살아 있는 어느 존재보다 여신다워요. 시빌이 연기를 시작하는 순간 모든 걸 잊게 될 거예요. 이 극장 안의 범속한 사람들, 거친 얼굴로 짐승처럼 몸을 흔드는 사람들조차 시빌이 무대에 올라가면 아주 달라진답니다. 조용히 앉아서 시빌만 바라보지요. 시빌이 명령하는 대로 흐느끼고 웃음을 터뜨려요. 시빌은 그들에게 바이올린 같은 예민함을, 영혼을 불어넣어요. 누구든 그 광경을 보고 있으면 저들도 자신과 똑같이 살과 피로 된 존재라는 느낌을 받을 거예요."

"아, 그건 싫은데!" 오페라글라스로 꼭대기 좌석에 있는 관객들을 훑어보던 헨리 경이 중얼거렸다.

"해리는 신경 쓰지 마, 도리언." 홀워드가 말했다. "난 무슨 뜻인지 아니까. 시빌이라는 여자가 대단하리라고 믿어. 도리언이 사랑하는 사람이라면 분명 굉장할 테고, 더군다나 방금 묘사한 효과를 일으키는 여성이라면 분명 멋지고 훌륭하겠지. 동시대 사람들에게 영혼을 불어넣는다, 그건 가치 있는 일이고말고. 영혼 없이 살던 사람들에게 영혼을 줄 수 있다면, 음침하고 추한 삶을 살던 사람들의 내면에 미감을 창조할 수 있다면, 그들의 이기심을 깨부수고 그들이 몰랐던 눈물과 슬폼을 선사한다면 시빌은 도리언의 사랑을 받을 만한, 세상의 사랑을 받을 만한 가치가 있는 여자야. 이 결혼은 좋은 결정이군. 처음에는 그렇게 생각하지 않았지만 이젠 인정해야겠네. 신이 도리언을 위해서 시빌 베인을 창조했어. 시빌 없이는 도리언도 불완전했을 거야."

"고마워요, 바질." 도리언 그레이는 손에 힘을 주며 대답했다. "바질은 이해해 줄 줄 알았다니까. 해리는 너무 냉소적이라 무서울 지경이에요. 이제 오케스트라가 나오네요. 귀 따가운 수준이지만 오 분이면 끝나요. 그러면 막이 오를 테고 내 삶의 주인이 될 여자, 내 안의 선한 마음을 전부 끌어안은 여자가 등장할 거예요."

십오 분이 지나자 우레와 같은 박수 소리를 뚫고 시빌 베인이 무대 위에 모습을 드러냈다. 과연 사랑스럽다고, 지금껏 본 사람들 중 가장 아름답다고 해도 과언이 아니라고 헨리 경은 생각했다. 시빌 베인의 수줍은 우아함과 놀란 듯한 눈에는 새끼 사슴 같은 매력이 있었다. 열렬한 관객으로 바글바글한 극장을 훑어보는 볼이 은거울에 비친 장미처럼 엷은 붉은빛으로 물들었다. 그녀는 몇 발자국 뒤로 물러났고, 입술을 파르르 떨었다. 바질 홀워드는 벌떡 일어나서 손뼉을 치기 시작했다. 도리언 그레이는 꿈속에 있는 듯 꼼짝도 하지 않고 그녀를 바라보았다. 헨리 경은 오페라글라스를 들여다보며 중얼거렸다. "매력적이군, 매력적이야!"

그 장면의 배경은 캐퓰렛 가족이 사는 저택의 홀이었고, 순례자 같은 옷을 입은 로미오는 머큐쇼를 비롯한 친구들과 함께 무대에 등장했다. 악단이라고 하기에도 민망한 악단이 음악을 뚱땅거리자 배우들은 춤을 추기 시작했다. 볼품없고 허름한 차림의 배우들 사이로 보이는 시빌 베인은 이곳보다 더 아름다운 세상에 속한 존재처럼 움직였다. 춤추는 몸은 물속에서 한들거리는 풀잎 같았다. 목의 윤곽이 흰 백합의 곡선과 겹쳐 보였다. 손은 마치 서늘한 상아로 만든 듯했다.

하지만 그는 이상하게 무기력했다. 로미오를 바라볼 때도 전혀 기쁜 기색이 느껴지지 않았다.

선량한 순례자님, 당신은 자기 손에 모지시네요.
그 손은 내 손에 닿아야 헌신적인 마음을 보여 줄 수 있어요.
순례자들이 팔을 뻗어 성인의 손을 맞잡듯이
손과 손을 맞대는 것은 순례자의 입맞춤과 같으니.

이런 길지 않은 대사를 할 때도, 이어지는 대화를 주고받을 때도 연기는 철저하게 인위적이었다. 목소리는 고왔으나 어조는 완전히 가식적이었다. 음색도 맞지 않았다. 대사의 생명력이 전부 흩어졌다. 그녀가 보여 준 열정은 가짜 같았다.

시빌 베인을 바라보는 도리언 그레이의 얼굴이 점점 하얗게 질렸다. 두 친구 중 누구도 감히 입을 열지 못했다. 그들이 보기에 시빌 베인은 끔찍이도 무능했다. 그들은 깊이 실망했지만 줄리엣으로 분한 배우를 평가하려면 적어도 2장 발코니 장면까지는 봐야 하는 법이었다. 그들은 그 장면을 기다렸다. 거기서마저 실패한다면 시빌에게 아무런 재능도 없다는 뜻이리라.

달빛 속으로 걸어 나온 시빌 베인은 아름다웠다. 그것은 반박할 여지가 없었다. 하지만 교과서를 읽는 듯 뻣뻣한 연기는 봐주기 힘들었고 시간이 지나면서 더욱 참혹해졌다. 그의 손동작은 우스울 정도로 인위적이었다. 대사를 하나하나 지나치게 강조하고 있었다.

내 얼굴은 밤의 가면을 써서 당신에게 보이지 않지요.
그렇지 않았다면 오늘 밤 당신 귀에 닿은 나의 이야기 때문에
내 볼은 소녀다운 붉은빛으로 달아올랐을 거예요.

이런 아름다운 대사, 시빌은 듣기 고통스러울 만큼 또박또박 발음했다. 이류 화법 교사에게서 낭독을 배운 학생 같았다.

당신과 함께 있으면 기쁘지만
이 밤에 맹세를 주고받는 건 기쁘지 않아요.
너무 성급해요. 너무 경솔해요. 너무 급작스러워요.
꼭 번개 같아요, "번개다."라고 말하기도 전에
반짝이고 사라져 버리는 번개. 내 사랑, 안녕!
우리 사랑은 여름 공기에 부풀어 오르는 꽃봉오리를 닮았으니
다음에 만나면 활짝 핀 꽃으로 자라 있을지도.

발코니에 기대어 이 훌륭한 대사를 연기할 때도 그녀는 대사가 자신에게 전연 무의미하다는 듯 내뱉을 뿐이었다. 긴장해서가 아니었다. 실로 긴장한 것과는 거리가 멀었고 정신이 온통 딴 세상에 있었다. 그저 연기가 형편없었고, 배우로서 철저한 실패였다.

뒷좌석과 꼭대기 좌석에 앉아 있던 수준 낮고 상스러운 관객들도 연극에 흥미를 잃었다. 그들은 집중력을 상실한 채

큰 소리로 대화하며 휘파람을 불었다. 2층 특등석에 있던 유대인 주인은 발을 구르며 분노의 욕설을 내뱉었다. 오직 시빌 베인만이 이런 상황에 무감했다.

2막이 끝나자 거센 야유가 터져 나왔고, 헨리 경은 의자에서 일어나 코트를 입었다. "아주 아름다운 여자로군, 도리언." 그가 말했다. "하지만 연기는 형편없어. 나가자."

"끝까지 볼 거예요." 소년은 씁쓸하게 굳은 목소리로 말했다. "나 때문에 저녁 시간을 낭비하게 됐으니 정말 미안하군요, 해리. 두 분께 사과할게요."

"있잖아, 도리언. 베인 씨가 오늘 몸이 안 좋았나 봐." 홀워드가 끼어들었다. "나중에 다시 와야겠어."

"아픈 거라면 다행이겠죠." 도리언 그레이가 말했다. "하지만 그저 서툴고 딱딱해 보이는데요. 완전히 다른 사람 같아요. 어젯밤에는 분명 훌륭한 예술가였는데. 오늘은 한낱 흔해 빠진 졸렬한 배우예요."

"사랑하는 사람을 두고 그렇게 말하지 마, 도리언. 사랑은 예술보다 더 훌륭한 거라고."

"사랑이든 예술이든 그저 모방의 한 형태에 지나지 않지." 헨리 경이 중얼거렸다. "어쨌든 가자고. 도리언, 여기 있으면 안 돼. 형편없는 연기를 보는 건 정신에 좋지 않아. 게다가 아내가 계속 배우 일을 하는 건 원하지 않잖아. 그러니 목각 인형처럼 줄리엣 연기를 한다고 한들 무슨 상관이겠어? 시빌은 정말 사랑스러워. 시빌이 연기에 무지한 것처럼 삶에도 무지한 여자라면 아주 즐거운 경험이 되어 줄 거야. 이 세상에 존재하는 매혹적인 사람들은 딱 두 종류로 나눌 수 있지. 모든 것에 박식한 사람과 아무것도 모르는 사람. 세상에, 불쌍한 친구 같으니, 그렇게 처참한 표정 짓지 마! 젊음을 유지하는 비결은 젊음과 어울리지 않는 감정을 차단하는 거라고. 바질이랑 나랑 셋이서 클럽에 가는 게 어때. 담배를 피우고 시빌 베인의 아름다움에 건배를 들자고. 정말 아름다운 여자야. 그것 말고 또 뭘 바라겠나?"

"제발 가세요, 해리." 소년이 외쳤다. "정말이지 혼자 있고 싶으니까. 바질, 가 달라고 부탁해도 괜찮겠지요? 아! 내가 얼마나 속상한지 안 보여요?" 도리언 그레이의 눈에 뜨거운 눈물이 차올랐고, 입술은 떨렸다. 그는 특별석 뒤쪽으로 달려가 벽에 기대어 서서 손에 얼굴을 묻었다.

"가자고, 바질." 헨리 경의 목소리에서 낯선 애틋함이 느껴졌다. 두 남자는 함께 자리를 떴다.

잠시 후 무대 밑 조명에 불이 들어오자 막이 올라가고 3막이 시작되었다. 도리언 그레이는 자리로 돌아갔다. 창백하고 오만하고 무심한 얼굴이었다. 연극은 계속되었고 도무지 끝날 것 같지 않았다. 관객 중 절반은 육중한 부츠를 쿵쾅거리고 웃음을 터뜨리며 나갔다. 모든 것이 한바탕 '참극'이었다. 마지막 5막은 거의 텅 빈 좌석을 앞에 두고 공연했다.

도리언 그레이는 연극이 끝나자마자 무대 뒤의 배우 대기실로 갔다. 그곳에 홀로 서 있는 시빌 베인의 얼굴 위로 의기양양한 표정이 감돌았다. 광채를 내뿜는 그녀의 눈동자 속에서 강렬한 불길이 엿보였다. 살짝 벌어진 입술은 자기만의 비밀을 생각하며 미소 지었다.

도리언 그레이가 등장하자 그를 바라보는 시빌 베인의 얼굴에 무한한 기쁨이 떠올랐다. "나 오늘 연기가 정말 형편없었죠, 도리언!" 그녀가 외쳤다.

"끔찍했어요!" 도리언이 어이없다는 표정으로 시빌을 바라보며 대답했다. "끔찍했다고요! 최악이었어요. 어디 아파요? 시빌은 자기 연기가 어땠는지 모를걸요. 내가 뭘 견뎠는지 모를 거라고요."

시빌이 웃었다. "도리언." 그녀는 도리언의 이름을 노래하듯 길게 늘여 불렀다. 꼭 그 이름이 빨간 꽃잎 같은 입술에 꿀보다 더 달콤하게 느껴진다는 듯한 목소리였다. "도리언, 이해해 줬어야죠. 이제는 이해하죠, 그렇죠?"

"이해하긴 뭘요?" 도리언은 성난 목소리로 물었다.

"오늘 내 연기가 그렇게 처참했던, 앞으로도 처참할 이유 말이에요. 내 연기가 절대 좋아질 수 없는 이유."

도리언은 어깨를 으쓱했다. "아픈 거로군요. 몸이 아프면 연기를 쉬어야지요. 안 그랬다가는 자기 얼굴에 먹칠할 뿐이니까. 내 친구들이 지루해했어요. 나도 지루했고."

시빌은 도리언의 이야기를 듣고 있지 않은 듯했다. 격한 기쁨 때문에 완전히 딴사람 같았다. 극도의 희열이 그녀를 장악하고 있었다.

"도리언, 도리언." 그녀가 외쳤다. "당신을 만나기 전 내 삶에는 연기밖에 없었어요. 나는 극장 안에서만 살아 있었지요. 전부 진짜라고 생각했어요. 어느 날은 로절린드가 되었고 다음 날에는 포셔가 되었어요, 비어트리스의 기쁨이 내 기쁨이었고 코딜리아의 슬픔 역시 내 것이었어요.[18] 그 모든 것이 진짜라고 믿었답니다. 나와 함께 연기한 평범하기 그지없던 사

---

18 포셔는 셰익스피어의 희곡 『베니스의 상인』, 비어트리스는 『헛소동』, 코딜리아는 『리어왕』의 여자 주인공이다.

람들도 내겐 신과 마찬가지였고, 연출된 장면들은 내 세계였지요. 나는 그림자밖에 모르면서도 그것이 진짜라고 생각했답니다. 그런데 당신이 나타났고…… 아, 나의 아름다운 사랑! ……갇혀 있던 내 영혼을 해방해 주었고, 진정한 삶이 무엇인지 가르쳐 주었지요. 나는 오늘 밤, 살아생전 처음으로, 이제껏 열심히 투신했던 연극이라는 행위가 허무하고 공허하고 기만적이고 바보 같다는 사실을 깨달았어요. 나는 오늘 밤, 살아생전 처음으로, 로미오가 화장을 떡칠한 끔찍한 늙은이에 지나지 않는다는 걸, 과수원의 달빛이 가짜라는 걸, 무대 연출이 저속하다는 걸 알게 되었어요. 내 입에서 나오는 대사가 비현실적일뿐더러 그것은 내 이야기가, 내가 하고 싶은 이야기가 아니라는 점을 깨달았답니다. 도리언이 내게 더 위대한 것을 주었고, 따라서 모든 예술은 그 그림자에 지나지 않는답니다. 도리언 덕에 진정한 사랑이 무엇인지 깨우쳤어요. 내 사랑! 내 사랑! 난 그림자에 질렸어요. 온 세상의 예술을 전부 합해도 내겐 도리언만 못해요. 연극 속 꼭두각시들과 뭘 하겠어요? 오늘 무대에 올랐을 때 어떻게 나의 전부였던 연극이 이처럼 순식간에 무의미해질 수 있는지 어안이 벙벙했어요. 그러다가 갑자기 모든 것의 의미를 깨달았지요. 그 깨달음은 정말 굉장했어요. 난 관객들의 야유를 들으며 미소 지었지요. 그들이 사랑에 관해서 뭘 알겠어요? 날 데려가 줘요, 도리언. 우리가 단둘이 있을 수 있는 곳으로 데려가 줘요. 난 무대가 싫어요. 느껴 본 적 없는 열정은 연기할 수 있지만 나를 불처럼 타오르게 하는 열정은 연기할 수 없어요. 아, 도리언, 도리언, 이제 이해하겠지요? 사랑에 빠진 사람을 연기할 수는 있겠지만 실제로 그런다면 모독일 거예요. 도리언 덕에 그 사실을 깨닫게 됐어요."

도리언은 소파에 몸을 던지고 고개를 돌렸다. "당신은 내 사랑을 죽였어." 그가 툭 내뱉었다.

시빌은 의아한 얼굴로 도리언을 보다가 웃음을 터뜨렸다. 도리언은 아무 대꾸도 하지 않았다. 시빌은 그에게 다가가서 작은 손가락으로 그의 머리카락을 쓰다듬었다. 곁에 무릎 꿇은 채 그의 손을 가져다가 자기 입술에 댔다. 도리언은 손을 잡아 뺐다. 그의 몸에 오소소 소름이 돋았다.

도리언은 자리를 박차고 일어나더니 문간으로 갔다. "그래." 그가 외쳤다. "당신은 내 사랑을 죽였어요. 전에는 내 상상력을 자극하던 사람이 이제는 약간의 호기심조차 일으키지 못하는군. 당신은 아무런 효과도 일으키지 못해. 내가 당신을 사랑했던 까닭은 당신이 경이롭고 천재성과 지성을 지녔으며, 당신이 위대한 시인들의 꿈을 실현했고, 예술이라는 그림자에 형태와 실체를 부여했기 때문이었어. 그런데 그걸 다 내버렸군. 당신은 얄팍하고 멍청해. 세상에! 당신을 사랑하다니 내가 미쳤지! 난 정말이지 멍청이였어! 이제 당신은 내게 아무것도 아니랍니다. 다시는 얼굴 볼 일 없어요. 당신에 관해서라면 생각조차 하지 않겠어요. 당신의 이름도 입에 올리지 않을 겁니다. 당신은 자신이 한때 내게 어떤 존재였는지 모르겠지요. 세상에, 한때는…… 아, 이제 생각조차 하고 싶지 않아! 차라리 만나지 않았다면 좋았을 것을! 당신이 내 인생의 낭만을 다 망쳐 놨어. 사랑이 예술을 망치다니, 얼마나 사랑을 모르면 그따위 소리를 해! 당신에게 예술이 없으면 뭔데? 아무것도 아니라고. 난 당신을 유명하고 눈부시고 위대한 배우로 키워 줄 수 있었어. 세상이 당신을 숭배했을 거고, 당신은 내 것이 됐을 텐데. 이제 당신은 뭐지? 얼굴만 예쁜 삼류 배우일 뿐이야."

시빌은 하얗게 질린 채 몸을 덜덜 떨었다. 양손을 꼭 붙잡았고, 목소리는 목구멍에 걸린 듯 잘 나오지 않았다. "진심은 아니겠지요, 도리언?" 그녀가 조그마한 목소리로 말했다. "연기하는 거죠?"

"연기라고! 그건 당신이나 실컷 해. 아주 잘하잖아." 도리언이 매섭게 대답했다.

무릎 꿇고 있던 시빌은 고통스러운 듯 가련한 얼굴로 대기실을 가로질러 도리언에게 다가갔다. 도리언의 팔에 손을 얹고 눈을 들여다보았다. 도리언이 시빌을 밀쳤다. "만지지 마!" 그가 외쳤다.

시빌은 낮은 신음을 내뱉으며 도리언의 발밑에 몸을 던졌다. 짓밟힌 꽃 같은 모습이었다. "도리언, 도리언, 날 떠나지 말아요." 그녀가 속삭였다. "오늘 연기를 잘 못해서 미안해요. 내내 도리언만 생각하느라 그랬어요. 앞으로는 노력할게요, 정말 노력할게요. 갑자기 너무 큰 사랑이 찾아와서 놀랐던 거예요. 당신이 내게 입 맞추지 않았다면, 우리의 입술이 포개지지 않았다면 이 커다란 사랑을 절대 몰랐을 거예요. 다시 입맞춰 주세요, 내 사랑. 가 버리지 말아요. 견딜 수 없을 거예요. 오늘 일은 용서해 주면 안 될까요? 정말 노력해서 더 잘하도록 할게요. 내게 잔인하게 굴지 말아요. 난 이 세상 누구보다 도리언을 사랑한단 말이에요. 가만 생각해 보면 당신에게 실망을 안긴 건 오늘 딱 한 번뿐이잖아요. 그래도 당신 말이 맞아요, 도리언. 더 예술가다운 모습을 보여 줬어야 했어요. 내가 바보 같았죠, 당시엔 어쩔 수 없는 일이었지만요. 아, 떠나지 말아요. 떠나지 말아요." 격한 울음이 울컥 밀려 나와서 시빌은 아무 말도 할 수 없었다. 그저 상처 입은 짐승처럼 바닥에 몸을 웅크릴 뿐이었다. 도리언 그레이의 아름다운 눈은 그 모습을 내려다보았고 조각 같은 입술이 격렬한 경멸로 일그러졌다. 한 사람을 사랑하다가 더 이상 사랑하지 않게 되면 과거의 연인이 보여 주는 격렬한 감정들은 전부 우습게 보일 따름이다. 그가 보기에 시빌 베인의 행동은 터무니없고 극단적이었다. 그 눈물과 흐느낌에 신경질이 났다.

"그럼 이만." 마침내 그는 차분하고 또렷한 어조로 말했다. "못되게 굴고 싶지는 않지만 이제 만날 수 없어요. 당신은 내게 실망을 줬어요."

시빌은 소리 죽여 흐느끼다가 아무 대답도 없이 도리언 쪽으로 기어갔다. 작은 손이 더듬거리는 모양을 보니 도리언을 찾고 있는 것 같았다. 하지만 그는 뒤돌아서 대기실을 떠났고, 곧 극장을 빠져나왔다.

그는 어디로 가는지도 모른 채 계속 걸었다. 흐릿한 조명만 어른거리는 길거리를 따라서 시커먼 그림자가 드리운 아치 지붕 밑을 서성였고, 사악한 기운이 감도는 주택 사이를 배회했다. 여자들이 찢어지는 웃음을 터뜨리며 거친 목소리로 그를 불렀다. 주정꾼들이 흉측한 유인원처럼 혼자 주절거리고 욕지거리를 내뱉으면서 비틀비틀 옆을 스쳤다. 돌연 어떤 남자가 수상한 눈빛으로 도리언의 얼굴을 살피더니 은밀하게 따라붙어서 몇 번이나 그를 지나치고 또 지나쳤다. 괴이한 아이들이 문간에 모여 있었고, 음침한 안뜰에서 비명과 욕설이 들렸다.

막 동이 틀 무렵 정신을 차려 보니 그는 코번트 가든에 있었다. 솔나리가 빽빽이 들어찬 커다란 손수레가 청소를 마친 텅 빈 거리 위를 천천히 덜컹거리며 지나갔다. 꽃향기가 짙게 퍼졌고, 꽃의 아름다움이 그의 고통에 진통제가 되어 주었다. 그는 시장까지 따라가서 상인들이 손수레에서 짐을 내리는 모습을 지켜보았다. 흰색 작업복을 덧입은 마차꾼이 먹어 보라며 체리를 주었다. 도리언은 그가 왜 돈을 받으려 하지 않는지 의아해하며 고맙다고 인사한 뒤 힘없이 그것을 먹기 시작했다. 밤사이 수확한 체리에는 달빛의 서늘함이 스며들어 있었다. 줄무늬 튤립과 노란 장미와 빨간 장미가 든 상자를 운반하는 남자아이들이 높게 쌓인 청록색 채소 더미 사이를 비집고 그의 앞으로 지나갔다. 햇빛을 받아서 회색으로 빛바랜 기둥이 있는 주랑 현관 지붕 아래에는 모자도 안 쓴 여자아이들이 경매가 끝나기를 기다리며 옷자락을 질질 끌고 어슬렁거렸다. 그는 잠시 그렇게 있다가 이륜마차를 불러서 집으로 갔다. 하늘은 투명한 오팔빛이었고, 하늘에 면한 주택 지붕들은 은빛으로 빛났다.

서재를 지나 침실 문으로 걸어가는데 바질 홀워드가 그려 준 초상화가 시야에 들어왔다. 그는 흠칫 놀라 그림 앞으로 가서 살펴보았다. 크림색 실크 블라인드를 간신히 뚫고 들어온 빛이 희붐하게 비치는 가운데 그림 속 얼굴은 어딘가 달라 보였다. 표정이 변한 것 같았다. 입매에 잔인한 기운이 감돈다고 할 수도 있으리라. 분명 이상한 일이었다.

뒤돌아 창문으로 가서 블라인드를 올렸다. 밝은 새벽빛이 물밀듯 밀려들자 환영처럼 어른거리던 그림자들이 어두침침한 구석으로 쫓겨나 그곳에서 몸을 떨었다. 하지만 초상화 속 얼굴에서 발견한 기이한 표정은 사라지지 않고 오히려 더 또

럿해졌다. 붉게 떨리며 타오르는 햇살 아래에서 입 주변의 잔인한 주름이 드러났다. 끔찍한 짓을 저지르고 거울을 들여다본 것처럼 선명했다.

그는 얼굴을 찌푸렸다. 헨리 경이 주었던 거울, 가장자리에 상아색 큐피드 장식이 있는 타원형 거울을 탁자에서 집어 들고 급하게 얼굴을 살펴보았다. 그의 붉은 입술 주변에는 그런 잔인한 주름이 없었다. 대체 무슨 일일까?

눈을 박박 문지르고 그림에 가까이 다가가서 다시 한 번 자세히 살펴보았다. 초상화를 꼼꼼히 살펴보아도 덧칠한 흔적은 발견할 수 없었지만 분명 표정이 바뀌어 있었다. 단순한 상상이 아니었다. 끔찍할 정도로 명확한 변화였다.

그는 의자에 몸을 던지고 고민하기 시작했다. 그림이 완성되던 날, 바질 홀워드의 작업실에서 했던 말이 갑자기 머릿속에 떠올랐다. 그렇다, 그는 완벽하게 기억하고 있었다. 그날 도리언은, 자기는 영원히 젊음을 유지하는 대신 초상화가 늙어 갔으면 좋겠다는 소망, 자신의 아름다움은 쇠락하지 않는 대신 캔버스 위의 얼굴이 그의 열정과 죄악의 무게를 감내하기를 바란다는 소망, 그림으로 그린 이미지에 고통과 근심의 주름이 파이는 동안 자신은 막 깨닫게 된 소년다운 섬세함과 사랑스러움을 지키면 좋겠다는 광적인 소망을 외쳤었다. 기도가 이뤄지지는 않았을 텐데? 그런 일은 불가능하지 않은가. 생각만으로도 무시무시한 일이었다. 그렇지만 눈앞의 그림 속 입매에는 잔인한 기운이 감돌고 있었다.

잔인하다니! 그가 잔인했던가? 그 일은 여자의 잘못이지 그의 잘못이 아니었다. 그는 시빌이 위대한 예술가가 되리라 생각했고, 위대하다고 여겼기에 자신의 사랑을 바쳤다. 그런데 그녀가 실망을 주었다. 깊이도 가치도 없는 여자였다. 그렇지만 그의 발치에 엎드려 어린아이처럼 흐느끼던 시빌을 생각하자 깊은 후회가 밀려왔다. 그는 자신이 어떤 냉담함으로 시빌을 바라봤는지 기억했다. 그는 왜 그런 식으로 행동했을까? 그는 왜 그런 영혼을 타고난 것일까? 하지만 도리언 역시 고통을 겪었다. 연극이 펼쳐지던 끔찍한 세 시간 동안 수백 년에 달하는 고통을, 영겁의 세월에 달하는 고문을 견뎠다. 시빌의 삶이 상처를 입어서는 안 된다면 도리언의 삶도 마찬가지였다. 그가 시빌에게 오래갈 고통을 주기는 했지만 시빌 또한 그에게 잠시나마 고통을 주지 않았던가. 게다가 여자들은 남자보다 슬픔을 견디는 일에 능했다. 또 여자들은 감정에 매달려 살면서, 오직 자기 감정만을 생각할 뿐이었다. 여자들이 애인을 만드는 이유는 감정을 놓고 한바탕 싸움을 벌이기 위함이었다. 이 점은 헨리 경이, 여자들의 정체를 잘 아는 그가 알려 준 사실이었다. 그러니 왜 시빌 베인 때문에 마음을 앓아야 하나? 이제 그 여자는 도리언에게 아무것도 아니었다.

하지만 초상화는? 초상화에 대해서는 어떤 결론을 내려야 할까? 그 그림은 도리언의 비밀을 알고 있었고, 그의 진실을 폭로했다. 한때 스스로의 아름다움을 사랑하라고 가르치던 작품이었다. 이제 그의 영혼을 혐오하도록 가르칠 셈일까? 앞으로 도리언이 감히 초상화를 들여다볼 수 있을까?

아니, 모든 것은 고통에 빠진 감각이 꾸며 낸 환상에 지나지 않았다. 끔찍한 밤이 지나간 자리에 남겨진 밤의 유령이 저지른 짓이었다. 갑자기 그의 머릿속에 피어난, 광기를 싹 틔우는 작은 주홍색 반점의 짓거리였다. 그림은 변하지 않았다. 변했다고 생각하는 것은 미친 짓이었다.

그러나 그를 바라보는 초상화의 아름다운 얼굴에는 전에 없던 결함이, 잔혹한 미소가 깃들어 있었다. 그림 속 밝은색 머리칼이 이른 아침의 햇살에 빛났다. 그 파란 눈동자가 도리언과 시선을 교환했다. 끝을 모르는 연민이, 자기가 아닌 그림 속의 자신을 향한 연민이 그의 내면을 채웠다. 그것은 이미 변했고, 앞으로 더 변할 것이다. 그 황금빛은 잿빛으로 시들 터다. 그 붉고 흰 장미는 죽고 말 것이다. 도리언이 죄악을 저지를 때마다 그림 속 이미지 위로 얼룩이 퍼져서 그 아름다움은 산산이 부서지리라.

도리언은 절대 죄짓지 않기로 했다. 변하든 변하지 않든 그림은 그의 양심이 어떤 상태인지 눈으로 확인하게 해 줄 것이다. 그는 유혹에 저항하기로 했고, 이제 헨리 경도 만나지 않기로 했다. 무엇보다 헨리 경의 섬세하고 유독한 이론에, 화가의 정원에서 처음으로 도리언의 마음속에 있는 불가능한 것들을 향한 열정을 일깨웠던 그 이론에 귀 기울이지 않을 것이다. 시빌 베인에게 돌아가서 스스로의 잘못을 사과하고 결혼식을 올린 다음, 다시 그녀를 사랑할 수 있도록 노력하기로 했다. 그렇다, 그것이 도리언의 의무였다. 시빌은 도리언보다 더 고통스러웠으리라. 가여운 것! 도리언은 시빌에게 이기적이고 잔인하게 굴었다. 도리언을 사로잡았던 시빌의 매력은 다시 돌아올 것이다. 두 사람은 함께 행복할 것이고, 시빌과 함께하는 삶은 아름답고 순수할 터다.

도리언은 의자에서 일어나 초상화 앞에 커다란 장막을 씌웠다. 그림에 눈길이 닿았을 때는 몸서리를 쳤다. "정말 끔찍해!" 그는 혼자 중얼거리며 서재를 가로질러 걸어가더니 창문을 열었다. 그러고는 잔디밭으로 나가서 깊이 숨을 들이마셨다. 신선한 아침 공기가 내면의 모든 울적한 정념을 몰아냈다. 그는 오직 시빌 베인만을 생각했고, 잃었던 사랑이 희미한 메아리로 돌아왔다. 그는 시빌 베인이라는 이름을 속삭이고 또 속삭였다. 이슬이 촉촉한 정원에서 지저귀는 새들도 꽃에게 시빌에 관해 소곤거리는 것 같았다.

6

그가 잠에서 깼을 때는 정오도 훌쩍 넘긴 시간이었다. 시종 빅토르는 몇 번이나 까치발로 침실에 들어와서 젊은 주인님이 아직도 자고 있는지 확인했고, 무슨 일이 있었기에 이렇게 늦잠을 자는지 궁금해했다. 마침내 종이 울렸고, 빅토르는 작고 오래된 세브르산 도자기 쟁반 위에 차 한 잔과 잔뜩 쌓인 편지들을 담아서 조심스럽게 침실로 들어왔다. 그러고는 세 개의 긴 창문 앞에 드리운, 가장자리가 은은한 푸른색으로 반짝이는 올리브색 새틴 커튼을 젖혔다.

"오늘은 푹 주무셨네요." 그가 미소를 띠고 말했다.

"몇 시야, 빅토르?" 도리언 그레이가 잠기운 섞인 목소리로 말했다.

"1시 15분입니다, 무슈."

시간이 벌써 이렇게나! 그는 일어나 앉아서 차를 홀짝이다가 편지 더미를 살펴보았다. 그중 하나는 헨리 경이 쓴 것으로 그날 아침에 배달되었다. 그는 잠시 머뭇거리다가 그 편지를 옆으로 치워 두었고, 다른 편지들부터 무심하게 뜯어 보았다. 사교계가 활발해지는 여름철 아침마다 상류층 청년에게 쏟아질 법한 카드, 저녁 식사 초대, 특별 전시회 티켓, 자선 공연 안내장 같은 것들이 잔뜩이었다. 루이 14세 시대의 은제 돋을새김 화장 도구 세트를 구입하고 받은 계산서도 있었는데, 가격이 꽤 나가서 후견인들에게 보낼 용기는 좀체 생기지 않았다. 그들은 극도로 보수적인 사람들이라 이 시대에 꼭 필요한 것들은 완전히 불필요한 것들뿐이라는 사실을 이해하지 못했다. 또 저민 스트리트의 금융업자들이, 돈이 얼마나 필요하든 즉각 가장 합리적인 이율로 빌려줄 수 있다는 이야기를 아주 예의 바른 문장으로 적어 보낸 편지도 여러 통 있었다.

십 분 정도 지난 뒤 그는 자리에서 일어나 화려한 가운을 걸치고 오닉스가 깔린 화장실로 갔다. 오래 자고 깨어난 터라 시원한 물에 정신이 상쾌해졌다. 간밤의 일은 전부 잊어버린 듯했다. 기묘한 비극에 일조했다는 희미한 기억이 한두 번 그를 자극했지만 전부 꿈처럼 비현실적으로 다가왔다.

옷을 입고 난 다음에는 곧장 서재로 들어가서 가벼운 프랑스식 아침 식사를 앞에 두고 앉았다. 식사는 열린 창문 가까이에 있는 작은 원형 테이블 위에 차려져 있었다. 정말이지 아름다운 날이었다. 따뜻한 공기에 농밀한 향료가 섞여 있는 것만 같았다. 꿀벌 한 마리가 들어와서 노란색 장미 꽃잎이 가득한 푸른 용무늬 그릇 주변에서 윙윙대다가 도리언 앞을 맴돌았다. 그는 완벽한 행복감에 젖어 들었다.

그때 장막을 쳐 놓은 초상화가 시야에 들어왔고, 그는 소스라치게 놀랐다.

"추우신가요, 무슈?" 시종이 테이블 위에 오믈렛을 내려놓으며 물었다. "창문을 닫을까요?"

도리언은 고개를 저었다. "아니." 그가 조용히 말했다.

그렇다면 다 실제로 일어난 일이라는 말인가? 정말 초상화가 변했다고? 아니면 단지 그의 상상력이 즐거워 보이는 얼굴 위에 사악한 표정을 만들어 냈던 것뿐일까? 그래, 캔버스 위의 그림이 어떻게 변하겠는가? 말도 안 되는 이야기였다. 도리언은 언젠가 이 사건을 재미난 일화로 바질에게 들려줘야겠다고 생각했다. 바질이 들으면 웃을 것이다.

그렇지만 간밤의 일이 전부 생생하게 떠올랐다! 처음에는 땅거미가 내려 희미한 밤빛 속에서, 그다음에는 밝은 새벽빛 속에서 뒤틀린 입매의 잔인한 기운을 목격했었다. 이제 도리언은 시종이 서재를 떠나는 것조차 두려워졌다. 혼자 남으면 초상화를 확인할 수밖에 없기 때문이었다. 확실히 알게 된다고 생각하니 무서웠다. 시종이 커피와 담배를 준비해 놓고 뒤돌아 나가려 하자, 가지 말라고 붙잡고 싶은 욕구가 치솟았다. 시종이 문을 닫고 사라지자 다시금 그를 불렀다. 그는 가만히 서서 지시 사항을 기다렸다. 도리언은 잠시 그를 바라보았다. "누가 찾아오면 집에 없다고 해 줘, 빅토르." 도리언은 한숨을 쉬며 말했다. 시종은 고개를 꾸벅하고 나갔다.

도리언은 자리에서 일어나 담배에 불을 붙이고 초상화와 장막 앞쪽에 놓인, 호화로운 쿠션이 흩뿌려진 소파 위로 몸을 던졌다. 그림 앞에 드리운 장막은 금도금한 스페인 가죽으로 만든 오래된 물건인데, 루이 14세 시대 스타일의 무늬가 여기저기 휘황찬란하게 박혀 있었다. 그는 호기심 어린 시선으로 그것을 훑으며 과거에도 그 장막이 한 사람의 비밀을 숨겨 준 적이 있을지 궁금해했다.

결국 장막을 젖혀 봐야 할까? 그냥 그대로 두면 안 될까?

확실히 안다고 해서 무슨 소용이 있겠나? 모든 것이 사실이면 끔찍한 일이었다. 하지만 사실이 아니라면 군이 패념할 이유가 없잖은가? 그런데 어떤 운명의 장난 때문에, 혹은 운명보다 지독한 우연의 작용으로 도리언이 아닌 다른 사람이 저 바뀌어 버린 그림을 보게 된다면? 바질 홀워드가 와서 자기 작품을 보고 싶다고 하면 어떻게 해야 하지? 바질은 분명 그럴 것이다. 그렇다, 그림을 확인해야 했다, 지금 당장. 어떻게 된다 한들 끔찍한 불확실의 상태보다는 나으리라.

그는 일어나서 서재의 문을 둘 다 잠갔다. 적어도 자신의 수치스러운 페르소나를 목격하는 순간에는 혼자 있어야 했다. 도리언은 장막을 젖히고 그 얼굴과 마주했다. 전부 사실이었다. 초상화는 변해 있었다.

그다음에 벌어진 일은 오랜 시간이 지난 뒤에도 시시때때로 떠올랐으며 항상 그에게 적잖은 놀라움을 안겼다. 맨 처음 그림을 응시할 때 도리언은 거의 과학적인 흥미를 느꼈다. 그림에 그런 변화가 생겼음이 믿기지 않았다. 하지만 사실이었다. 도리언은 궁금해졌다. 화학 원자끼리 어떤 미묘한 작용을 일으켜서 캔버스 위에 새로운 형태와 색채를 형성하고, 급기야 도리언의 영혼을 표현해 냈던 걸까? 원자들이 캔버스에 그려 놓은 것은 도리언의 영혼이 품은 생각이었을까? 아니면 도리언의 영혼이 꾼 꿈이었을까? 어쩌면 다른 더 무시무시한 사연이 있었을지도 모른다. 도리언은 돌연 무서워져서 몸을 파르르 떨다가 다시 소파에 모로 누웠다. 구역질 나는 공포감에 사로잡힌 채 그림을 바라보았다.

하지만 초상화가 그에게 베푼 것도 있었다. 도리언이 시빌 베인에게 얼마나 부당하고 잔인했는지를 깨닫게 해 주었다. 일을 수습하기에 아직 늦지 않았다. 시빌 베인은 여전히 그의 아내가 될 수 있었다. 그의 비현실적이고 이기적인 사랑은 더 높은 영향력에 굴복해서 고귀한 열정으로 변할 테고, 바질 홀워드가 그린 이 초상화는 평생 길잡이가 되어 주리라. 어떤 사람에게 종교나 양심이, 모든 사람에게 신을 향한 두려움이 길잡이인 것과 마찬가지였다. 세상에는 후회를 달래 줄 아편이, 도덕심을 진정시켜 잠재워 줄 약물이 존재했다. 그러나 바로 이곳에 죄악이 쌓여 가는 추이를 눈으로 확인하게 해 줄 상징물이 있었다. 바로 이곳에 한 인간이 자기 영혼에 가져온 파멸을 보여 줄 영원한 증거가 있었다.

그렇게 3시가, 4시가, 4시 30분이 되었으나 그는 움직이지 않았다. 그는 자기 생명이 달린 주홍색 실을 모아서 무늬를 짜 보려 애썼고, 갇혀 헤매던 핏빛 열정의 미로를 빠져나오고자 노력했다. 그는 어떻게 해야 할지, 무슨 생각을 해야 할지 알 수 없었다. 마침내 테이블로 가서 사랑했던 여자에게 용서해 달라고 애원하는, 자신이 잠깐 정신이 나갔던 모양이라고 설명하는 정열적인 편지를 썼다. 그는 절절한 슬픔의 문장으로, 더욱더 절절한 고통의 문장으로 연달아 종이를 채웠다. 자책에는 어딘가 사치스러운 구석이 있는 법이다. 인간은 자신을 탓하면서 나 말고는 누구에게도 자기를 탓할 권리가 없다고 여기게 된다. 우리 죄를 사하는 것은 고해 그 자체이지 신부가 아니다. 편지를 다 쓴 도리언 그레이의 내면에서 용서받았다는 느낌이 샘솟았다.

갑자기 문 두드리는 소리가 나더니 밖에서 헨리 경의 목소리가 들렸다. "이봐 도리언, 얼굴 좀 보여 줘. 당장 문 열라고. 이렇게 틀어박혀 있다니 내가 못 견디겠어."

처음에 도리언은 아무 말 하지 않고 가만히 있었다. 문 두드리는 소리는 계속되었고 점점 더 커졌다. 그랬다, 헨리 경을 맞아들여서 앞으로 자기 인생이 어떻게 될지 설명하는 쪽이, 싸워야 할 때는 싸우고 절교가 불가피하다면 절교하는 편이 더 나을 터였다. 도리언은 벌떡 일어나서 급하게 초상화를 장막으로 가리고 문을 열었다.

"정말 유감이야, 가여운 도리언." 헨리 경이 서재로 들어오며 말했다. "하지만 너무 깊게 생각하지는 말라고."

"시빌 베인 이야기예요?" 도리언이 물었다.

"그래, 당연하지." 헨리 경은 털썩 의자에 앉더니 느릿느릿 장갑을 벗으며 말했다. "생각해 보면 참 끔찍한 일이지만 네 잘못은 아니잖아. 말해 봐, 공연이 끝나고 무대 뒤에서 시빌을 만났어?"

"네."

"그랬으리라 생각했지. 둘이 싸우기라도 했나?"

"끔찍했어요, 해리. 정말이지 끔찍했죠. 하지만 지금은 괜찮아요. 일어난 일들이 후회스럽지는 않아요. 나에 대해 더 잘 알게 되었거든요."

"아, 도리언, 그렇게 받아들여서 정말 다행이야. 후회의 구덩이에 빠져서 그 아름다운 머리카락을 쥐어뜯고 있을까 봐 걱정했거든."

"머리는 아까 다 쥐어뜯었어요." 도리언은 고개를 가로저으며 미소 지었다. "이제는 감쪽같이 행복해졌어요. 일단 양심이 어떤 건지 깨닫게 되었거든요. 해리가 말해 준 것과는 달라요. 양심은 우리 내면에서 가장 신성한 거예요. 더 이상 비웃지 말아요, 해리. 적어도 내 앞에서는. 난 선해지고 싶어요.

내 영혼이 추하다고 생각하면 견딜 수 없어요."

"윤리에 관해 아주 매력적이고 예술적인 토대를 닦았군, 도리언! 축하해. 그러면 가장 먼저 무슨 일을 할 건데?"

"시빌 베인과 결혼해야지요."

"시빌 베인과 결혼한다고!" 헨리 경이 벌떡 일어나며 외쳤다. 그는 당혹감과 놀라움이 섞인 시선으로 도리언을 바라보았다. "그렇지만, 도리언……."

"그래요, 해리, 뭐라고 대답할지 알아요. 결혼에 관한 끔찍한 이야기를 늘어놓겠죠. 아껴 두세요. 이제 절대로 내 앞에서 그런 말 하지 마세요. 이틀 전에 난 시빌에게 청혼했어요. 그 약속을 깰 생각은 없어요. 시빌은 내 아내가 될 거예요."

"아내라고! 도리언! ……내 편지를 못 받은 거야? 아침에 편지를 써서 내 하인 손에 들려 보냈는데."

"편지요? 아 맞다, 기억나요. 아직 안 읽었어요, 해리. 읽고 싶지 않은 내용이 있을 것 같아서."

헨리 경은 서재를 가로질러 걸어가서 도리언 그레이 옆에 앉으며 그의 두 손을 꼭 잡았다. "도리언." 그가 말했다. "놀라지 마, 그 편지는 시빌 베인이 죽었다는 소식을 전하려고 쓴 거야."

도리언의 입술에서 고통스러운 비명이 터져 나왔다. 그가 벌떡 일어나며 헨리 경이 쥐고 있던 손을 잡아 뺐다. "죽었다고! 시빌 베인이 죽었다고요! 사실이 아니겠지요. 못된 거짓말이죠."

"사실이야, 도리언." 헨리 경이 진중하게 말했다. "런던의 모든 아침 신문에 그 기사가 실렸어. 내가 오기 전까지 아무도 만나지 말라고 편지했던 거야. 당연히 경찰에서 조사에 나설 테지만 거기에 휘말리면 안 돼. 이곳이 파리였다면 그런 사건은 유명세를 수반하지. 하지만 런던 사람들은 어찌나 편견이 심한지. 여기서는 절대 스캔들로 '데뷔'해선 안 돼. 그런 건 노년에 재미를 더하기 위해서 남겨 둬야 하는 법이야. 극장에서 도리언의 이름을 알 것 같진 않은데. 모른다면 잘된 일이고. 네가 시빌을 보러 가는 모습을 목격한 사람이 있나? 이건 중요한 문제야."

도리언은 한동안 아무 말도 하지 않았다. 두려움에 정신이 멍한 상태였다. 끝내 잘 나오지 않는 목소리로 조그맣게 말했다. "해리, 조사라고요? 그게 무슨 말이죠? 시빌이…… 아, 해리, 견딜 수가 없네요. 그래도 빨리 말해 봐요. 당장 모든 걸 이야기해 줘요."

"사고가 아니라는 건 명백해, 도리언. 물론 사고였다고 발표해야겠지만. 어젯밤 12시 30분쯤 시빌과 어머니가 극장을 떠났는데 갑자기 시빌이 무언가를 두고 왔다면서 다시 안으로 들어갔다더군. 그런데 아무리 기다려도 돌아오질 않는 거야. 가 봤더니 시빌이 대기실 바닥에 숨진 채 누워 있었대. 극장에서 쓰는 독성 물질 같은 걸 삼켰던 거지. 정확히 뭔지는 모르겠지만 청산이나 연백이 들어 있었을 거야. 바로 죽은 것 같으니 아마 청산이려나. 물론 몹시 비극적인 일이지만 휘말려서는 안 돼.《스탠더드》신문을 보니까 시빌이 열일곱 살이라던데, 그보다 어릴 거라고도 생각했지. 정말 아이 같았는데, 연기에 대해서는 아무것도 모르는 것 같았고. 도리언, 이 사건 때문에 마음 쓰지 않도록 해. 나랑 나가서 식사하고 오페라를 보러 가자고. 그 유명한 파티, 아델리나 파티[19]가 공연하는

---

19 Adelina Patti(1843~1919). 이탈리아의 성악가로, 19세기 후반 최고의 소프라노

날이야. 전부들 보러 가겠지. 우리 누이네 특별석에 가서 봐도 돼. 누이는 똑똑한 여자들이랑 친구거든."

"그러면 내가 시빌 베인을 죽였다는 말인가." 도리언 그레이가 반쯤은 혼잣말로 말했다. "직접 칼을 들고 그 작은 목을 찌른 거나 마찬가지네. 그런데도 장미의 아름다움은 어제와 변함이 없네요. 정원의 새들은 언제나처럼 즐겁게 지저귀고. 그리고 오늘 밤에 나는 해리와 함께 식사하고, 오페라에 가고, 그다음에는 또 어딘가에서 야식을 먹겠지요. 삶이란 얼마나 극적인지! 책에서 이런 이야기를 읽었다면, 해리, 아마 슬퍼서 울었을 거예요. 하지만 어떻게 되었는지 실제로 일어난 일인데도 전부 환상처럼 느껴져서 눈물조차 안 나는군요. 이건 내 생애 최초로 열정을 다해서 쓴 사랑의 편지예요. 이상하죠, 내 첫 번째 연애편지가 죽은 여자에게 보내는 거라니. 그들도, 우리가 망자라고 일컫는 창백하고 말 없는 사람들도 감정을 느낄까요? 시빌! 시빌이 느끼거나 알거나 들을 수 있을까요? 아, 해리, 정말이지 시빌을 사랑했는데! 그게 몇 년 전의 일처럼 느껴지네요. 내겐 시빌이 전부였어요. 그런데 끔찍한 밤이 찾아왔고……. 정말 그게 겨우 어제인가요? ……시빌의 형편없는 연기를 보는 내 마음은 산산이 부서질 뻔했지요. 시빌은 그날의 연기가 엉망이었던 이유를 설명해 줬어요. 끔찍이도 가여웠죠. 하지만 내 마음은 조금도 움직이지 않았어요. 시빌이 얄팍한 인간이라고 생각했어요. 그러다 어떤 사건이 터졌고, 난 무서워졌어요. 무슨 일이 있었는지 말할 수 없지만

가수 중 한 사람으로 꼽힌다. 대단한 인기로 엄청난 공연료를 자랑했으며 '가창의 전형'이라고 평가받았다.

정말 무시무시한 사건이었어요. 그 사건 때문에 시빌에게 다시 돌아가겠다고 다짐했죠. 내가 잘못했음을 절감했어요. 그런데 시빌이 죽었다니. 세상에! 이럴 수가! 해리, 그럼 어떻게 해야 하죠? 내가 어떤 위험에 빠졌는지 해리는 몰라요. 이제 내가 의지할 만한 건 아무것도 없네요. 시빌이라면 날 잡아 줬을 텐데. 시빌에겐 자살할 권리가 없었어요. 자살하다니 너무 이기적이야."

"이봐, 도리언, 여자가 남자를 개화하는 유일한 방법은 남자를 완전히 질리게 해서 삶의 재미를 전부 잃어버리게 하는 것뿐이야. 이 여자랑 결혼했으면 도리언은 그야말로 비참해졌을 거야. 물론 아내를 친절하게 대했겠지. 인간은 무관심한 상대에게는 항상 친절한 법이니까. 그렇지만 시빌은 머지않아 네가 완전히 무심하다는 사실을 깨달았을 거야. 그렇게 남편의 무심함을 깨닫게 된 여자는 끔찍할 정도로 볼품없어지거나 다른 여자의 남편 돈으로 멋진 보닛을 사 쓰기 시작한다고. 두 사람의 신분 차이만 봐도 그 결혼이 실수라는 건 말할 필요도 없지. 어찌 되었든 결혼 생활은 결국 완전히 실패했을 거야."

"그랬을지도 모르겠네요." 서재를 서성이던 도리언이 중얼거렸다. 그의 얼굴은 극도로 창백했다. "하지만 결혼하는 게 내 의무라고 생각했어요. 이 참혹한 사건 때문에 내가 옳다고 생각했던 일을 실천하지 못하게 됐지만 그게 내 잘못은 아니겠지요. 언젠가 해리가 했던 말이 떠오르네요. 착하게 살겠다는 결심은 항상 한발 늦기 때문에 불행할 수밖에 없다고. 내 경우에는 분명 그랬네요."

"착해지겠다는 결심은 그저 과학의 법칙에 훼방을 놓으려는 시도에 지나지 않아. 그 뿌리는 순수한 허영심이지. 그런 결심으론 아무런 효과도 야기하지 못해. 오묘한 매력이 있는 사치스럽고 무용한 감정을 이따금 자극할 따름이지. 더 이상 덧붙일 말도 없어."

"해리." 도리언 그레이는 가까이 다가와서 헨리 경 옆에 앉았다. "왜 이 비극에 내가 원하는 만큼 절절하게 통감할 수 없는 걸까요? 난 내가 냉혹한 사람이라고 여기지 않는데, 해리 생각은 어때요?"

"자네는 냉혹한 사람이라는 칭호를 얻기엔 멍청한 짓을 너무 많이 했어." 헨리 경은 특유의 달콤하고 우울한 미소를 지으며 말했다.

도리언은 찌푸렸다. "그런 설명은 싫은데요, 해리." 그가 말했다. "그래도 내가 비정하지는 않다니 다행이에요. 난 그런 사람이 아니에요. 아니라는 걸 알아요. 그렇지만 인정해야겠어요, 이 사건에 큰 영향을 받아야 마땅한데 실상은 그렇지 않다는 것을. 그저 멋진 연극에 어울리는 근사한 결말인 것만 같네요. 이 사건에는 훌륭한 비극에 걸맞을 법한 무시무시한 아름다움이 있어요. 나는 이 비극에 일조했으면서 아무런 상처도 입지 못했네요."

"흥미로운 질문이군." 헨리 경은 도리언의 무의식 속에 존재하는 자기중심적인 마음을 자극하며 격렬한 즐거움을 느꼈다. "과연 흥미로운 질문이야. 이렇게 설명할 수 있겠지. 시시때때로 현실 속의 비극은 전혀 예술적이지 않은 방식으로 발생하고, 그 노골적인 폭력성과 철저한 비논리성, 스타일의 부재, 절박하게 의미를 갈구하는 모습이 우리에게는 상처가 돼. 저속함이 우리에게 영향을 끼치듯 그런 예술적이지 않은 비극도 영향을 끼치지. 오로지 야만적인 힘만 지닌 듯한 모습이라 우리는 그것에 저항하게 되는 거야. 그렇지만 가끔은 아름다움을 구성하는 예술적 요소를 갖춘 비극이 발생하기도 해. 만약 그 아름다움의 요소가 진짜라면 모든 건 연극적 효과에 반응하는 인간의 감각을 자극하게 되지. 그러면 우리는 갑자기 배우가 아니라 관객으로 돌변해. 아니, 우리는 배우이자 관객이 돼. 관객이 되어서 배우인 자신을 바라보고, 그 연극의 경이로움에 매료되지. 오늘 벌어진 사건을 돌이켜 보자고. 실제로 일어난 사건이 뭐지? 어떤 사람이 도리언을 향한 사랑 때문에 자살했어. 나도 그런 경험을 해 봤으면 좋겠는걸. 그럼 평생 사랑과 사랑에 빠져 살게 될 거야. 나를 사랑했던 사람들은 ─ 많지는 않았지만 그래도 몇 명 있었지. ─ 내가 더 이상 그들을 사랑하지 않아도, 아니면 그들이 나를 사랑하지 않아도 어쨌든 계속 꿋꿋이 살아가더군. 아주 굳세고 지루해서 만나기만 하면 바로 옛날 일을 회상하려고 들어. 여자들의 기억력이란 정말 지독해! 정말 무시무시하지! 게다가 기억력이 드러내는 지성의 퇴보는 또 얼마나 추한지! 삶은 그 색채만 흡수해야지 세세한 것까지 기억하려고 해서는 절대 안 돼. 세세한 것들은 모두 저속하다고.

물론 때로는 무언가가 마음에 남을 때도 있어. 언제였지, 도무지 사그라들지 않는 사랑 때문에 슬픔에 젖어서 한 계절 내내 보라색 옷만 입은 적도 있어. 하지만 결국에는 그 사랑도 죽었어. 무엇이 죽였는지는 잊어버렸네. 그 여자가 나를 위해 온 세상을 바칠 수 있다고 장담해서 그랬을 거야. 언제 들어도 끔찍한 말이지. 듣는 순간 영원이라는 단어를 떠올리고 질색하게 되니까. 그래, 도리언이라면 믿겠나? 일주일 전에 레이디 햄프셔의 집으로 저녁을 먹으러 갔는데 문제의 옛 연인 옆에 앉게 되었어. 그런데 그 여자가 과거 일을 전부 돌아보고, 지난날을 다 파헤치고, 심지어 미래까지 망치려고 드는 거야. 난 이미 내 사랑을 양귀비 심은 곳에 묻어 놓았는데, 그걸 다시 파헤쳐 내서 내가 자기 인생을 망쳤다고 난리였어. 하지만 저녁을 아주 배불리 먹던걸. 그걸 보니 걱정은 안 되더군. 어쨌든 그야말로 천박한 모습이었어! 과거는 전부 지나간 옛일이기 때문에 매력적인 거야. 여자들은 당최 끝이 언제인지를 몰라. 연극이 5막으로 끝나도 어김없이 6막을 원하고, 극의 흥미가 완전히 사라져도 계속하자고 난리야. 여자들 마음대로 하게 됐다가는 모든 희극이 비극적인 결말로 끝나고, 모든 비극은 익살극이 될 거야. 그들에겐 인위적인 매력은 있어도 예술 감각은 하나도 없다고. 도리언은 나보다 운이 좋군. 내가 확신하는데, 도리언, 내가 아는 여자들 중에 시빌 베인이 네게 준 걸 내게 줄 사람은 아무도 없어. 평범한 여자들은 항상 자기 자신만을 위로하는 법이야. 그 방식이 감상주의를 취할 때도 있지. 나이가 몇이든 말린 장밋빛을 좋아하는 여자는 절대 신뢰해서는 안 돼. 서른다섯 살 이상인데 분홍색 리본을 좋아하는 여자도. 사연이 있다는 뜻이니까. 어떤 여자들은 남편에게서 없는 장점까지 찾아내고 안심해. 그러고는 결혼 생활이 행복하다며 다른 사람들 면전에서 자랑질을 한다니까, 그게 세상에서 가장 매혹적인 죄악이라도 된다는 듯이. 종교에서 위안을 얻는 여자들도 있어. 종교의 수수께끼에는 연애 같은 매력이 있다고 어떤 여자가 그러던데, 과연 고개가 끄덕여지는 말이야. 게다가 당신은 죄인이다, 라는 선고처럼 허세를 자극하는 말도 없다고. 현대적 삶에는 여자들에게 위안을 주는 것들이 끊이지 않아. 그래, 그중에서도 가장 중요한 걸 잊었군."

"그게 뭔데요?" 도리언 그레이가 무심하게 물었다.

"아, 가장 뻔한 거지. 자기 애인을 잃고 다른 사람의 애인을 낚아채기. 품격 있는 사회에서 그런 행위를 하면 매력이 배가되거든. 하지만 정말이야, 도리언. 시빌 베인은 흔히 만나는 그저 그런 여자들과 얼마나 달랐나! 내게 그녀의 죽음은 그야말로 아름답게 느껴져. 내가 그런 경이로운 일이 일어나는 시대에 살고 있다니 정말 행복하군. 실상 얄팍하고 유행만 좇는 사람들은 낭만과 열정, 사랑을 가지고 놀 뿐이지만 그래도 일말의 믿음이 생긴다니까."

"나는 시빌에게 정말이지 잔인했어요. 그걸 자꾸 잊으시네요."

"여자들은 어떤 것보다 잔인함을 높이 평가해. 놀라울 만큼 원시적인 본능을 갖고 있어. 우리가 여자들을 해방해 줬음에도 변함없이 노예로 남아서 주인을 찾지. 여자들은 지배당하기를 좋아해. 분명 도리언은 눈부셨을 거야. 네가 화내는 모습을 한 번도 본 적 없지만 얼마나 근사했을지 상상이 가. 그리고 그저께 네가 무슨 말을 했는데, 당시에는 정말 말도 안 된다고 생각했거든. 지금 돌이켜 보니 전적으로 옳은 말인 데다가 그걸로 모든 것을 설명할 수도 있겠군."

"무슨 말인데요, 해리?"

"도리언에게 시빌 베인은 세상의 모든 낭만적인 여자 주인공을 상징한다고 했잖아. 오늘은 데스데모나, 내일은 오필리아[20]로 변한다고. 줄리엣이 되어 죽었다가 이모젠으로 되

---

20 데스데모나는 셰익스피어의 비극 『오셀로』, 오필리아는 『햄릿』의 여자 주인공이다.

살아난다고."

"이젠 영영 다시 살아 돌아오지 못하겠죠." 도리언은 양손에 얼굴을 묻고 중얼거렸다.

"맞아, 이젠 영영 다시 살아 돌아오지 못해. 시빌은 최후의 연기까지 끝마쳤어. 그리고 그 지저분한 대기실에서의 외로운 죽음은 제임스 1세 시대의 연극에 삽입된 이상하고 충격적인 장면이라고, 웹스터나 포드나 시릴 터너 같은 그 시대 극작가의 작품에 나올 법한 멋진 장면이라고 생각해. 시빌은 제대로 살아 본 적 없으니 정말로 죽은 것도 아니야. 적어도 도리언에게 시빌은 셰익스피어의 작품 속을 떠다니며 그것에 사랑스러움을 불어넣은 유령, 한 조각의 꿈이자 셰익스피어의 음악을 더 풍성하고 즐겁게 해 주는 피리에 지나지 않았어. 그녀가 현실의 삶을 건드린 바로 그 순간 삶은 훼손되었고, 그녀 자신도 훼손되었지. 그래서 죽은 거야. 오필리아를 위해서 애도하려면 그러도록 해. 코딜리아가 목 졸려 죽었다고 머리 위에 재를 뿌리려면 뿌리라고. 브라반시오의 딸[21]이 죽었다고 하늘에 비명을 지를 테면 질러 봐. 다만 시빌 베인 때문에 눈물을 낭비하지는 마. 시빌은 그런 이야기 속의 인물들보다도 현실적이지 않았어."

침묵이 이어졌다. 서재 안의 어두운 저녁 빛이 깊어졌다. 아무 소리 없이, 은색 발걸음으로, 정원의 그림자들이 실내로 전진했다. 사위의 색채가 힘을 잃고 흐릿해졌다.

얼마 후 도리언 그레이가 고개를 들었다. "내가 어떤 사람인지 설명해 줬네요, 해리." 그가 안도의 한숨 같은 것을 내쉬

---

21 「오셀로」의 데스데모나를 가리킨다.

며 중얼거렸다. "해리가 말했던 걸 속으로 전부 느끼고 있었지만 왠지 모를 두려움 때문에 스스로에게 표현할 수 없었어요. 나에 대해 정말 잘 알고 있군요! 하지만 이런 이야기들은 앞으로 절대 꺼내지 말자고요. 엄청난 경험이었어요. 그게 다예요. 살면서 이런 엄청난 일이 또 있을지 모르겠네요."

"삶에는 네가 모르는 엄청난 것들이 준비되어 있지, 도리언. 너처럼 놀랄 만한 아름다움을 지닌 사람이 못 할 일은 아무것도 없어."

"그런데요, 해리, 내 머리가 잿빛으로 시들고 얼굴이 초췌하고 쭈글쭈글해지면? 그때는요?"

"아, 그때는⋯⋯." 헨리 경이 자리에서 일어서며 말했다. "그때는 말이지, 친애하는 도리언, 싸워서 승리를 쟁취해야지. 지금은 손만 까딱하면 승리를 얻을 수 있지만. 아니야, 자네는 멋진 외모를 유지해야 해. 이 시대 사람들은 책을 너무 많이 읽어서 현명해지지 못하고, 생각이 너무 많아서 아름다워지지 못해. 너까지 그렇게 희생되면 안 돼. 이제 옷을 갈아입고 클럽에 가자고. 이미 늦었으니까."

"오페라 볼 때 만나면 어떨까요, 해리. 너무 피곤해서 입맛도 없어요. 해리의 누이는 몇 번 좌석에 앉으시나요?"

"27번일 거야. 발코니 맨 앞줄이지. 문에 누이 이름이 적혀 있을걸. 같이 식사를 못 한다니 아쉬운데."

"영 입맛이 없네요." 도리언이 힘없이 말했다. "하지만 들려준 이야기들, 전부 진심으로 고마워요. 정말이지 해리는 최고의 친구군요. 해리처럼 나를 잘 알아주는 사람은 없어요."

"우리 우정은 이제 시작일 뿐이야, 도리언." 헨리 경은 도리언과 악수하며 대답했다. "이따 봐. 9시 30분까지 와. 기억해, 파티가 나온다는 것."

헨리 경이 문을 닫고 나가자 도리언 그레이는 종을 울렸고, 얼마 지나지 않아 램프를 들고 나타난 빅토르가 블라인드를 내렸다. 도리언은 조바심이 나서 빅토르가 얼른 나가기를 바랐다. 빅토르가 하는 일마다 꾸물거리며 시간을 끄는 양 느껴졌다.

마침내 그가 나가자 바로 달려가서 장막을 걷었다. 과연 초상화에 더 변한 곳은 없었다. 그림은 도리언보다 먼저 시빌 베인의 죽음을 알았던 것이다. 사건이 어디서 일어나든 즉각 알아챌 수 있었다. 수려한 입술 윤곽을 망친 매섭고 잔인한 주름은 시빌이 녹약을, 정확히 뭔지 모를 그 독극물을 마신 순간에 나타났음이 분명했다. 아니, 어쩌면 그림은 실제로 일어난 현상에는 무심하지 않을까? 영혼에 생긴 변화만을 인식하고 이미지를 바꿨을 수도 있지 않을까? 도리언은 언젠가 그림이 변하는 광경을 직접 목격할 날이 있을지 궁금해하며 그때가 오기를 바랐고, 그런 자신의 바람에 몸서리쳤다.

불쌍한 시빌! 정말 굉장한 사랑이었다! 종종 무대 위에서 죽는 모습을 연기했던 시빌에게 결국 죽음의 손길이 닿았고, 죽음은 그녀를 데리고 떠났다. 시빌은 그 끔찍한 장면을 어떻게 연기했을까? 죽어 가며 도리언을 저주했을까? 아니, 그녀는 도리언을 위한 사랑으로 죽었다. 이제 사랑은 도리언에게 신성한 것이었다. 자기 인생을 제물로 바침으로써 시빌은 모든 잘못에 대해 속죄했다. 앞으로 도리언은 시빌이 자신에게 했던 짓을, 극장에서 보냈던 그 무참한 밤을 다 잊기로 했다. 도리언의 마음속에서 시빌은 사랑을 실재하는 위대한 것으로 여겼던 경이롭고 비극적인 인물이 되리라. 경이롭고 비극적인 인물? 시빌의 아이 같은 외모, 요정처럼 매력적인 몸가짐, 수줍음도 겁도 많았던 우아함을 떠올리자 눈물이 차올랐다. 그는 잽싸게 눈물을 닦고서 다시 그림을 바라보았다.

정말로 결정을 내려야 할 때가 왔다는 생각이 들었다. 아니면 결정은 이미 내려진 것일까? 그렇다, 삶이 이미 그를 대신해서 결정했다. 삶, 그리고 삶을 향한 무한한 호기심이 결정한 것이다. 영원한 젊음, 무한한 열정, 미묘하고 은밀한 쾌락, 거친 즐거움과 더 거친 죄악, 그는 이 모두를 누리리라. 그의 수치심은 초상화가 짊어질 테고, 그것이 전부였다.

삶이 캔버스 위의 고운 얼굴을 위해 준비해 뒀을 파멸을 생각하니 날카로운 고통이 느껴졌다. 어느 날은 유치하게 나르키소스를 흉내 내며 그림 속의 입술에 입을 맞춘 적이 있다. 아니 맞추는 척했었다. 지금 도리언을 향해 잔인한 미소를 보내는 저 입술에 말이다. 한때는 매일같이 아침마다 그림 앞에 앉아서 아름다움에 감탄했고 마음을 뺏겼다. 그때 그림은 그 정도로 아름다웠다. 이제 그림은 도리언이 자기 기분에 굴복할 때마다 모습을 바꿀 작정인 것일까? 단단히 잠긴 방에 숨겨 놓아야 할 무시무시하고 혐오스러운 뭔가로 변하게 될까? 태양보다 찬란한 황금색 머리칼, 그 놀랍도록 아름다운 곱슬머리는 햇빛이 어루만지던 기억을 박탈당한 채 어둠 속에 처박히게 될까? 얼마나 안타까운가! 너무나도 안타깝다!

잠시 그는 자신과 초상화 사이에 존재하는 무시무시하고 단단한 연결이 끊어지기를 기도했다. 그림이 변한 까닭은 그의 기도에 응답하기 위함이었다. 어쩌면 기도가 한 번 더 응답을 받아서 그림의 변화를 멈출 수도 있었다. 그렇지만 인생에 관해 조금이라도 아는 사람이라면 어떻게 선뜻 영원한 젊음을 포기하겠는가? 영원한 젊음이 터무니없는 소리처럼 들릴지라도, 그 대가로 치명적인 결말을 맞게 되더라도 과연 기꺼이 포기할 수 있을까? 게다가 도리언에게 선택의 여지가 있기는 한가? 기도에 대한 응답으로 도리언 대신 초상화가 늙게 됐음은 정말일까? 어쩌면 어떤 신기한 과학적 이론으로 모든 것을 설명할 수 있지 않을까? 생각이 살아 있는 유기체에 영향력을 행사한다면 죽은 것, 무기물에도 영향력을 행사할 수 있지 않을까? 그보다 생각이나 의식적인 욕망이 없어도 인간 외부에 있는 무언가가 인간의 열정과 기분에 맞추어 생동하고, 원자와 원자가 은밀한 사랑이나 기묘한 친밀감을 느껴서 서로를 부르는 것도 가능하지 않을까? 하지만 이유가 뭐든 중요하지 않았다. 이제 도리언은 기도를 통해 무지막지한 힘을 얻는다는 솔깃한 유혹에 넘어가지 않을 것이다. 초상화가 변할 예정이라면 변하도록 내버려 두리라. 그것이 다였다. 골머리 앓을 일은 무엇인가?

그 변화를 지켜보는 일은 진정 기쁠 것이다. 그는 자신의 정신이 머무는 곳이라면 어디든, 세상에서 가장 은밀한 장소까지 쫓아갈 수 있을 터다. 초상화는 세상에서 가장 경이로운 마법 거울이 되어 줄 것이다. 처음에 그의 육체를 그대로 보여 주었듯 이제는 그의 영혼을 그대로 보여 주리라. 그리고 그림에 겨울이 닥치더라도 도리언 자신은 봄의 여운이 채 가시지 않은 여름의 초입에 서 있을 것이다. 그림 속 얼굴이 핏기를 싹 잃고 분필처럼 창백한 낯빛과 납처럼 무거운 눈동자를 전시할 때도 그는 소년 시절의 매혹을 그대로 간직할 것이다. 그가 틔운 사랑스러운 꽃송이는 절대 시들지 않으리라. 그의 삶의 맥박은 결코 약해지지 않을 테고, 그는 또 그리스의 신들처럼 튼튼하고 날렵하고 즐겁게 살 것이다. 캔버스 위의 그림에 무슨 일이 일어나든 무슨 상관인가? 그는 안전할 텐데. 중요한 것은 그뿐이었다.

도리언은 미소를 머금은 채 장막을 원래대로 그림 앞에 드리우고 시종이 기다리는 침실로 갔다. 한 시간 뒤 그는 오페라 극장에 도착했고, 좌석에 몸을 쭉 뻗고 앉아 있는 헨리 경과 재회했다.

7

다음 날 아침 식사를 하는데 바질 홀워드가 안내를 받으며 안으로 들어왔다.

"드디어 만나게 되어 다행이야, 도리언." 그가 무거운 어조로 말했다. "어제 들렀더니 오페라를 보러 갔다던데. 그럴 리가 없다는 건 당연히 알았지. 하지만 실제로 어딜 간 건지 알려 줬으면 좋았을 텐데. 난 처참한 심정으로 어제저녁을 보냈어. 비극이 꼬리에 꼬리를 물지 않을까 걱정하는 마음도 있었지. 처음 소식을 들었을 때 혹시 내게 전보를 보냈을지 모른다고 생각했지. 난 클럽에서 《글로브》 최신호를 보다가 우연히 알게 됐거든. 당장 이리 달려왔는데 도리언이 없어서 가슴이 무너지는 것 같았다고. 내가 얼마나 상심했는지 형용할 수도 없어. 분명 도리언도 고통스러울 거야. 그나저나 어젠 어디 갔었지? 시빌의 어머니를 보러 간 거야? 나도 그리로 가 볼까 잠깐 고민했었어. 신문에 시빌의 집 주소가 나와 있었거든. 유스턴 로드에 있다고 했는데, 맞나? 하지만 내가 달래 줄 수도 없을 슬픔에 빠진 사람들을 성가시게 할까 봐 걱정되더라고.

그 집 어머니는 참 안됐어! 얼마나 마음이 아플까! 게다가 아이는 시빌 하나라던데. 시빌의 어머니가 뭐라고 했지?"

"이런, 바질, 내가 그걸 어찌 알겠어요?" 도리언이 중얼거렸다. 그는 황금색 구슬 장식이 달린 동그란 베네치아산 유리잔에 맑은 금빛 포도주를 담아 홀짝이고 있었고, 끔찍이도 지루한 표정이었다. "난 오페라를 보러 갔었어요. 바질도 오지 그랬어요. 처음으로 해리의 누이 레이디 그웬돌린을 만났죠. 그분 좌석에 같이 앉았거든요. 정말이지 매력적인 분이었어요. 파티의 노래도 훌륭했고요. 무시무시한 이야기는 이제 그만. 입에 올리지 않으면 없던 일로 덮어 둘 수 있어요. 해리가 말했듯이, 사건이 현실이 되는 건 언어를 부여하기 때문이에요. 바질의 이야기, 바질의 그림 이야기를 해 줘요."

"오페라를 보러 갔었다고?" 홀워드는 아주 천천히, 고통을 눌러 삼키며 힘겹게 말했다. "시빌 베인은 죽어서 웬 돼지 우리 같은 곳에 누워 있는데 오페라를 보러 갔었다고? 사랑했던 여자가 아직 무덤의 적막조차 맛보지 못했는데, 어떻게 이 여자가 매력적이었다느니 저 여자의 노래가 훌륭했다느니 그런 소리를 해? 세상에, 시빌의 그 작고 창백한 몸이 모르는 무시무시한 것들이 정말 많구나!"

"그만해요, 바질. 정말 못 들어 주겠네!" 도리언이 벌떡 일어나며 외쳤다. "그 이야기 하지 말라고요. 일어난 일은 어쩔 수 없어요. 과거는 과거일 뿐이에요."

"어제 일어난 일을 두고 과거라고?"

"실제로 시간이 얼마나 흘렀는지가 중요해요? 감정을 극복하는 데 몇 년씩이나 필요한 사람들이야말로 천박한 거라고요. 자기 자신의 주인인 사람은 기쁨을 만들어 낼 때처럼 손

쉽게 슬픔도 종결지을 수 있어요. 난 내 감정에 휘둘리기 싫어요. 감정을 사용하고, 즐기고, 장악하고 싶다고요."

"도리언, 정말 무서운 말을 하네! 무언가가 너를 완전히 바꿔 놓았어. 겉모습은 매일 내 작업실을 찾아와서 모델을 서던 아름다운 소년과 한 치도 다르지 않은데 말이야. 하지만 그때의 도리언은 소탈하고 자연스럽고 다정했지. 그렇게 티 없이 맑은 사람은 세상에 도리언 하나뿐이었다고. 그동안 무슨 일이 있었는지 모르겠군. 감정이라곤, 동정심이라곤 하나도 없는 사람처럼 말하잖아. 해리가 물들인 게지. 확실해."

도리언은 얼굴을 붉힌 채 창문 쪽으로 걸어가서 초록으로 빛나는 정원을 잠시 내다보았다. "해리에겐 빚진 게 많아요, 바질." 그가 마침내 입을 열었다. "바질에게 빚진 것보다 더. 바질은 내 허영심만 키웠어."

"그래, 난 이미 그 죗값을 치르는 중이야, 도리언. 아니면 언젠가 제대로 치르게 되겠지."

"무슨 말인지 모르겠네요, 바질." 도리언이 뒤돌며 대꾸했다. "뭘 원하는지 모르겠어. 원하는 게 뭐죠?"

"내가 알던 도리언 그레이를 원해."

"바질." 도리언은 바질에게 다가가서 어깨에 손을 올렸다. "너무 늦었어요. 어제 시빌 베인이 자살했다는 이야기를 들었을 때……."

"자살이라고! 세상에! 확실한 이야기인가?" 홀워드는 공포에 질린 얼굴로 도리언을 쳐다보며 말했다.

"이런, 바질! 설마 웬 상스러운 살인 사건이라고 생각했던 건 아니겠죠? 당연히 자살이죠! 이 시대의 모든 비극적인 사랑 이야기 중에서도 가장 위대하지요! 직업이 배우인 사람들은 실제로 가장 평범한 삶을 살곤 해요. 좋은 남편으로, 충실한 아내로, 아니면 다른 지루한 역할을 맡아서 살아가죠. 무슨 말인지 알죠, 중산층의 덕목이네 뭐네, 그런 걸 실천하며 산다고요. 시빌은 얼마나 색달랐나요! 자기 인생에서 가장 훌륭한 비극을 살고 죽었잖아요. 시빌은 언제나 주인공이었어요. 시빌이 마지막으로 무대에 올랐을 때 — 바질도 같이 봤죠? — 연기력이 처참했던 까닭은 사랑이 진짜라고 생각했기 때문이에요. 진짜가 아님을 깨달았을 때, 줄리엣이 죽은 것처럼 죽었죠. 그렇게 다시 예술의 영역에 진입한 거예요. 시빌에겐 어딘가 순교자다운 구석이 있어요. 시빌의 죽음은 순교자의 죽음처럼 가련할 정도로 무용했고 아름다움의 낭비였죠. 하지만 아까 하려던 말인데, 내가 고통받지 않았다고 오해하진 말아요. 어제 제시간에 맞춰 왔다면, 5시 30분이나 45분에 왔다면 내가 울고 있는 모습을 발견했을 테니까. 그때 내 옆에 있었던 해리도 — 시빌의 소식을 전해 준 게 해리예요. — 내가 어떤 고통을 견뎌 내고 있는지 짐작조차 못 했다고요. 난 엄청난 고통에 시달렸지만 곧 지나갔어요. 난 똑같은 감정을 반복해서 느끼지 못해요. 아무도 그러지 못하죠, 감상주의자들만 빼고. 그러면 안 돼요, 바질. 나를 위로하려고 왔잖아요, 정말 다정하게도. 그런데 내가 이미 위로받았음을 알고 화를 내다니. 정말 공감 능력이 넘쳐흐르시네! 해리가 이야기해 준 사회 운동가 이야기가 생각나네요. 어떤 부당한 일인지, 불합리한 법률인지를 시정하려고 이십 년 동안 애쓴 사람이 있었대요. 정확한 사연이 뭔지는 잊어버렸어요. 어쨌든 마침내 원하던 바를 이뤄 냈음에도 그는 엄청난 실망감에 사로잡히고 말았어요. 이제 할 일이 사라져서 '권태'로 죽을 뻔했고, 확고한

인간 혐오자가 되었다지요. 이봐요, 바질, 정말 나를 위로하고
싶다면 그 사건을 잊도록, 진정으로 예술적인 관점에서 바라
볼 수 있도록 도와줘요. '예술의 위안'[22]이라는 말을 했던 시
인이 테오필 고티에 맞죠? 그 달콤한 구절은 언젠가 바질의
작업실에서 피지로 싼 책을 한번 펼쳐 봤다가 발견한 거예요.
있잖아요, 우리 둘이 말로[23]에 갔을 때 바질이 어떤 젊은 남
자에 관해, 노란색 새틴만 있으면 인생의 모든 절망이 누그러
진다고 했던 남자에 관해 말해 줬죠. 그 사람과 나는 달라요.
나도 손에 넣을 수 있고 통제할 수 있는 아름다움을 사랑하기
는 해요. 오래된 양단, 초록이 감도는 청동, 칠기 그릇, 상아 조
각, 아름다운 환경, 호화로운 것들, 장대한 풍광, 이런 것들에
서 얻을 게 얼마나 많은데요. 하지만 그것들이 자아내는, 아니
드러내는 예술적인 분위기가 내겐 더 중요해요. 해리가 말하
듯이 자기 인생의 관객이 됨으로써 인생의 고통에서 도망칠
수 있어요. 내가 이런 식으로 말해서 놀랐다는 거 알아요. 내
가 성장했음을 바질은 몰랐죠. 우리가 처음 만났을 때 나는 풋
내기 학생이었어요. 이제 난 어엿한 남자예요. 내겐 새로운 열
정이, 새로운 사상이, 새로운 생각이 있어요. 난 달라졌어요.
그렇다고 나를 싫어하면 안 돼요. 내가 변했더라도 항상 내 친
구가 되어 줘요. 물론 해리를 좋아하는 건 사실이에요. 그래
도 바질이 해리보다 낫다는 건 알아요, 더 강하지 않을 뿐. 바

---

22   프랑스의 작가 테오필 고티에(Théophile Gautier, 1811~1872)가 자신의 시 「알
      베르투스」에서 언급한 문장("예술은 인생 최고의 위안이다.")으로, 훗날 유미주
      의 운동에 큰 영향을 끼친 개념이다.

23   영국 런던 북서부 버킹엄셔 지역의 마을.

질은 인생을 너무 두려워하잖아요. 하지만 바질이 더 나아요. 둘이서 시간을 보내던 그 시절 얼마나 행복했나요! 날 떠나지 말아요, 바질. 그리고 나랑 싸우려 들지 말고요. 나는 나예요. 달리 덧붙일 말이 없어요."

홀워드는 기묘한 감동을 느꼈다. 도리언의 이야기는 딱딱하고 거침없었지만 천성적으로 순수하고 여성적 부드러움을 지녔다. 소년은 바질에게 지극히 다정했고, 과거에 그의 매력이 바질의 예술에 큰 전환점을 제공했다. 계속 도리언을 나무란다고 생각하니 견딜 수 없었다. 결국에는 도리언의 무심함조차 지나가는 감정일 뿐이었다. 도리언의 내면에는 좋은 것이, 고결한 것이 정말 많았다.

"그래, 도리언." 마침내 바질은 슬픈 미소를 띠고 말했다. "오늘 이후로는 이 끔찍한 사건에 대해서 언급하지 않을게. 도리언의 이름이 연루된 걸 목격할 일은 없으리라 믿어. 오늘 오후에 조사를 시작한다던데. 혹시 경찰이 부르지는 않던가?"

도리언은 고개를 저었다. '조사'라는 말을 들은 도리언의 얼굴 위로 짜증스러운 표정이 떠올랐다. 그런 유의 일에는 과연 천박하고 저속한 데가 있었다. "그 사람들은 내 이름을 몰라요." 그가 대답했다.

"시빌은 알았을 텐데?"

"성은 모르고 이름만 알았는데 아마 아무한테도 이야기하지 않았을 거예요. 언젠가 시빌이 그랬어요. 주변 사람들은 자꾸 내가 누군지 캐물었지만 그럴 때마다 나더러 '백마 탄 왕자'라고 했대요. 귀엽지요. 시빌을 그림으로 그려 줘요, 바질. 입맞춤 몇 번과 지켜지지 않은 처량한 약속 말고 다른 추억을 갖고 싶어요."

"한번 노력해 보겠어, 도리언. 그게 도리언을 기쁘게 해 준다면. 하지만 너도 작업실에 와서 모델을 서도록 해. 도리언 없으면 작업이 안 돼."

"앞으로 모델 일은 절대 안 해요, 바질. 그럴 수 없어!" 도리언이 화들짝 놀란 채 뒤로 물러서며 소리쳤다.

홀워드가 그를 바라보았다. "세상에, 도리언, 그게 무슨 소리야!" 그가 외쳤다. "내가 그린 초상화가 마음에 안 든다는 뜻이야? 그 그림은 어디 있지? 왜 그림 앞에 장막을 쳐 놨어? 한번 보자고. 지금까지 내가 그린 것 중 가장 훌륭한 작품인데. 장막을 걷어 줘, 도리언. 내 작품을 이렇게 숨겨 놓다니 네 하인은 정말 못됐군. 어쩐지 여기 들어왔을 때 뭔가 달라진 것 같더라니."

"하인이 그런 게 아니에요, 바질. 하인이 내 공간을 마음대로 바꾸게 놔둘 것 같아요? 나 대신 꽃을 꽂아 놓을 때도 있지만 그게 다예요. 장막을 친 건 나예요. 직사광선이 닿아서 그랬어요."

"직사광선이라고! 말도 안 돼, 도리언! 그 그림은 이곳에 두는 게 딱 맞아. 어서 보여 줘." 홀워드는 초상화가 있는 서재 구석으로 걸어갔다.

도리언 그레이는 공포에 질려서 비명을 내지르며 홀워드와 장막 사이로 달려들었다. "바질……." 그가 핏기 없는 얼굴로 말했다. "절대 보면 안 돼요. 그러지 말아요."

"내 작품을 보지 말라고! 진심으로 하는 말은 아니겠지. 왜 보면 안 되는데?" 홀워드가 웃으며 소리쳤다.

"바질이 이걸 보려 한다면, 내 명예를 걸고 맹세하는데 죽을 때까지 절교하겠어요. 정말이지 진심으로 하는 말이에요.

설명은 하지 않을 거니까 바질도 설명을 요구하지 말아요. 하지만 명심하세요. 이 장막을 건드리는 순간, 우리 사이는 그걸로 끝이에요."

홀워드는 깜짝 놀랐고, 어안이 벙벙해서 도리언 그레이를 바라보았다. 도리언이 이런 식으로 구는 모습은 처음이었다. 그는 분노로 얼굴이 새하얗게 질려 있었다. 두 손을 꼭 움켜쥐었고, 동공은 푸른 불꽃처럼 이글거리며 몸을 바들바들 떨고 있었다.

"도리언!"

"아무 말 말아요!"

"무슨 일인데 그래? 보는 게 싫다면 당연히 보지 말아야겠지." 뒤돌아서 창가 쪽으로 가는 바질의 목소리가 다소 쌀쌀했다. "하지만 내 작품을 보지 말라니 정말 말이 안 되는데. 게다가 그 초상화는 올가을에 파리에서 전시할 계획이야. 아마그 전에 한 번 더 광택제를 칠해야 할 테니 언젠가는 봐야 할텐데. 오늘이라고 못 볼 이유가 있어?"

"전시라고요! 이걸 전시하고 싶어요?" 도리언 그레이가 외쳤다. 기이한 두려움이 조금씩 그를 덮쳤다. 정말로 온 세상에 그의 비밀이 드러나게 될까? 사람들이 그의 기기묘묘한 삶 앞에서 입을 떡 벌리게 될까? 그래서는 안 된다. 당장 무슨 짓이라도 해야 했다. 정확히 뭘 해야 할지 모르지만 행동이 필요했다.

"응, 설마 그것도 반대하진 않겠지. 미술상 조르주 프티[24]

---

24 Georges Petit(1856~1920). 프랑스 파리의 미술상으로, 인상주의 사조를 고무하고 양성한 인물이다.

가 내 작품 중 가장 좋은 것들만 모아 뤼 드 세즈에서 특별 전시를 열기로 했어. 10월 첫째 주에 처음으로 공개될 거야. 초상화는 딱 한 달만 전시할 거고. 겨우 한 달인데 내줄 수 있겠지. 그때 도리언은 집을 비울 예정이기도 하잖아. 게다가 이렇게 장막으로 가려 놓은 걸 보면 그림을 별로 좋아하는 것 같지도 않은데."

　도리언이 손으로 이마를 쓸었다. 땀방울이 송골송골 맺혀 있었다. 자신이 무시무시한 위험에 직면했음을 직감했다. "한 달 전에는 절대 전시하지 않을 거라면서요." 그가 말했다. "왜 마음을 바꿨죠? 한결같다는 바질 같은 사람들조차 결국에는 똑같이 변덕스러워요. 유일한 차이점이라면 바질은 아무런 이유도 없이 기분을 바꾼다는 거죠. 세상에서 제일 진지한 목소리로 무슨 일이 있어도 초상화를 출품하지 않을 거라고 장담했잖아요, 그걸 잊었을 리 없을 텐데. 해리한테도 똑같이 말했고요." 도리언은 돌연 입을 꾹 다물었다. 한 줄기 섬광이 그의 눈동자를 스쳤다. 언젠가 헨리 경이 반은 진지하게, 반은 장난으로 했던 말이 떠올랐던 것이다. "나중에 바질에게 왜 도리언의 초상화를 전시하지 않으려고 하는지 캐물어 봐, 한 십오 분쯤은 순식간에 흘러갈 테니까. 바질이 나한테 그 이유를 말해 줬는데 그야말로 눈이 번쩍 뜨이는 경험이었지." 그렇다, 어쩌면 바질 역시 비밀이 있을 것이다. 도리언은 물어보기로 했다.

　"바질." 그는 바질 앞에 바짝 다가서서 얼굴을 똑바로 바라보았다. "우리 둘 다 자기만의 비밀이 있는 것 같네요. 바질의 비밀을 알려 주면 나도 내 비밀을 알려 줄게요. 애초에 왜 내 초상화를 전시하지 않으려고 했나요?"

바질 홀워드는 자신도 모르게 몸을 부르르 떨었다. "도리언, 내가 그걸 말해 주면 너는 나를 싫어하게 될지도 몰라. 날 분명 비웃을 테고. 그중 어떤 일이 일어나든 난 견딜 수 없을 거야. 다시는 도리언의 초상화를 보지 말라고 한다면 그렇게 하겠어. 도리언을 보면 되니까. 내 인생 최대의 역작이 비밀로 남기를 바란다면 그래도 괜찮아. 내겐 우리의 우정이 인기나 명성보다 더 소중하니까."

"안 돼요, 바질. 이유를 말해 줘요." 도리언 그레이가 조용히 말했다. "내겐 알 권리가 있다고 생각해요." 기묘한 두려움은 이미 사라지고 호기심이 그 자리를 차지했다. 그는 기어코 바질 홀워드의 비밀을 알아낼 작정이었다.

"일단 앉자, 도리언." 홀워드는 창백하고 고통스러워 보였다. "자리에 앉자. 난 그늘진 곳에 앉을 테니 도리언은 햇살 밝은 곳에 앉아. 우리 삶이 꼭 그런 모습이잖아. 한 가지 질문에만 대답해 줘. 혹시 그림 속에서 마음에 안 드는 점을 발견한 거야? 처음에는 전혀 눈치채지 못했는데 어느 날 갑자기 눈에 띈, 그런 부분이 있었나?"

"바질!" 소년은 떨리는 손으로 의자의 팔걸이를 움켜쥔 채 놀라고 흥분한 시선으로 그를 바라보았다.

"그런 모양이군. 아무 말도 하지 말아 줘. 내 이야기가 끝날 때까지만 기다려. 틀림없는 사실이야, 난 도리언에게 친구에게 어울리는 것 이상의 사랑을 느꼈고, 도리언을 숭배했어. 이유는 모르겠지만 난 여자를 사랑한 적이 없어. 시간이 없어서 그랬을까. 어쩌면 해리가 말했던 것처럼 진정으로 '뜨거운 열정'은 해야 할 일이 없는 사람들의 특권이고, 나라에서 놀고먹는 계급을 두는 이유가 그걸지도 모르지. 어쨌든 우리가 만난 순간부터 도리언의 매력은 내게 무지막지한 영향을 줬어. 내가 도리언을 지나치게, 터무니없이, 광적으로 동경했다고 인정하는 바야. 너와 이야기를 나누는 사람이라면 누구에게든 샘이 났지. 나 혼자만 차지하고 싶었거든. 도리언이 옆에 있어야만 행복했어. 같이 있지 않을 때도 너는 내 작품 속에 존재했어. 전부 옳지 않고 바보 같은 일이었지. 지금도 그렇고. 물론 네게 이런 마음을 고백하지는 않았지. 절대 그럴 수 없었어. 이해하지 못했을 테니까. 아무렴, 나 자신도 이해하지 못했는걸. 그러던 어느 날 도리언의 초상화를 그려야겠다고 마음먹었지. 내 역작으로 만들 결심이었어. 실제로 역작이 탄생했지. 하지만 그림을 그리다 보니 점점이 찍힌 색깔, 층층이 발린 색채가 모두 내 비밀을 폭로하는 것 같지 뭐야. 긋는 선마다 사랑이 깃들었고, 붓이 닿을 때마다 열정이 묻어났어. 세상이 나의 마음을 알아챌까 봐 두려워졌지. 너무 많은 걸 이야기해 버렸다는 생각이 들었어, 도리언. 바로 그때 초상화를 절대 전시하지 않겠다고 결심한 거지. 도리언은 조금 신경질을 냈지만 내게 어떤 사연이 있는지 몰랐으니까. 해리에게 이 이야기를 했더니 나를 보고 웃더군. 그래도 개의치 않았어. 그림을 완성하고 혼자 앉아 있으니 내가 옳다는 생각이 들었거든. 뭐, 며칠 후에 그림은 내 작업실을 떠났지. 그런데 견딜 수 없이 매혹적인 작품이 사라지자마자 내가 그 그림에 너무 많은 이야기를 담아냈다는 생각이 바보 같다고 느껴지지 뭐야. 그림 속에는 도리언이 지극히 아름답고 내 그림 솜씨가 좋다는 것 이상의 이야기는 없는 것 같았어. 지금도 마찬가지야. 예술 작품을 창조할 때 느꼈던 열정이 실제로 그 작품에 드러난다는 생각은 착각 같아. 예술은 우리가 생각하는 것보다 더 추상적이야. 형태와 색채는 형태와 색채만을 드러내, 그게 다야. 때때로 예술은 예술가를 드러내기보다 훨씬 철저하게 감춰 주는 것 같아. 그래서 파리에서 제안이 왔을 때 그 초상화를 전시회의 주요 작품으로 정했던 거야. 네가 거절하리라고는 꿈에도 생각 못 했는데. 지금 보니 도리언이 옳아. 초상화는 공개하지 말아야겠어. 내가 한 이야기 때문에 성난 건 아니었으면 좋겠어, 도리언. 언젠가 내가 해리에게 말했던 것처럼 도리언은 숭배받기 위해 창조된 존재야."

도리언 그레이는 길게 숨을 들이마셨다. 그의 볼에 다시 생기가 돌았고 입술 주변에 미소가 어른거렸다. 위험 요소가 제거되었던 것이다. 당분간은 안전했다. 그렇지만 방금 자기에게 이상한 심경을 고백한 이 남자에게는 깊은 동정심을 느낄 수밖에 없었다. 도리언 자신도 그런 식으로 친구의 매력에 지배당할 수 있을지 궁금해졌다. 해리 경에겐 아주 위험한 매력이 있었지만 그뿐이었다. 진심으로 좋아하기에는 너무 교묘하고 냉소적인 사람이었다. 과연 도리언의 인생에도 그런 기이한 숭배심을 불어넣을 사람이 나타날까? 그것 역시 도리언을 위해 준비된 많은 사건 중 하나일까?

"정말 뜻밖이야, 도리언." 홀워드가 말했다. "그림만 보고 네가 그걸 간파했다니 말이야. 정말 직접 알아낸 건가?"

"당연하지요."

"그래, 이제 그림을 좀 살펴봐도 될까?"

도리언은 고개를 저었다. "그런 부탁은 하면 안 돼요, 바질. 바질이 그 그림 앞에 서는 일은 도저히 허락할 수 없어요."

"언젠가는 허락해 주겠지?"

"절대 안 돼요."

"글쎄, 도리언의 생각이 옳을 수도 있겠군. 자, 그러면 안녕, 도리언. 살면서 진심으로 좋아했던 사람은 오직 도리언 하나뿐이었어. 앞으로는 전만큼 자주 보지 못하겠지. 내가 무엇을 걸고 내 속마음을 털어놓았는지 너는 모를 거야."

"이봐요, 바질." 도리언이 소리쳤다. "무슨 말을 했다고 그렇게 야단이에요? 나를 너무 좋아한다는 말이 다였잖아요. 그건 칭찬이라고 하기에도 모자란데."

"그건 칭찬으로 한 말이 아니었어. 고백이었다고."

"고백치고는 별것 없었는데요."

"잠깐, 뭘 예상했던 거야, 도리언? 초상화에서 또 다른 걸 발견하지는 않았지, 혹시 그랬나? 그 밖에 다른 건 없었지?"

"네, 다른 건 없었어요. 왜 그런 걸 묻는 거예요? 어쨌든 앞으로 나를 만나지 않겠다는 말 따윈 그만둬요. 우리는 친구예요, 바질. 그리고 앞으로도 계속 친구라고요."

"자네에게는 해리가 있잖아." 홀워드가 슬픈 목소리로 말했다.

"아, 해리!" 소년이 외쳤다. 파도 같은 웃음소리가 이어졌다. "해리는 낮엔 못 믿을 말만 늘어놓고 저녁에는 불가능한 일만 하는 사람이잖아요. 내가 살고 싶은 인생이긴 해요. 그렇지만 문제가 생기면 달려갈 만한 사람은 아니죠. 해리보다는 바질에게 갈 거예요."

"그래도 내 모델은 되어 주지 않겠다는 말이지?"

"절대 안 돼요!"

"네가 거절한 탓에 내 예술가로서의 인생은 끝났어, 도리언. 한평생 완벽한 모델을 두 번이나 만나는 행운은 없을 테니까. 한 번도 못 만나는 사람이 수두룩한데."

"이유는 말할 수 없어요, 바질. 하지만 앞으로는 절대 모델이 될 수 없어요. 집에 놀러 가서 같이 차를 마실 수는 있겠지만요. 그러면 전이랑 똑같이 즐거울 거예요."

"나보단 도리언에게 더 즐겁겠지, 안타깝게도." 홀워드가 씁쓸한 목소리로 중얼거렸다. "자, 나는 가 보겠어. 초상화를 보여 주지 않으니 아쉽군. 하지만 어쩔 수 없지. 도리언이 어떤 마음인지 잘 알겠어."

바질이 떠나자 도리언 그레이는 혼자 미소 지었다. 불쌍한 바질, 그는 진짜 이유에 관해선 아무것도 몰랐다! 게다가 도리언은 자신의 비밀을 폭로해야 할 처지였음에도 마치 하늘이 도운 듯 오히려 친구의 비밀을 손에 넣었으니 이 얼마나 기묘한 일인가. 그 이상한 고백이 정말 많은 것을 설명해 주었다! 바질의 터무니없는 질투, 광적인 헌신, 지나친 찬사, 아리송한 침묵. 도리언은 모든 것을 이해할 수 있었고, 바질이 안타까웠다. 사랑으로 얼룩진 우정은 비극적이었고, 불꽃처럼 뜨겁지만 영원히 이뤄지지 않을 사랑은 더없이 비극적이었다.

그는 한숨을 쉬고 종을 울렸다. 초상화는 무슨 일이 있어도 숨겨 놓아야 했다. 들통날 뻔한 위험에 노출되는 일은 오늘로 끝이었다. 애초에 저 그림을 친구들이 마음껏 드나들 수 있는 공간에 한시라도 내버려 두었다니, 정녕 미친 짓이었다.

8

도리언은 서재에 들어온 하인을 찬찬히 살펴보며 혹시라도 그가 몰래 장막 안을 들여다보려고 하지는 않을까 고민했다. 하인은 무심하게 서서 지시 사항을 기다리고 있었다. 도리언은 담배에 불을 붙이고 창가로 가서 유리창을 흘끗 바라보았다. 빅토르의 얼굴이 선명하게 비쳐 보였다. 얌전한 하인의 표본 같은 얼굴이었다. 그 얼굴에는 두려워할 만한 구석이 전혀 없었다. 그래도 도리언은 확실히 해 두는 편이 좋겠다고 생각했다.

그는 천천히 빅토르에게 말했다. 일단 가정부에게 서재로 오라고 전하고, 그런 다음 액자 가게에 가서 즉시 인부 두 명을 데려오라고 시켰다. 왠지 서재를 나서는 하인이 장막 쪽에 눈길을 주는 듯 보였다. 그저 착각이었을까?

잠시 후에 검은색 실크 드레스를 입은 다정한 노부인이 부산을 떨며 나타났다. 리프 부인이었다. 목에 세상을 떠난 남편의 사진을 넣은 금 브로치를 달고, 주름진 손에는 구닥다리 털실 엄지장갑을 끼고 있었다.

"네, 도리언 도련님." 리프 부인이 말했다. "뭐가 필요하시지요? 아이고, 죄송합니다, 주인님." 부인은 무릎을 살짝 구부리며 절했다. "이제 도련님이라고 부르면 안 되지요. 아유, 그런데도 꼬마였을 때부터 봐서 그런지 도련님이라는 말이 입에 딱 붙었네요. 게다가 이 늙은이를 얼마나 애먹이셨어요. 도련님이 착하지 않았다는 말은 아니지만 남자애들이 원래 사고뭉치잖아요, 도리언 도련님. 게다가 어린아이답게 잼을 참 좋아하셨지요. 아닌가요, 주인님?"

도리언이 웃음을 터뜨렸다. "앞으로도 꼭 도련님이라고 불러 줘요, 리프. 안 그러면 화낼 거예요. 그리고 난 옛날만큼이나 잼을 좋아한답니다. 요즘에는 차를 마시러 나가도 아무도 잼을 안 주지만요. 그나저나 꼭대기 층에 있는 방 열쇠를 주셨으면 해서요."

"옛날에 공부방으로 쓰던 곳 말인가요, 도련님? 아니, 먼지 구덩이일 텐데. 도련님이 들어가시기 전에 제가 가서 말끔히 청소하고 정리해야겠네요. 지금은 도련님이 들어가실 만한 상태가 아닌데요. 참말로 그럴 상태가 아니에요."

"말끔할 필요 없어요, 리프. 그냥 열쇠만 주세요."

"글쎄요, 도리언 도련님. 바로 들어가셨다가는 거미줄을 잔뜩 뒤집어쓰실 텐데. 세상에, 오 년이 다 되도록 묵혀 둔 방인데요. 주인어른이 돌아가신 뒤로 계속 닫혀 있었지요."

도리언은 죽은 삼촌 이야기가 나오자 얼굴을 찡그렸다. 삼촌에 대한 끔찍한 기억들이 떠올랐다. "상관없어요, 리프." 그가 답했다. "열쇠만 주면 돼요."

"열쇠는 여기 있지요, 도리언 도련님." 노부인은 덜덜 떨리는 손길로 갈팡질팡 열쇠 꾸러미를 더듬다가 말했다. "이게 그 방 열쇠네요. 금방 빼서 드리지요. 하지만 거기서 지내실 생각은 아니시겠죠, 도련님. 여기서 아주 편안하시지요?"

"그럼요, 리프. 그냥 한번 둘러보고 괜찮다 싶으면 창고로 쓰려고 그래요. 그게 다예요. 고마워요, 리프. 류머티즘이 좀 나아야 할 텐데. 참, 아침 식사에 잼도 좀 넣어 주고요."

리프 부인이 고개를 저었다. "그 외국 놈들은 잼이 뭔지도 모른답니다, 도련님. '콩포트'²⁵라고 부르지요. 그래도 허락해 주시면 제가 직접 가져와서 올려 드리지요."

"정말 친절하세요, 리프." 그가 열쇠를 바라보며 대답했다. 노부인은 미소 가득한 얼굴로 다시금 무릎을 굽히며 공들여 인사한 다음 서재를 나갔다. 리프 부인은 프랑스인인 빅토르를 아주 싫어했다. 영국이 아닌 다른 나라 출신이라는 점은 부인이 보기에 아주 통탄할 일이었다.

문이 닫히자 도리언은 열쇠를 주머니에 넣고 주변을 둘러보았다. 보라색 새틴 위에 금실로 화려하게 자수를 놓아 만든 커다란 덮개가 시야에 들어왔다. 17세기 말에 제작된 근사한 작품으로, 그의 삼촌이 볼로냐 근처에 자리한 수녀원에서 발견한 것이었다. 그래, 이것으로 끔찍한 그림을 감싸면 되리라. 관을 덮을 때도 종종 사용했다는 덮개였다. 이제는 죽음보다 끔찍한 자기만의 타락을 지닌 물건을, 영원히 죽지 않고 공포를 낳을 물건을 숨겨 줄 터다. 벌레가 시체를 갉아 먹듯 그의 죄악이 캔버스 위의 인물을 망가뜨릴 것이다. 그 아름다움을 훼손하고 그 우아함을 집어삼키고, 그를 더럽히고 수치로 물들일 것이다. 그럼에도 그림 속의 그는 계속 남아 있을 테고,

---

25　프랑스 후식 요리 중 하나로, 과일과 설탕, 향신료를 섞어서 조린 음식이다.

영원히 살아 있을 것이다.

그는 몸서리쳤다. 초상화를 숨기고자 하는 진짜 이유를 바질에게 말하지 않았음이 잠시나마 후회되었다. 바질이라면 도리언이 헨리 경의 영향력을 물리치도록, 그보다 더 유독한 도리언 스스로의 영향력마저 물리치도록 도와줬으리라. 바질이 도리언에게 품은 사랑은 — 그것은 진정 사랑이었다. — 그 안에 무언가 고결하고 지적인 가치를 품고 있었다. 단순히 신체적 아름다움을 향한 동경이 아니었고, 감각에서 피어나 감각이 지치면 사그라들 감정도 아니었다. 미켈란젤로와 몽테뉴와 빙켈만이, 심지어 셰익스피어도 몸소 겪어서 알았던 사랑이었다.[26] 그렇다, 바질이라면 도리언을 구해 줄 수 있었을 것이다. 이제 너무 늦었다. 과거는 언제나 격멸할 수 있었다. 후회, 부정, 망각으로 격멸해 버리면 그만이었다. 하지만 미래는 피할 수 없었다. 그의 내면에 도사린 격렬한 감정들은 끔찍한 출구를 찾아낼 테고, 그의 꿈은 사악한 그림자에 실체를 부여할 것이다.

도리언은 소파를 덮고 있던 커다란 보라색 덮개를 벗겨서 손에 든 채 그림 앞에 드리운 장막 안쪽으로 들어갔다. 캔버스 위의 얼굴은 전보다 더 추해졌을까? 보기에는 전과 똑같았다. 그러나 초상화를 향한 도리언의 혐오감은 훨씬 강렬해져 있었다. 금빛 머리칼, 푸른 눈동자, 장미처럼 붉은 입술, 그것들은 그대로였다. 바뀐 것은 표정뿐이었다. 잔인해서 추악한 표정이었다. 그 그림이 도리언에게 퍼부은 비난과 질책에 비하면 시빌 베인 사건을 두고 바질이 나무랐던 소리는 얼마나 대수

---

26 전부 동성애와 연관된 인물들이다.

롭지 않았던가! 정말 가벼운 데다가 아무것도 모르는 말이었다! 도리언의 영혼이 눈앞의 캔버스 속에 서서 그를 똑바로 바라보며 제대로 된 판단을 촉구하고 있었다. 그는 고통스러운 얼굴로 화려한 천을 그림 위에 둘렀다. 그때 문을 두드리는 소리가 들렸다. 빅토르가 들어오자 도리언은 까무러칠 뻔했다.

"인부들이 왔습니다, 무슈."

도리언은 당장 그를 어디론가 보내 버려야 한다고 느꼈다. 그는 이 그림의 행방에 관해 절대 알아서는 안 됐다. 어딘가 음흉한 구석을 지닌 사람이었다. 눈동자에 복잡한 생각과 배신의 기운이 비쳤다. 도리언은 글 쓰는 테이블 앞에 앉아서 헨리 경에게 보낼 메모를 적었다. 읽을거리를 보내 달라는, 그날 저녁 8시 15분에 만나기로 한 약속을 잊지 말라는 내용이었다.

"답장을 받아 오도록 해." 도리언이 하인에게 메모를 건네며 말했다. "인부들은 안으로 안내하고."

이삼 분 정도 지나서 또다시 문 두드리는 소리가 들리더니 애슈턴 씨가 다소 거친 외모의 젊은 조수를 옆에 끼고 들어왔다. 사우스 오들리 스트리트에서 유명한 액자 가게를 운영하는 애슈턴 씨가 직접 행차한 것이었다. 수염이 붉고 얼굴이 발그레한 작달막한 남자로 그의 예술을 향한 사랑은 그가 거래하는 예술가들의 끝없는 궁핍함 때문에 고난을 겪고 있었다. 그는 원래 가게를 비우는 법이 없었고, 고객들이 직접 가게로 찾아오게 했다. 하지만 도리언 그레이를 위해서라면 언제나 자기 원칙을 굽혔다. 도리언에게는 타인을 사로잡는 매력이 있었으니, 보기만 해도 즐거운 사람이었다.

"뭘 도와 드릴까요, 그레이 씨?" 그는 주근깨가 있는 통통한 손을 문지르며 말했다. "오늘은 그레이 씨를 만나 뵙는 영광을 누리고 싶었습니다. 방금 끝내주는 액자를 가게에 들여왔지요. 경매로 데려왔어요. 옛날 피렌체 스타일입니다. 폰트힐에서 가져온 것 같던데요. 종교적인 작품을 넣으면 딱 맞을 겁니다, 그레이 씨."

"직접 여기까지 오다니 수고하게 해서 미안해요, 애슈턴 씨. 나중에 꼭 가게에 들러서 그 액자를 살펴볼게요. 종교화에는 그다지 취미가 없지만요. 오늘은 집 꼭대기 층에 그림 하나만 운반해 주면 됩니다. 꽤 무거워서 인부를 두 명이나 불렀던 거예요."

"문제없습니다, 그레이 씨. 저야 도와 드릴 수 있어서 기쁘지요. 옮겨야 할 그림이라는 게 뭐지요?"

"이겁니다." 도리언이 장막을 뒤로 여미며 말했다. "이렇게 덮개를 씌운 채로 옮길 수 있나요? 계단을 올라가다가 어디에 긁힐까 봐 걱정스러워서요."

"어려울 것 전혀 없지요." 싹싹한 액자 가게 주인은 조수의 도움을 받아 그림을 지탱하던 긴 황동 체인을 풀며 작업을 시작했다. "자, 이걸 어디로 옮겨 드릴까요, 그레이 씨?"

"내가 안내할게요, 애슈턴 씨. 이쪽으로 따라오세요. 어쩌면 두 분이 먼저 가는 게 낫겠네요. 죄송스럽지만 꼭대기까지 가야 해요. 앞쪽 계단으로 올라갑시다. 그 계단이 더 넓어요."

도리언이 두 사람을 위해 문을 잡아 주었고, 그들은 그림을 들고 복도를 지나서 계단을 오르기 시작했다. 초상의 액자는 디자인이 워낙 정교해서 더더욱 운반하기가 어려웠다. 뼛속까지 장사꾼인 애슈턴 씨는 지체 높은 고객들이 팔을 걷어붙이는 모습이 보기 싫어서 극구 마다했지만 도리언은 가끔

씩 손을 내밀어 그들을 도왔다.

"거참 꽤 무겁네요." 꼭대기에 도착하자 작달막한 애슈턴 씨가 숨을 몰아쉬며 말했다. 그러고는 땀이 흥건한 이마를 닦았다.

"엄청나게 무겁군요." 도리언 그레이가 중얼거렸다. 그는 자신의 기묘한 비밀을 지켜 줄, 세상 사람들로부터 자신의 영혼을 숨겨 줄 공간으로 이어지는 문에 열쇠를 꽂았다.

사 년이 넘도록 한 번도 발을 들이지 않은 곳이었다. 어린 시절에는 놀이방으로, 조금 성장한 후에는 공부방으로 쓰다가 이후로는 한 번도 들어간 적이 없었다. 커다랗고 구조가 좋은 그 방은 이제 고인이 된 셔라드 경이 어린 조카 도리언을 위해 직접 특별히 설계한 것이었다. 그는 아이가 없어서, 혹은 다른 모종의 연유로 인해 항상 조카를 꺼리고 거리를 두었다. 어쨌든 도리언이 보기에 꼭대기 층 방은 그때와 별반 달라지지 않은 듯했다. 이탈리아식 수납 가구인 커다란 카소네가 있었는데 그 화려하게 채색된 옆면과 빛바랜 금박 띠 장식도 그대로였다. 어릴 때 도리언은 자주 그 안에 들어가서 숨고는 했다. 또 귀퉁이 접힌 학창 시절의 교과서가 잔뜩 꽂힌 새틴우드 책장이 눈에 띄었고, 책장 뒤에 있는 플랑드르 태피스트리도 변함없었다. 흐릿해진 이미지 속의 왕과 여왕은 정원에서 체스를 두었고, 그 옆으로 한 무리의 매사냥꾼이 장갑 낀 손목 위에 덮개 씌운 매를 얹은 채 지나가고 있었다. 도리언은 전부 생생하게 기억했다! 주변을 둘러보는 마음속에 외로운 어린 시절의 기억들이 전부 되살아났다. 유년 시절의 티 없던 순수함이 떠올랐고, 바로 이곳에 저 무시무시한 그림을 숨긴다고 생각하니 참담했다. 이제는 끝나 버린 유년 시절, 그때는 미래가 자신을 위해서 무엇을 준비해 놨는지 정말 아무것도 몰랐다!

하지만 집 안에는 이곳만큼 사람들의 호기심을 안전하게 막아 낼 공간이 없었다. 열쇠는 도리언이 가지고 있으므로 아무도 들어오지 못할 것이다. 캔버스에 그려진 얼굴은 보라색 덮개 밑에서 마음껏 추해지고 늘어 가고 더럽혀지면 그만이었다. 그렇다 한들 무슨 상관인가? 아무도 볼 수 없을 텐데. 도리언 자신조차 이제 이 그림을 볼 생각이 없었다. 왜 자기 영혼이 끔찍하게 변해 가는 모습을 보고 싶겠는가? 도리언은 젊음을 유지할 테고, 그것으로 충분했다. 게다가 그의 성정이 더 훌륭해질 수도 있지 않겠는가? 미래에 수치만 가득할 이유는 하등 없었다. 살다가 사랑을 만나 그 사랑에 정화되고, 영혼과 몸을 뒤흔드는 죄악으로부터, 정체를 알 수 없어서 더 미묘하고 매력적이며 신기하고 새로운 죄악으로부터 보호받을 수도 있었다. 어쩌면 주홍빛의 예민한 입가에 떠오른 잔인한 기운이 사라져서 언젠가 바질 홀워드의 걸작을 공개할 날이 올지도 몰랐다.

아니, 불가능했다. 캔버스 위의 그것은 시간의 흐름에 따라 나날이 늘어 가고 있었다. 그것이 추악한 죄악에 더럽혀지지 않기란 가능할지 몰라도 삶이 준비해 둔 추한 노화는 피할 수 없었다. 두 뺨은 푹 꺼지고 축 늘어질 것이다. 눈 옆으로 누런 잔주름이 자글자글 잡혀서 생기를 잃은 눈동자가 더 흉해 보이리라. 머리카락은 더 이상 반짝거리지 않고, 입은 힘없이 헤벌어져서 늙은이의 입답게 멍청하거나 징그러워 보일 터다. 목에 주름이 생기고, 손등에 시퍼런 혈관이 비치고, 몸이 뒤틀리고, 어린 시절 도리언에게 그토록 차갑게 굴던 삼촌이 갖고 있던 육체로 변할 것이다. 그림은 숨겨 놓아야 했다. 달리 그림을 살릴 방도가 없었다.

"가져오세요, 애슈턴 씨." 도리언은 뒤쪽으로 몸을 돌리며 수심 가득한 목소리로 말했다. "기다리게 해서 미안해요. 다른 생각에 빠져서."

"잠깐 쉬는 건 언제나 환영이지요, 그레이 씨." 애슈턴 씨는 아직 숨을 몰아쉬고 있었다. "어디에다 둘까요?"

"아, 어디든 상관없어요. 여기, 여기가 좋겠네요. 걸어 두고 싶지 않아서요. 그냥 벽에 기대 놓으세요. 고맙습니다."

"그림을 한번 봐도 될까요?"

도리언은 깜짝 놀랐다. "애슈턴 씨의 취향이 아닐 거예요." 그에게 시선을 고정한 채 대답했다. 그가 도리언의 비밀을 지켜 주는 아름다운 장막에 감히 손대려 한다면 당장이라도 돌진해서 그를 바닥으로 밀어 넘어뜨릴 준비가 되어 있다. "이제 보내 드려야겠네요. 여기까지 와 주셔서 정말 큰 빚을 졌습니다."

"전혀 아닙니다, 전혀 아니에요, 그레이 씨. 그레이 씨를 위해서라면 뭐든 해 드릴 수 있지요." 애슈턴 씨는 계단을 따라 내려갔다. 그 뒤를 따르던 조수가 거칠고 투박한 얼굴을 돌려서 수줍고 경외감 섞인 시선으로 도리언을 흘긋 바라보았다. 그토록 아름다운 사람은 처음이었다.

두 사람의 발걸음 소리가 잦아들자 도리언은 문을 잠그고 열쇠를 주머니에 넣었다. 안도감이 들었다. 이제 아무도 이 끔찍한 그림을 보지 못할 것이다. 도리언 말고 누구도 그의 수치를 확인할 수 없었다.

다시 서재에 돌아오니 5시가 막 넘은 시각이었고, 이미 차를 내온 것이 보였다. 지난겨울을 카이로에서 보낸 후견인의 아내 레이디 래들리가 선물한, 짙은 색의 향긋한 목재에 자개 장식을 잔뜩 붙여서 만든 작은 테이블 위에 헨리 경이 보낸 쪽지와 노란색 종이로 장정한 책이 있었다. 커버가 살짝 닳았고 가장자리는 꼬질꼬질했다. 차 쟁반에는 《세인트 제임스 가제트》 3호가 한 부 놓여 있었다. 빅토르가 돌아왔음이 분명했다. 도리언은 아까 두 사람이 집을 나서던 길에 빅토르와 마주쳤을지, 혹시 빅토르가 무슨 일이냐며 그들에게 살살 이야기를 캐내지는 않았을지 의심이 들었다. 그는 그림이 없어졌다는 사실을 눈치챌 것이다. 아니, 차를 준비하는 사이에 이미 알아챘으리라. 장막이 사라진 자리가 아무것도 없는 탓에 휑하게 눈에 띄었다. 어쩌면 도리언은 어느 밤 빅토르가 몰래 위층으로 올라가서 그림이 있는 방의 문을 열려고 애쓰는 모습을 발견하게 될지도 몰랐다. 집에 염탐꾼을 두고 살기란 끔찍했다. 도리언은 평생 동안 하인에게 협박당하며 사는 부자들의 이야기를 들어서 알고 있었다. 하인들은 편지를 읽고, 대화를 엿듣고, 카드에 적힌 주소를 알아보고, 베개 밑에서 시든 꽃이나 구겨진 레이스를 찾아내 그것으로 주인들을 공갈했다.

도리언은 한숨을 쉬고 차를 따른 다음, 헨리 경이 보낸 쪽지를 펴 보았다. 석간신문과 도리언이 좋아할 만한 책을 보낸다는 이야기, 8시 15분에 맞춰 클럽에 가겠다는 이야기만 간단히 적혀 있었다. 그는 무심하게 신문을 펼쳐 훑어보았다. 다섯 번째 페이지에 빨간 색연필로 표시한 부분이 눈에 들어왔다. 도리언은 다음과 같은 기사를 읽었다.

여성 배우 사망 사건 조사.

오늘 오전 혹스턴 로드에 위치한 벨 태번에서 지역 담당 검시

관 댄비 씨 주관으로 홀본 로열 시어터의 여성 배우, 시빌 베인의 시신에 대한 조사가 이루어졌다. 결론은 사고사였다. 많은 사람이 홀로 남은 그의 어머니에게 심심한 조의를 표했다. 어머니는 직접 증언하는 동안, 그리고 고인의 시신을 부검한 비릴 박사의 증언을 듣는 동안 큰 충격을 받았다.

도리언은 살짝 찡그린 얼굴로 신문을 쭉 찢으며 서재를 가로질러 걸어가더니 반대편에 있는 금도금한 쓰레기통에 신문지 조각을 던져 넣었다. 몹시 추한 사건이었다! 그리고 그 모든 일은 추했기에 끔찍하게도 현실적이었다! 그는 신문을 보내 준 헨리 경에게 조금 신경질이 났다. 빨간 색연필로 표시해 놓다니, 정말 바보 같은 짓이었다. 빅토르가 읽었을지도 모르잖은가. 그의 영어 실력으로도 그 정도 기사는 충분히 이해할 수 있었다.

어쩌면 빅토르는 이미 그것을 읽고 무언가 의심하기 시작했을지도 몰랐다. 하지만 그랬다 한들 뭐 어떤가? 도리언 그레이가 시빌 베인의 죽음과 무슨 상관이 있다고? 걱정할 필요 없었다. 시빌 베인을 죽인 것은 도리언 그레이가 아니니까.

헨리 경이 보내 준 노란색 책이 도리언의 시선에 들어왔다. 어떤 책일까, 그는 궁금해졌다. 작은 팔각형 모양의 진줏빛 탁자, 그의 눈에는 항상 이집트 꿀벌들이 은으로 짜 놓은 작품처럼 보이는 탁자로 가서 책을 집어 들었다. 『라울의 비밀』, 카튈 사라쟁 지음. 정말 솔깃한 제목이었다! 그는 안락의자에 몸을 던지고 책장을 넘기기 시작했다. 몇 분 만에 완전히 몰입했다. 지금까지 읽은 것 중 가장 기이한 책이었다. 섬세한 플루트 소리가 울려 퍼지는 가운데, 온 세상의 죄악이 우아한 의상을 입고 무언극 같은 것을 펼치는 느낌이었다. 그가 흐릿하게 꿈만 꾸던 것들이 돌연 실재하는 현실이 되었다. 단 한 번도 상상해 본 적 없는 것들이 조금씩 모습을 드러냈다.

그것은 등장인물이 한 명뿐인 플롯 없는 소설로, 어떤 젊은 파리지앵의 심리를 파헤친 작품이었다. 그는 19세기에 살고 있으나 19세기 이전에 부흥했던 사상들의 열정과 생활 방식을 시험하며 살아가는 사람이었다. 말하자면 세계의 정신이 훑고 지났던 다양한 감성을 자기 인생 안에서 요약하려는 것이었고, 인류가 바보처럼 덕목이라고 칭했던 금욕과 현명한 자들이 여전히 죄악이라 부르는 자연스러운 저항을 그저 그 인위성을 이유로 사랑하려는 것이었다. 기묘하고 현란한 스타일로 쓰였는데 생생하면서 모호했고 은어와 고어, 기술적인 용어와 정교한 되풀이를 충만히 구사함으로써 프랑스 데카당[27] 문학의 정수를 보여 주었다. 은유는 난초처럼 끔찍하고 그 색채 역시 악독했다. 감각의 삶을 신비주의[28]적으로 묘사한 탓에, 독자는 자기가 읽는 것이 어느 중세 성인의 종교적 황홀경에 관한 기록인지 동시대 죄인의 병적인 고백인지 종종 헷갈렸다. 그것은 유독한 책이었고, 페이지마다 무거운 향내가 뚝뚝 묻어나서 머리를 아프게 했다. 문장의 억양, 그리

---

[27] 19세기 후반 서유럽에 대두한 문예 사조. 과도하고 인공적인 아름다움을 추구하고, 전통과 도덕을 혐오하며, 기괴하고 병적인 감수성에 탐닉하는 등의 특징을 보여 준다. 『라울의 비밀』과 유사성이 지적되는 『거꾸로』의 작가 조리스카를 위스망스를 비롯해서 테오필 고티에, 샤를 보들레르 등이 데카당을 대표하며, 『도리언 그레이의 초상』 역시 데카당스 소설로 분류된다.

[28] 의식의 영역을 넘어서 절대자와 조우하거나 궁극적 깨달음에 도달하고자 하는 철학이나 종교 사상.

고 문장이 자아내는 미묘하게 단조로운 음율은 복잡한 후렴구와 악장이 세심하게 반복 배열된 음악처럼 풍성했고, 페이지를 넘기는 마음속에 어떤 몽상과 병적인 꿈의 효과를 만들어 내서 도리언은 해가 지고 어둠이 짙어지고 있음도 의식하지 못했다.

창문 너머, 구름 없이 맑은 엷은 청록색 하늘에 홀로 별 하나가 어슴푸레 빛났다. 도리언은 그 창백한 별빛에 의지해서 더 이상 글자가 보이지 않을 때까지 읽었다. 그러다가 하인이 몇 번이나 찾아와 시간이 늦었다고 알려 준 뒤에야 자리에서 일어나 옆방으로 가서는 항상 침대맡에 둔 작은 피렌체산 테이블에 책을 올려 두고 저녁 식사를 위해 옷을 갈아입었다. 클럽에 도착했을 때는 거의 9시였다. 헨리 경은 지겨워 죽겠다는 표정으로 응접실에 혼자 앉아 있었다.

"정말 미안해요, 해리." 도리언이 외쳤다. "하지만 해리 잘못이에요. 해리가 보내 준 책이 너무 흥미로워서 시간이 어떻게 가는지도 몰랐거든요."

"좋아할 거라고 생각했지." 헨리 경이 의자에서 일어나며 대답했다.

"좋다고 한 적 없어요, 해리. 흥미롭다고 했죠. 둘 사이에는 큰 차이점이 있답니다."

"아, 그걸 깨달았다면 굉장한 걸 깨달은 거야." 헨리 경이 오묘한 미소를 머금고 말했다. "가자, 저녁이나 먹자고. 시간이 늦었어. 샴페인이 너무 차가워졌겠는걸."

9

몇 년이 지나도록 도리언 그레이는 이 책의 기억에서 벗어날 수 없었다. 어쩌면 그 기억에서 벗어날 생각조차 하지 않았다고 해야 더 정확하리라. 그는 파리에서 그 소설의 대형 초판본을 자그마치 다섯 권이나 공수해 와서 각각 다른 색으로 장정했다. 시시각각 달라지는 기분에 맞춰, 가끔은 통제하기 힘들 만큼 변화무쌍한 자신의 취향에 맞춰 책을 골라 보기 위해서였다. 낭만적 기질과 과학적 기질이 참으로 기묘하게 결합된, 멋진 파리 젊은이 라울에게 도리언은 동질감을 느꼈다. 그리고 좀 더 정확히 말하자면 왠지 책 전체가 그의 인생 이야기를 담고 있는 것만 같았다.

어떻게 보면 도리언은 카튈 사라쟁이 창조한 인물보다 더 운이 좋았다. 라울은 어릴 때 놀랄 만큼 아름다웠다는 외모를 갑작스럽게 잃어버리면서 거울과 잘 닦인 금속 표면과 잔잔한 수면에 다소 기괴한 공포심을 품게 되었지만 도리언은 그런 공포를 몰랐고 실로 알게 될 기회조차 전혀 없었으니 말이다. 그는 거의 잔인할 정도의 기쁨을 느끼며 ── 어쩌면 세상에 존재하는 기쁨의 대부분은 모든 종류의 쾌락이 그렇듯이 잔인함을 내포하고 있을지 모른다. ── 책의 마지막 부분을 읽었다. 마지막에 라울은 그가 타인을 볼 때, 그리고 세상을 볼 때 가장 값지게 생각하는 가치를 막상 스스로 잃어버리게 되어서 느끼는 절망과 슬픔을 몹시 비극적으로 다소 과장되게 이야기하고 있었다.

어쨌든 도리언은 그런 걸 두려워할 이유가 없었다. 바질 홀워드를 비롯한 많은 사람의 정신을 쏙 빼놓은 소년다운 아름다움은 달라진 데가 전혀 없는 듯했다. 도리언에 관해 참으로 무시무시한 이야기를 듣고 난 사람들도(실제로 그의 생활 방식에 대한 기기묘묘한 소문들이 런던 곳곳으로 퍼져 나가 여러 클럽에서 화제가 되기도 했다.) 막상 그를 만나면 그런 명예롭지 못한 이야기들이 사실이라고는 도저히 생각할 수 없었다. 그는 단한 번도 세상의 마수가 닿지 않았던 것 같은 외모를 유지했다. 상스러운 말을 내뱉던 사람들조차 도리언 그레이가 등장하면 입을 꾹 다물었다. 얼굴에 감도는 어떤 순수한 분위기가 그들을 꾸짖는 것만 같았다. 그의 존재만으로도 그들은 자신들의 더럽혀진 순진무구함을 떠올리게 되었다. 사람들은 도리언처럼 매력적이고 우아한 사람이 어떻게 이토록 비도덕적이고 퇴폐한 시대에 물들지 않을 수 있었는지 의아했다.

도리언은 때때로 친구들, 혹은 자기가 도리언 그레이의 친구라고 믿는 사람들 사이에 갖가지 추측을 낳게 하는 수수께끼 같은 긴 여행에서 돌아오면 잠겨 있던 방으로 올라가 줄곧 소지하던 열쇠로 문을 열고 들어가서는 한 손에 거울을 든채 바질 홀워드가 그려 준 초상화 앞에 서서 캔버스 위의 추악하고 늙은 얼굴을 보고, 또 잘 닦인 유리 위에서 그의 미소에 화답하는 아름답고 풋풋한 얼굴을 들여다보았다. 두 얼굴 사이의 극명한 차이점이 도리언의 쾌락 감각에 박차를 가했다. 시간이 지나면서 더욱더 자신의 아름다움에 매료되었고 한층 스스로의 정신적 타락에 흥미를 느꼈다. 세심한 눈길로 종종 무시무시하고 끔찍한 기쁨을 느끼며 이마와 음울하고 퇴폐적인 입 주변에 잡힌 흉측한 주름들을 살펴보면서 죄악의 흔적과 노화의 흔적 중 어느 것이 더 끔찍할지 저울질해 보기도 했다. 그는 초상화 속의 거칠고 퉁퉁한 손 옆에 뽀얀 손을 가져다 대고 미소 짓고는 했다. 그 기형적인 몸과 못생긴 사지를 비웃었다.

가끔 은은하게 향을 피운 침실이나 변장한 채 가명을 대며 드나들곤 하는 부두 근처의 악명 높고 추접스러운 작은 여관방에 누워서 불면의 밤을 보낼 때면 자기 손으로 초래한 영혼의 파멸에 관해 떠올리게 되었고, 순전히 이기적이라서 더욱더 절절한 안타까움을 느꼈다. 하지만 이런 밤은 드물었다. 삶을 향한 호기심, 오래전 바질 홀워드의 정원에서 그의 곁에 앉았던 헨리 경이 자극한 내면의 호기심은 점점 자라나며 희열을 선사했다. 더 많이 알게 될수록 알고 싶은 갈망도 더 커졌다. 도리언의 내면에는 먹이를 줄수록 더 왕성해지는 광적인 허기가 있었다.

하지만 적어도 사회적 관계에서는 경솔하지 않았다. 겨울에는 매달 한 번이나 두 번씩, 사교계가 바빠지는 여름에는 수요일마다 아름다운 집의 대문을 활짝 열고 당시에 가장 촉망받는 음악가를 초대해서 그들의 경이로운 음악으로 손님들의 마음을 사로잡았다. 그가 주최하는 저녁 식사는 항상 헨리 경이 준비를 도왔는데, 세심하게 선별해서 자리를 배정한 손님 목록도 좋은 평가를 받았지만 절묘한 조화가 돋보이는 이 국적인 꽃 장식과 자수 놓인 식탁보, 앤티크 금은 식기에서 엿볼 수 있는 훌륭한 취향으로 한결 칭송받았다. 실제로 사람들은, 특히 젊은이들은 도리언 그레이를 보며 자신들이 이튼 칼리지나 옥스퍼드 재학 시절에 꿈꿨던 인물, 즉 학자에 어울리는 교양과 세계 시민에 걸맞은 지극히 우아하고 특출하고 완벽한 매너를 모두 겸비한 꿈속의 인물을 떠올렸다. 물론 그런 건 전부 환상에 불과할 수도 있었지만 말이다. 그들의 눈에 도리언 그레이는 단테가 "아름다움을 숭배함으로써 완벽한 존재로 거듭난 사람들"이라고 묘사한 인물로 보였다. 테오필 고티에가 말한 것처럼 그는 "눈에 보이는 세계가 존재하는" 이유였다.

물론 그에게는 삶 자체가 모든 예술 중에서도 가장 위대한 예술이었고, 그래서 다른 예술은 삶을 위한 준비처럼 보였다. 공상에 불과하던 것을 잠시나마 보편적인 것으로 변환해 주는 패션, 온전히 현대적인 아름다움을 확립하고자 하는 나름의 시도인 댄디즘은 물론 그의 흥미를 자극했다. 옷을 입는 방식, 때때로 그가 연출하는 특정한 스타일은 부촌인 메이페어 지역에서 열리는 무도회나 세련된 펠맬 지역의 클럽에 드나드는 젊고 잘생긴 청년들에게 깊은 영향을 끼쳤다. 그들은 도리언이 하는 것은 뭐든 따라 했고, 그의 우아한 치장이 — 도리언 본인에게는 반농담식의 치장이었지만 — 자아 내는 부수적인 매력까지 재현해 보려고 애썼다.

도리언 그레이는 성인이 되자마자 자기에게 주어진 지위를 기꺼이 받아들일 준비가 되어 있었고, '우아함의 심판관'이라고 불린 『사티리콘』의 저자 페트로니우스가 네로 황제 시대의 로마를 풍미했던 것처럼 자신 또한 동시대 런던을 풍미하리라고 상상하니 과연 즐거웠다. 하지만 마음속 깊은 곳에서는 그 이상의 존재가 되고 싶었다. 어떤 보석을 착용해야 하는지, 어떻게 넥타이를 매야 하는지, 어떻게 지팡이를 휘둘러야 하는지 조언하는 역할로는 만족할 수 없었다. 그는 논리적인 철학과 질서 정연한 원칙을 갖춘 인생을, 감각을 영적으로 승화하는 것이 가장 큰 목표인 인생을 설계하고자 했다.

감각 숭배는 종종 매도되었고, 그러는 데에 정당한 면도 있었다. 사람들은 자기 자신보다 강해 보이는 열정과 감정, 심지어 인간보다 열등한 존재 방식의 생명체들마저 느끼는 것이 분명한 열정과 감정에 본능적 공포를 느꼈던 것이다. 그러나 도리언 그레이가 보기에 감각의 진면목은 아직 파악되지 않았고, 감각이 여전히 야만적이고 동물적인 무언가로 인식되는 까닭은 세상이 그것을 굴복할 때까지 굶기고 고통을 가해서 죽였기 때문이었다. 그 대신 아름다움을 향한 예민한 본능이 가장 중요한 특징인 새로운 정신적 신조를 탄생시켜서 감각을 그 구성 요소로 삼을 수도 있었다. 인류가 걸어온 역사의 발자취를 살펴볼 때면 도리언은 상실감에 휩싸였다. 너무나 많은 것이 희생되었다! 그야말로 하찮은 목적 때문에! 광적이고 고의적인 거부, 야만적인 형태의 자기 고문과 자기 부정이 있었고, 그것들의 기원은 공포였으며, 그 결과 무지한 인간은 애초에 피하고자 했던 타락보다 훨씬 더 끔찍한 타락을 맞게 되었다. 자연의 아이러니로 인해 은둔자는 사막의 야생 동물들 한가운데로 밀려나고 들판의 짐승들을 삶의 동반자로 하사받았다.

그렇다, 헨리 경이 말한 대로 새로운 쾌락주의가 도래해서 삶을 재창조해야 했다. 최근에 이상하게 재부상한 가혹하고 부적절한 청교도주의에서 삶을 구원해야 했다. 새로운 쾌락주의는 분명 지성에 도움을 주고자 하겠지만 자극적 경험을 배척하는 이론이나 시스템은 받아들이지 않을 터다. 사실 쾌락주의의 목적은 경험 그 자체이지 경험의 열매가 아니었다. 열매가 달든 쓰든 말이다. 감각을 말려 죽이는 금욕주의도, 감각을 멍하게 하는 저속한 방탕도 진정한 쾌락주의와는 아무 상관 없었다. 쾌락주의의 가르침은 삶의 순간순간에 집중하라는 것이었다. 사실 삶 전체가 한순간에 지나지 않으니까.

죽음의 달콤함에 사로잡혀 꿈도 찾아오지 않는 밤을 보내고 나서, 혹은 공포와 기형적인 기쁨으로 물든 밤을 보낸 뒤 아직 동도 트기 전에 잠에서 깨어 본 적 없는 사람이 있을까. 그런 밤에는 머릿속 곳곳으로 현실보다 끔찍한 환영이 날아들고, 그런 환영의 생명력은 병을 앓듯 몽상에 시달리는 사람들의 예술이라 할 고딕 예술에 끝없는 원료를 공급하며 이 세상의 모든 기괴한 것 안으로 기어든다. 파르르 떨리는 창백한 손가락이 조금씩 커튼 사이를 비집고 나온다. 환영의 검은 그림자가 방 한구석으로 기어가서 그곳에 똬리를 튼다. 밖에서는 날짐승이 나뭇잎 더미에서 뒤척이는 소리, 일찍이 일터로 떠나는 사람들의 소리, 언덕 위에서 내려오는 바람의 한숨이나 흐느낌, 바람이 잠든 사람을 깨우고 싶지 않은 듯 적막한 집 주변을 배회하는 소리가 들려온다. 하늘을 덮고 있던 어스름한 베일이 하나씩 걷히고 또 걷히며 조금씩 사물의 형태와 색채가 돌아오고, 우리는 새벽이 오래된 양식에 맞춰 세상을 재창조하는 광경을 바라본다. 희뿌연 거울들이 힘없이 모방의 삶을 재개한다. 심지가 까만 양초는 버려둔 자리에 그대로 놓여 있고, 그 옆에는 옛날에 탐독하던 반쯤 읽은 책이나 무도회에서 착용했던 작은 꽃묶음, 차마 읽지 못한 편지, 너무 자주 읽었던 편지가 자리한다. 변한 건 아무것도 없는 듯하다. 비현실적인 밤의 그림자에서 눈에 익은 현실의 삶이 드러난다. 우리는 중단한 삶을 이어 나가야 하고, 힘을 내서 틀에 박힌 지겨운 일상을 하루 더 연장해야 한다는 끔찍한 의무감이 마음속으로 스며든다. 어느 날 아침 눈을 뜨면 인간의 쾌락이 새롭게 쇄신된 세상이 펼쳐지리라는, 만물이 새로운 형태와 색채를 입고 탈바꿈한 세상이나 내면에 새로운 비밀을 품고 있는 세상이 펼쳐지리라는 간절한 열망을 지속해야 한다. 과거를 위한 자리는 거의, 전혀 없는 세상, 과거 때문에 의무나 후회에 사로잡힐 필요가 없는 세상, 심지어 기쁨의 추억조차 씁쓸하고 쾌락의 기억은 고통스러운 세상이 펼쳐지리라는 간절한 열망을 오늘도 또 이어 가야 한다.

도리언 그레이는 그런 세상을 만드는 것이 삶의 진정한 목표, 아니 진정한 목표 중 하나라고 생각해서, 즉각 새로운 즐거움을 안겨 줄 감각적 경험, 낭만에 필수적인 기묘한 요소까지 갖춘 감각적 경험을 찾아다녔다. 그리고 탐색의 과정에서 종종 자기 천성과 동떨어진 사고방식을 도입해 그 미묘한 영향력에 흠뻑 빠져들었다가 그 색채를 흡수하고 자신의 지적 호기심을 충족한 후에는 무관심해져서 내팽개쳤다. 그런 기묘한 무관심은 열정적인 성격과 양립하지 못한다고 말할 수 없었으며, 사실 어떤 현대 심리학자에 의하면 열정적 성격의 조건일 때가 많았다.

한번은 그가 로마 가톨릭교회의 일원이 되기로 했다는 소문이 돌았다. 분명 로마의 의식은 그의 흥미를 대단히 자극했다. 매일매일의 희생, 고대 세계에 이루어진 희생을 전부 합한 것보다 더 끔찍한 매일매일의 희생은 감각의 증거를 단호하게 거부한다는 점, 그 구성에 원시적 단순함이 있다는 점, 인간 비극의 영원한 정념을 상징한다는 점 때문에 흥미로웠다. 그는 차가운 대리석 복도에 무릎 꿇고 앉는 것이, 꽃 장식이 있는 뻣뻣한 사제복을 입은 신부의 흰 손이 교회 안의 장막을 천천히 걷어 내는 것이 좋았다. 사람들이 정말 '파니스 셀레스티스', 즉 천사들의 빵이라고 믿는 흰 성체가 담긴 보석 박힌 전등 모양의 성체 안치기를 신부가 들어 올리는 행위가 좋았고, 혹은 그가 그리스도의 수난을 상징하는 의복 차림으로 빵을 찢어 성배에 담고 자신의 죄 때문에 가슴을 치는 행동이 좋았다. 레이스와 진홍색 의복을 입은 소년들이 바람결에 금박꽃을 날리듯 향로의 연기를 날려 보내는 모습에도 미묘한 즐거움이 있었다. 성당을 나설 때 어두침침한 고해 성사실을 바라보며 경이에 사로잡히고는 했고, 그 흐릿한 그림자 속에 앉아 남자들과 여자들이 더럽혀진 자기 인생 이야기를 소곤거리는 소리를 듣고 싶어졌다.

하지만 그는 자신의 지적 발달을 특정한 신조나 체제에 얽매어 두는 실수를 저지르지 않았고, 별도 없고 달도 바쁜 밤에 잠깐 머무르기 적당한 여관을 평생 살 집으로 착각하는 일도 없었다. 신비주의는 평범한 것에 낯선 감각을 부여하는 멋진 힘이 있고 항상 미묘하게 반도덕적인 느낌을 동반했기에 잠시간 몰두했다. 또 독일에서 유행한 다원주의 유물론에도 잠시간 끌렸다. 인간의 사상과 열정의 기원을 뇌 속에 있는 어떤 상아색 세포나 몸속의 빨간색 신경에서 찾아내는 일로부터 기묘한 쾌감을 느꼈고, 영혼이 신체적 조건에 — 병이 있든 건강하든, 정상이든 기형이든 — 전적으로 의존한다는 발상에서 즐거움을 느꼈다. 그러나 앞서 말했다시피 삶에 관한 어떤 이론도 삶 자체보다 중요하지 않았다. 모든 지적인 추론이 실제 행위와 실험으로부터 분리되는 순간 얼마나 공허해지는지 그는 통렬하게 느꼈다. 감각이 영혼에 못지않은 그것만의 수수께끼를 품고 있음을 그는 알았다.

그래서 그는 향기와 신비로운 제향 작업을 연구하기 시작했다. 진한 향유를 증류했고, 동양에서 공수한 향긋한 나뭇진을 태웠다. 존재하는 모든 기분은 감각의 영역에 반려를 지녔고, 도리언은 그러한 기분과 감각의 관계를 알아내고자 했다. 유향 성분 중 어떤 것이 인간을 신비로운 분위기에 젖게 하는지, 용연향에 어떤 성분이 있어서 열정을 자극하는지, 제비꽃의 무슨 성분이 지나간 연애의 기억을 떠오르게 하는지, 머스크는 어떤 성분 때문에 고뇌를 선사하는지, 참파카의 무슨 성분이 상상력을 훼손하는지 알고 싶었다. 또 진정한 향기 심리학의 개발을 목표로 삼았다. 달콤한 내음이 풍기는 뿌리와 향긋한 꽃가루가 묻은 꽃, 향기로운 아로마 연고, 색과 향이 짙은 목재, 냄새가 코를 찌르는 감송, 분노를 자극하는 헛개나무, 영혼의 멜랑콜리를 몰아낸다는 알로에의 여러 효과를 측정하려고 애썼다.

다른 때는 음악에 전념해서 온갖 기기묘묘한 공연을 주최했다. 금색과 붉은색을 화려하게 색칠한 천장, 올리브색으로 칠한 벽, 격자 장식이 있는 긴 방에서 열광적인 집시들이 현란한 치터 연주를 선보이거나, 노란 숄을 걸친 튀니지인들이 우락부락한 류트의 줄을 뜯는 동안 흑인들이 미소 지으며 단조로운 구리 드럼을 치고, 또는 터번을 두른 인도인들이 주홍색

매트 위에 웅크린 채 긴 파이프나 리드나 금관 악기를 불며 거대한 코브라 혹은 끔찍한 뿔이 달린 살무사를 자극하는 공연이었다. 슈베르트의 우아함이나 쇼팽의 아름다운 슬픔, 심지어 베토벤의 강렬한 하모니도 귀에 들어오지 않을 때는 그런 야만적인 음악의 가차 없는 음정과 날카로운 불협화음이 자극제가 되어 주었다. 그는 세계 곳곳에서, 멸망한 국가의 묘지에서든 서양 문명과 접촉하고도 살아남은 몇 안 되는 야만족 마을에서든 찾을 수 있는 악기라면 뭐든 찾아 수집했으며 직접 만지고 연주하기를 즐겼다. 아마존 리오네그로 원주민의 악기, 여자들은 평생 다가갈 수 없고 젊은 남자들도 단식하고 매 맞는 대가를 치르기 전까지 결코 볼 수 없는 신비로운 주루파리스마저 가지고 있었다. 새처럼 날카로운 소리가 나는 페루의 토기, 신부 알폰소 데 오바예가 그 소리를 들었다는 인간의 뼈로 만든 칠레 플루트, 쿠스코의 옛터에서 발견한 달콤한 단음을 내는 돌도 손에 넣었다. 색칠한 호롱박을 조약돌로 채워 흔들면 소리가 나는 악기도 소장했다. 숨을 내뱉는 것이 아니라 들이마심으로써 소리를 내는 기다란 멕시코 관악기 클라린도 있었다. 거친 소리를 내는 아마존 부족의 악기, 온종일 나무 옆에 앉아 있는 호위병들이 연주하며 약 4킬로미터 밖에서도 들을 수 있다는 투레도 있었다. 두 개의 진동하는 혀가 있는 테포나스틀리는 식물의 우윳빛 즙에서 얻은 유연한 수지를 먹여 만든 북채로 연주하는 악기이고, 요틀이라는 종은 포도송이처럼 생긴 아스텍 악기인데 둘다 도리언의 소장품이었다. 뱀 가죽으로 감싼 커다란 실린더형 드럼, 스페인의 정복자 베르날 디아스델카스티요가 에르난 코르테스와 함께 멕시코 사원에 들어갔다가 우연히 마주친 뒤 그 구슬픈 소리에 관해 아주 생생한 묘사를 남긴 드럼도 공수했다. 도리언은 이 악기들의 기상천외한 특징이 재미있었고, 예술 역시 자연과 마찬가지로 자기만의 괴물을, 야수 같은 형상과 끔찍한 목소리를 지닌 괴물을 갖고 있다는 사실에서 기이한 즐거움을 느꼈다. 하지만 시간이 지나면 싫증이 났고, 그러면 홀로, 혹은 헨리 경과 함께 오페라 특별석에 앉아 바그너의 「탄호이저」를 완전히 몰입한 채 감상하며 그 위대한 예술 작품에서 자기 영혼의 비극을 보았다.

보석 연구에 매진한 시기도 있었는데, 그 무렵에 가장무도회가 열리자 560개의 진주가 달린 드레스를 입고 프랑스 제독 안 드 수와이외즈로 분장했다. 하루 종일 보석함 앞에 앉아서 그동안 모은 보석들을 정리하고 또 정리하며 하루를 보내기도 했다. 올리브색이었다가 조명을 비추면 붉은색으로 변하는 금록석, 철사 같은 은색 선이 그어진 묘안석, 피스타치오 색깔 감람석, 분홍 장밋빛과 금빛 포도주색 토파즈, 새빨간 표면 밑에서 네 가지 색 별이 반짝이는 석류석, 불꽃처럼 빨간 육계석, 주홍색과 보라색 첨정석, 번갈아 가며 루비와 사파이어색을 발하는 자수정 같은 보석들이었다. 그는 일장석의 붉은 금색과 월장석의 진줏빛 흰색, 우윳빛 오팔에 어른거리는 무지개 조각 같은 광채가 좋았다. 암스테르담에서 보기 드물게 커다랗고 색이 풍부한 에메랄드 세 개를 공수했고, 감정가들이 부러워할 만한 오리엔탈 터키석도 보유하고 있었다.

보석에 얽힌 놀라운 이야기들도 알아냈다. 의사이자 작가인 페트루스 알폰시의 『성직자 교육』에는 눈동자가 진짜 히아신스석으로 된 뱀이 등장했고, 알렉산더 대왕의 업적을 기록한 책에서는 그가 요르단의 계곡에서 "목덜미에 진짜 에메랄드가 자라나는" 뱀들을 봤다는 내용이 있었다. 철학자 필로스트라투스가 말하기를 뇌에 보석이 있는 용은 "황금색 문자와 주홍색 옷을 보여 주면" 마법의 잠에 빠지므로 그때 해치울 수 있다고 했다. 위대한 연금술사 피에르 드 보니파스에 의하면 다이아몬드는 사람을 투명 인간으로 둔갑시키고 인도마노는 사람을 달변가로 만들어 주었다. 홍옥수는 분노를 달래 주고 히아신스석은 수면제 역할을 하며 자수정은 포도주의 독기를 빼 준다고 했다. 석류석은 악마를 쫓아 주고 하이드로피쿠스는 달의 색채를 흐리게 했다. 투석고는 달과 함께 빛난 뒤 탁해졌으며, 도둑을 적발하는 멜로세우스는 어린 것의 피에 닿을 때만 영향을 받았다. 광물학자 레오나르두스 카밀루스는 죽은 지 얼마 되지 않은 두꺼비의 머리에서 해독 효능이 있는 흰 돌을 꺼내는 광경을 보았다고 했다. 아랍 사슴의 심장에서 발견된 결석은 흑사병을 낫게 하는 부적의 효능이 있었다. 철학자 데모크리토스에 따르면 아라비아 새들의 둥지에서 구할 수 있는 아스필라테스를 지님으로써 불에 다칠 위험을 막을 수 있었다.

실론에서 왕의 대관식은 말에 탄 왕이 손에 커다란 루비를 들고 자기 치하의 도시를 돌아다니는 형식으로 진행되었다. 사제 요한의 궁은 대문이 "홍옥으로 만들어졌고 뿔 달린 뱀의 뿔이 박혀 있어서 독을 지닌 사람은 들어가지 못했다." 박공지붕에는 "석류석 두 개가 박힌 황금 사과 두 개"가 있어서 낮에는 황금이 번쩍거렸고 밤에는 석류석이 반짝거렸다. 작가 토머스 로지가 쓴 기이한 로맨스 소설 『미국의 마가라이트』에는 마가라이트 공주의 방에 "은제 예술품이 있는데, 귀감람석과 석류석, 사파이어, 초록 에메랄드로 장식한 아름다운 거울을 들여다보는 온 세상의 정숙한 여성들이 새겨져 있다."라는 구절이 나온다. 마르코 폴로는 지팡구의 국민들이 죽은 자의 입에 장밋빛 진주를 넣어 주는 모습을 보았다고 했다. 어떤 사람은 바다에 들어갔다가 바다 괴물이 애지중지하는 진주를 훔쳐서 페로즈 1세에게 바쳤는데, 분노한 괴물은 그 도둑을 죽이고 나서 달이 일곱 번 떠오르고 질 동안 진주를 잃었음을 슬퍼했다. 역사가 프로코피우스에 의하면, 그 진주에 눈독 들인 훈족이 페로즈 1세를 구덩이에 떨어뜨리려고 유인하자 결국 그가 진주부터 던져 버려서 영영 찾을 수 없게 되었다. 아나스타시우스 황제가 진주에 대한 값으로 금덩이 500개를 준다고 했지만 소용없었다. 말라바의 왕은 베네치아에서 온 손님에게 진주 104개로 만들어진 묵주를 보여 주었는데 진주알의 개수는 그가 숭배하는 신의 수였다. 그중 하나는 율리우스 카이사르가 세르빌리아와 사랑에 빠졌을 때 선물한 것이었다. 이들은 후에 브루투스를 낳았다.[29]

태양신을 섬기다가 아주 어린 나이에 죄를 저질러 죽임당한 젊은 사제는 생전에 보석이 박힌 신발을 신고 금은 부스러기 위를 걸어 다녔다고 했다. 역사가 브랑톰에 따르면 알렉산데르 6세의 아들 발랑티누아 공작이 프랑스에 루이 12세를 보러 갔을 때 말 위에 황금 나뭇잎이 가득 실려 있었고 모자에는 루비가 두 줄로 가지런히 박혀서 엄청난 빛을 반사했다. 찰스 1세는 다이아몬드가 320개 달린 등자를 얹고 말을 탔다. 리처드 2세에게는 온통 발라스 루비로 장식한 코트가 있었는데 그

---

29 마르쿠스 브루투스가 카이사르와 세르빌리아의 사생아라는 소문이 있었으나 정확히 밝혀진 바는 없다.

값이 3만 마르크에 달했다. 역사가 에드워드 홀은 대관식을 앞둔 헨리 8세가 런던탑으로 이동할 때 "금박을 입힌 재킷, 다이아몬드를 비롯한 고급스러운 보석이 붙은 명찰, 굵은 발라스 루비가 달린 커다란 어깨 벨트" 차림이었다고 했다. 제임스 1세의 총애를 받던 사람들은 금테두리를 두른 에메랄드 귀걸이를 착용했다. 에드워드 2세는 몹시 아끼던 하인 피어스 개버스턴에게 히아신스석이 박힌 붉은 금색 갑옷 한 벌과 터키옥으로 장식한 황금 장미 깃, 진주가 '흩뿌려진' 스컬캡을 주었다고 했다. 헨리 2세는 팔꿈치까지 올라오는 보석 달린 장갑을 끼곤 했으며, 루비 열두 개와 진주 쉰두 개가 달린 매잡이 장갑도 소유했다. 발루아 부르고뉴 가문에서 마지막으로 부르고뉴 공작 작위를 이어받은 '대담한 찰스'는 사파이어와 배 모양 진주가 박힌 모자를 갖고 있었다. 한때 세상은 그리도 아름다웠다! 그토록 화려한 풍경과 장식이라니! 망자들이 즐기던 화려함은 단지 글로 읽는 것만으로도 경이로웠다.

그 후에는 자수에, 북유럽의 서늘한 실내에서 프레스코 벽화 대신 벽을 장식하던 태피스트리에 집중했다. 그런 것들을 탐구하다 보면 ― 그는 눈앞의 현안이 뭐든 어김없이 푹 빠질 줄 알았다. ― 아름답고 경이로운 존재가 세월 때문에 망가지는 현실 앞에서 슬픔에 사로잡힐 것만 같았다. 어쨌든 도리언 자신에게는 해당하지 않는 이야기였다. 여름이 지나고 해가 바뀌어 또 여름이 오는 동안, 노란 수선화가 피었다가 지기를 여러 차례 반복하고 무서운 밤이 수치스러운 이야기를 거듭하는 동안에도 그는 변하지 않았다. 어느 혹독한 겨울날도 그의 얼굴에 생채기를 내거나 꽃송이 같은 아름다움에 얼룩을 묻히지 못했다. 그러나 사물들은 달랐다! 그것들은 어디로 갔는가? 아테나를 위해 만든 훌륭한 사프란 빛깔의 가운, 신들이 거인들과 싸우는 모습이 그려진 가운은 어디에 있는가? 네로 가 로마의 콜로세움 위에 드리웠던 거대한 천막, 별이 빛나는 밤하늘과, 아폴론과 하얗고 금빛으로 빛나는 고삐를 맨 말들이 끄는 마차가 그려진 그 천막은 어디 있는지? 도리언은 엘라가발루스 황제를 위해 만들었다는, 그 위에 만찬이라는 말에 걸맞은 진수성찬이 차려졌던 테이블보를 보고 싶었다. 킬페리크 왕의 시신을 덮은 망토와 그 위에 수놓은 황금 꿀벌 300마리도 보고 싶었다. 폰투스 주교의 격노를 불러일으켰던 환상적인 로브, "사자, 검은 표범, 곰, 개, 숲, 돌, 사냥꾼 등 자연을 보고 따라 그릴 수 있는 모든 것"이 그려진 로브도 직접 확인하고 싶었다. 샤를 도를레앙이 입었다는, "부인, 저는 아주 기쁩니다."로 시작하는 노래 가사가 수놓인 코트도 궁금했다. 가사의 반주 부분을 금실로 수놓았고, 그때는 네모 모양이었던 음표를 네 개의 진주로 표현했다고 했다. 도리언은 잔드 부르고뉴 여왕을 위해 랭스의 궁전에 마련했다는 공간에 관해서 읽은 적 있는데 "수놓아 만든 앵무새 1321마리를 왕이 직접 장식했고, 비슷하게 나비 561마리를 여왕이 직접 장식했으며, 전부 황금으로 되어 있었다."라고 적혀 있었다. 카트린드 메디시스 왕비는 초승달과 태양 무늬가 그려진 까만 벨벳으로 된 침대를 두고 망자를 애도할 때 사용했다. 침대 커튼은 다마스크로 제작했고 금색과 은색 바탕에 나무와 꽃을 묶어 장식했으며 가장자리에는 진주가 엮여 있었다. 침대가 있는 방에는 검은 벨벳 조각으로 만든 여왕의 문장이 은으로 된 천 위에 걸려 있었다. 루이 14세는 금 자수가 놓인 4.5미터 높이의 여인상을 자기 방 안에 두었다. 폴란드 국왕 소비에스키의 스미르나[30] 황금 양단 침대 위에는 터키옥을 박아 표현한 코란 구절이 있었다. 침대 다리는 은으로 도금하여 아름다운 무늬를 새겼으며, 에나멜을 입히고 보석을 박은 메달을 잔뜩 달았다고 한다. 빈을 공성하던 터키군 막사에서 가져왔으며, 그 밑에는 마호메트의 깃발이 있었다고 전해진다.

　도리언은 꼬박 일 년 동안 세상에서 가장 정교한 직물과 자수 작품을 수집했다. 황금색 실로 단풍잎 무늬를 수놓고 그 위에 무지개색 딱정벌레 날개를 꿰맨 섬세한 델리산 모슬린을 구했다. 투명한 재질 때문에 동양에서는 "실로 짠 공기", "흐르는 물", "저녁 이슬"이라고 불리는 아그라산 거즈, 결이 기이한 자바산 직물, 아름다운 노란색 중국산 벽걸이도 공수했다. 백합과 새 문양이 찍힌 황갈색 새틴이나 수려한 푸른색 실크로 장정한 서적, 헝가리 바늘로 망사 위에 무늬를 짠 라시스 베일, 시칠리아 융단, 빳빳한 스페인 벨벳, 조지 왕조 시대의 직물과 금도금한 동전, 깃털이 멋진 새 문양과 초록빛 황금색이 돋보이는 일본산 후쿠사 비단도 손에 넣었다.

　또한 교회 예식과 관련된 것이라면 뭐든 관심이 있었던 그는 성직자들의 예복에 특별한 흥미를 보였다. 자택의 서쪽 전시실에 늘어선 긴 향나무 서랍장에는 과연 예수의 신부에게 어울릴 만한 귀하고 아름다운 것들이 있었다. 신부 자신이 원하던 고통, 스스로 입힌 상처로 창백하게 부어오른 몸을 숨겨 줄 자줏빛 옷과 보석과 고운 리넨이었다. 그리고 진홍빛 실크와 금실 다마스크로 만든 화려한 사제복이 있었는데, 균형 잡힌 꽃잎 여섯 개가 달린 황금색 석류 무늬가 여럿 있고

30　터키 서해안의 도시. 오늘날의 이즈미르를 가리킨다.

그 위에는 작은 진주로 파인애플 모양을 수놓은 옷이었다. 사제복에 두르는 띠는 칸칸이 나뉘어 각각 성모 마리아의 삶에서 중요했던 순간들을 그림으로 담아냈고, 성모 대관식은 모자에 알록달록한 실크로 표현했다. 15세기 이탈리아 작품이었다. 또 다른 사제복은 초록색 벨벳으로 만든 것으로 그 위에 아칸서스 잎사귀들과 거기서 자라난, 줄기가 긴 하얀색 꽃을 수놓았는데 꽃을 은실과 색색의 크리스털로 세밀하게 장식해서 눈에 띄었다. 단추 위에는 치품천사의 얼굴이 금실로 표현되어 있었다. 붉은색과 금색 실크로 짠 띠는 성 세바스티아누스를 비롯해 여러 성인과 순교자의 메달이 달려 있었다. 그 외에도 사제복은 호박색 실크로 된 것, 푸른색 실크와 황금색 융단으로 된 것, 노란색 실크 다마스크와 금색 천 위에 그리스도의 수난과 십자가형을 표현한 후 사자와 공작새와 다른 상징물을 수놓은 것이 있었다. 흰색 새틴과 분홍색 실크 다마스크에 튤립과 돌고래와 백합 장식이 있는 달마티카, 진홍색 벨벳과 푸른 리넨으로 만든 제단에 까는 천, 성체 밑에 까는 천, 성배 덮개, 손수건도 소장했다. 이런 물품들이 놓인 신비로운 공간에는 도리언의 상상력을 자극하는 무언가가 있었다.

　이런 것들, 도리언 그레이가 자신의 아름다운 집에 모아 놓은 모든 수집품은 때로 너무나 무겁게 느껴지는 두려움을 잠시나마 잊게 해 주고 그것에서 도피하게 해 주었다. 변화함으로써 그의 타락을 보여 주는 끔찍한 초상화는 유년 시절에 자주 시간을 보냈던 쓸쓸하고 폐쇄된 방 벽에 걸어 놓고 그 위에 보라색과 금색이 섞인 장막을 커튼처럼 드리움으로써 가려 버렸다. 몇 주 동안 그곳에 발길을 끊고 무시무시한 그림을 잊은 채 밝은 마음과 눈부신 쾌활함과 단지 존재한다는 사실에 대한 열정적인 즐거움을 되찾았다. 그러다가 어느 날 밤 갑자기 집을 빠져나와 블루 게이트 필즈 슬럼가 주변의 끔찍한 곳들로 가서 며칠이고 머물렀고, 겁에 질린 사람들이 그를 쫓아내다시피 하면 뇌물을 잔뜩 쥐어 줘야 했다. 그렇게 귀가한 다음에는 초상화 앞에 앉아 그림과 자신을 혐오하기도 했지만 어떤 때는 반쯤 죄악에 매료되어서 뿌듯한 반항심에 젖어들었고, 본디 자기 것이어야 했을 짐을 대신 지고 있는 기형적인 분신에게 미소를 보내며 은밀한 기쁨을 느꼈다.

몇 년이 지나자 오랫동안 집을 비우기가 힘들어졌다. 헨리 경과 같이 쓰던 트루빌의 빌라와 여러 해 겨울을 보냈던 흰색 담이 둘러진 알제의 작은 집도 포기했다. 인생에서 큰 부분을 차지하게 된 그림과 떨어지기 싫었고, 집을 비운 사이 누가 그림이 있는 방에 들어갈까 봐 걱정스러웠다. 문 앞에 겹겹이 판자와 나사를 박아 두긴 했지만 안심할 수 없었다.

그림을 본다고 해서 사람들이 진실을 깨닫지는 못하리라는 사실을 그도 알았다. 물론 그 더럽혀지고 추악해진 초상화에 여전히 도리언과 비슷한 구석이 남아 있기는 했지만 거기서 무엇을 추론할 수 있겠는가? 이상한 주장을 펴는 사람은 비웃어 주면 그만이었다. 그림을 그린 사람은 도리언이 아니었다. 그러니 그것이 얼마나 추하든 얼마나 수치스럽든 도리언과 무슨 상관인가? 사실을 말한들 과연 누가 믿기나 할까?

하지만 두려웠다. 가끔 노팅엄셔에 있는 저택에 가서 그가 주로 어울리는 사람들, 즉 비슷한 계급의 세련된 젊은이들을 초대해 도리언 특유의 사치스럽고 화려한 생활 방식으로 경탄을 자아내다가도 갑자기 손님들을 두고 황급히 런던으로 돌아와서 아무도 꼭대기 층 방문을 건드리지 않았는지, 초상화가 여전히 그 자리에 있는지 확인했다. 도둑이라도 맞으면 어쩌지? 이 생각만으로도 두려워서 몸이 떨렸다. 그러면 세상 사람들이 그의 비밀을 알게 될 것이다. 어쩌면 사람들은 이미 의심하고 있는지도 몰랐다.

많은 사람이 도리언을 좋아했지만 불신하는 이도 적지 않았다. 웨스트엔드에 있는 어떤 클럽은 도리언의 신분과 사회적 지위를 고려했을 때 분명 들어갈 만한 곳이었는데도 그의 가입을 거절했다. 한번은 친구와 함께 칼튼 호텔의 흡연실에 들어갔을 때 버윅 공작과 다른 신사 한 명이 보란 듯이 자리를 박차고 나갔다. 도리언이 스물다섯 살을 넘기자 이상한 이야기들이 돌기 시작했다. 그가 화이트채플의 외진 지역에 있는 하층민 소굴에서 외국인 선원들과 싸우는 모습을 봤다는 사람도 있었고, 도둑이나 위조 화폐를 만드는 사람들과 어울리며 그런 일의 생리를 알고 있다고들 했다. 소리 소문 없이 모습을 감추는 그의 기벽은 유명해졌다. 돌연 사라졌다가 다시 사교계에 얼굴을 드러내면 그가 여자들의 마음속에 불어넣는 기묘한 사랑을 샘내던 남자들은 구석에서 그를 바라보며 쑥덕거리거나 비웃었고, 비밀을 알아내고야 말겠다는 듯 차가운 탐색의 시선을 던지기도 했다.

물론 도리언은 이런 무례한 비방과 노력이 가상한 공격에 개의치 않았다. 그의 솔직하고 당당한 언행과 매력적이고 소년 같은 미소, 도무지 시들지 않는 놀라운 젊음에서 피어나는 무한한 우아함 앞에서 사람들은 대부분 그런 소문이 중상모략에 지나지 않으며 고민할 가치도 없다는 결론을 내렸다. 그렇지만 가장 친하게 지내던 사람들이 차차 하나같이 절교를 선언한다는 사실만큼은 무시할 수 없었다. 도리언의 친구, 이른바 친구라고 하는 사람 중 줄곧 도리언과 충실한 관계를 유지하는 사람은 헨리 워튼 경뿐이었다. 그를 깊이 사랑하던 여자들, 그를 위해서 용감하게 사회적 검열과 기존의 관습을 거부했던 여자들은 얼마간 시간이 지나면 그를 볼 때마다 수치와 공포로 얼굴이 하얗게 질리고는 했다. 밤거리를 어슬렁거리는 악한들마저 도리언이 지나가는 모습을 보면 저주한다는 말조차 있었다. 그에게서 자신이 저지른 것보다 더 큰 타락을 보았고, 그가 실제로 얼마나 끔찍한 삶을 사는지 잘 알았기 때문이었다.

하지만 이런 은밀하게 퍼져 나가는 소문 때문에 오히려 그에게서 기묘하고 위험한 매력을 느끼는 사람도 많았다. 그의 막대한 재산은 분명 사람들을 안심시켰다. 사회, 적어도 문명사회에서는 부유하고 매력적인 사람들의 명성에 흠집을 내는 이야기라면 좀처럼 믿으려 하지 않는 법이다. 본능적으로 도덕보다 몸가짐을 중요시하고, 존경할 만한 인품을 갖추기보다는 훌륭한 요리사를 두고 사는 편이 더 가치 있다고 여긴다. 가령 형편없는 식사나 포도주를 대접받은 상황이라면 주최자가 사적으로 흠잡을 데 없이 훌륭한 사람이라고 한들 전혀 위로가 되지 않는다. 언젠가 이 주제에 관해 헨리 경이 말했던 것처럼 기본적인 덕목을 다 갖춘 사람이라고 해서 차가운 앙트레를 대접하고도 용서받을 수는 없다. 그리고 헨리 경의 이야기에 찬성하는 자들이 적잖으리라. 훌륭한 사회의 규율은 예술의 규율과 같고, 그래야 마땅하니까. 사회에는 과연 형식이 필수적이다. 사회는 성대한 의식에 어울리는 위엄과 비현실성을 갖춰야 하고, 낭만극의 위선에 낭만극의 매력인 위트와 아름다움을 결합해야 한다. 위선이 그렇게 나쁜가? 나는 그렇게 생각하지 않는다. 위선은 그저 우리가 여러 가지 매력을 발휘하도록 해 주는 수단일 뿐이다.

어쨌든 이것은 도리언 그레이의 의견이기도 했다. 인간의 자아가 간단하고 영속적이며 믿을 만하고 한 가지 본질로 이루어졌다고 생각하는, 그야말로 사고가 얄팍한 사람들이 그는 참으로 놀라웠다. 그가 보기에 인간은 무수한 삶과 감각을 지닌 존재였고, 내면에 낯선 사상과 열정의 유산을 품고 살아가는 복잡하고 다중적인 생명체이자 망자들이 물려준 무시무시한 질병에 오염된 육체였다. 그는 시골 별장에 있는 싸늘하고 소름 돋는 회랑을 거닐며 자신에게 피와 살을 물려준 사람들의 초상화를 바라보기를 즐겼다. 그중 한 명인 필립 허버트는 프랜시스 오즈번이 쓴 『엘리자베스 여왕과 제임스 왕의 치세에 관한 회고』에서 보면 "잘생긴 외모로 궁정의 사랑을 받았으나 미모를 금세 잃었다."라고 나와 있다. 애초에 도리언에게 주어졌던 삶은 젊은 허버트의 삶이었을까? 어떤 괴이하고 유독한 세균이 몸에서 몸으로 세대를 거쳐 넘어와서 그에게 도달한 것일까? 허버트처럼 일찍이 우아함을 잃어버릴 운명이라는 사실을 희미하게 의식하고 있었기에 그때 바질 홀워드의 작업실에서 갑자기 아무런 이유도 없이 자기 삶을 바꿔 놓은 광적인 기도를 하게 된 것일까? 그리고 금실로 수놓은 빨간 더블릿과 보석 박힌 겉옷, 가장자리에 금박을 두른 옷깃과 손목 보호대 차림의 앤서니 셔라드 경이 발치에 은색과 검은색 갑옷을 쌓아 놓고 서 있었다. 이 남자의 유산은 무엇일까? 나폴리의 여왕 조반나의 연인이던 그는 혹시 도리언에게 죄악과 수치를 물려주었을까? 도리언의 행실은 죽은 셔라드 경이 감히 이루지 못했던 꿈에 지나지 않는 것일까? 여기, 점점 희미해지는 캔버스 위에는 거즈로 된 모자, 진주가 달린 스 터머커, 분홍색의 길게 튼 소매 차림으로 레이디 엘리자베스 데브뢰가 웃고 있었다. 오른손에는 꽃 한 송이를, 왼손에는 흰 색 에나멜 목걸이와 다마스크 장미를 들고 있는 모습이었고, 옆 테이블에는 만돌린과 사과가 놓였다. 코가 뾰족한 작은 신 발에는 커다란 초록색 장미 장식이 달려 있었다. 도리언은 레 이디 엘리자베스의 삶과 그녀가 좋아했던 사람들의 수상한 죽음에 관한 이야기들을 익히 알았다. 혹시 도리언은 그녀의 성격을 물려받았을까? 무거운 눈꺼풀을 드리운 그녀의 타원 형 눈은 도리언에게 기묘한 시선을 던지고 있었다. 그리고 조 지 윌러비, 기묘한 반점이 잔뜩인 피부에 은발 머리를 한 그는 또 어떤가? 참으로 사악해 보이는 얼굴이었다! 거무스름한 얼굴은 음침했고, 호색적인 입술은 경멸로 뒤틀려 있었다. 섬 세한 레이스 러플이 반지를 잔뜩 낀 길고 노란 손 위로 떨어졌 다. 그는 18세기 유럽 대륙 스타일의 멋쟁이였고, 젊을 때 페 라스 경과 친구이기도 했다. 또 셔라드 2세, 전성기에는 섭정 왕자의 친구였고 왕자가 마리아 피처버트와 결혼할 때 증인 을 서기도 했던 자는 어떤가? 저 밤색 곱슬머리에 불손한 자 세, 얼마나 당당하고 잘생겼나! 그는 도리언에게 어떤 열정을 물려주었을까? 사실 그는 악명 높은 인물이었다. 칼턴 하우스 저택에서 난교 파티를 열었다고 했다. 하지만 가슴에는 영국 왕실이 하사한 가터 훈장이 빛나고 있었다. 그 옆에 걸린 초상 화에는 검은색 옷차림에 창백하고 입술이 얇은 그의 아내가 있었다. 그 여자의 피도 도리언의 몸속을 흐르고 있었다. 모든 것이 정말이지 신기했다!

하지만 한 사람에겐 유전적 조상뿐 아니라 문학적인 조상도 있었다. 어쩌면 후자가 특성이나 유형 면에서 더 닮은 점이 많을 테고, 수도 많을 것이며, 영향력도 더 선연하게 의식할 수 있으리라. 가끔 도리언 그레이는 인류의 역사 전체가 자기 삶을 기록한 데 지나지 않는다고 느꼈다. 역사 속 사건들을 실제로 겪지 않았지만 그의 상상력이 역사를 그려내서 두뇌와 열정 속에 쏙쏙 심어 준 것만 같았다. 한 시대를 풍미한 역사 속의 사람들, 죄악에 그토록 진한 아름다움을 부여하고 사악함에 그리도 찬란한 경이로움을 불어넣은 기이하고 대단한 인물들을 전부 실제로 아는 것 같았다. 그들의 삶이 자기 삶인 것만 같은 신비로운 느낌을 받았다.

라울, 도리언의 인생에 지극한 영향을 끼친 그 위험한 소설의 주인공 역시 이런 묘한 공상을 했다. 소설의 네 번째 장에서 라울은 로마 황제 티베리우스로서 월계관을 쓰고 카프리의 정원에 앉아 벼락 맞을 염려를 하며 엘레판티스의 낯 뜨거운 책을 읽었다. 주변에는 난쟁이와 공작새가 뽐내는 자세로 걸어 다니고, 플루트 연주자가 사제를 희롱하고 있었다. 또 황제 칼리굴라가 되어서 황후 캐소니아가 건넨 사랑의 미약을 마셨다. 밤에는 비너스의 의복을 입었고 낮에는 가짜 황금 수염을 붙였다. 초록색 윗옷을 입은 기수의 마구간에서 그와 흥청망청 술을 마셨고 이마에 보석을 단 말과 상아 여물통에서 밥을 먹었다. 또 황제 도미티아누스가 되어서 대리석 거울이 늘어선 복도를 방황하며 자기 생명을 끊어 줄 단도의 형상을 찾아 초췌한 눈으로 여기저기 두리번거렸고, 원하는 것은 무엇이든 가질 수 있는 사람들에게 찾아오는 완전한 '생의 권태'에 괴로워했다. 투명한 에메랄드를 통해 시뻘건 유혈극이 벌어지는 원형 경기장을 바라보기도 했고, 발굽에 은 편자를 붙인 노새가 끄는, 진주와 자줏빛 보석으로 가득한 마차를 타고 석류의 길을 지나 황금 궁전으로 가기도 했고, 길에서 누군가가 네로의 이름을 외치는 소리도 들었다. 마침내 황제 엘라가발루스가 되어 얼굴에 화장하고 여자들 사이에서 실타래를 만지며 카르타고에서 달의 신을 데려와 태양신과 신비로운 결합을 이뤄 냈다.

도리언은 이 환상적인 장을, 그리고 라울이 소유한 기묘한 태피스트리가 묘사된 다음 장을 읽고 또 읽었다. 화가 귀스타브 모로의 디자인을 바탕으로 만든 태피스트리는 정욕과 유혈과 고뇌로 흉측하고 광적인 존재가 되어 버린 사람들의 끔찍하고 아름다운 모습을 표현하고 있었다. 그중 아풀리아의 왕 맨프레드는 항상 초록색 옷만 입고 창녀와 광대랑만 어울렸다. 밀라노의 공작 필리포는 아내를 칼로 베어 죽인 다음 입술에 진홍색 독을 발라서 아내의 정부가 그 입술에 묻은 독을 핥아 먹고 죽게 했다. 교황 바오로 2세로 알려진 베네치아 출신의 피에트로 바르비는 허세가 심해서 처음에 포르모소 교황, 즉 '미모의 교황'이라는 이름을 얻기를 원했고, 그의 20만 플로린짜리 교황관은 끔찍한 죄악을 대가로 사들인 것이었다. 밀라노 공작 잔 마리아 비스콘티는 사냥개를 풀어서 인간을 사냥하게 했고, 훗날 살해당하자 그를 사랑했던 매춘부가 시체를 장미로 덮어 주었다. 백마를 탄 군주 체사레 보르자는 근친상간을 일삼고 혈족을 살해했으며 그의 망토는 페로토의 피로 얼룩져 있었다. 식스토 4세의 자식이자 총아로서 추기경과 피렌체 대주교의 임무를 맡았던 피에트로 리아리오의 아름다움에 맞먹는 것은 오직 그의 방탕함뿐이었다. 그는 흰색과 진홍색 실크로 꾸민 파빌리온에서 아라곤의 레오노라 왕비를 접대했는데, 그곳을 님프와 켄타우로스로 채운 뒤 가니메데스와 힐라스처럼 왕비의 사랑스러운 시동 역할을 할 소년을 데려와서 금으로 치장했다. 폭군 에첼리노 다 로마노는 사람이 죽는 장면을 보아야만 멜랑콜리를 달랠 수 있었고, 누군가가 적포도주를 좋아하듯 피에 매혹되었다. 그는 악마의 아들이라고 기록되었는데, 자기 영혼을 가지고 아버지와 내기를 하면서도 꼼수를 부렸다고 한다. 교황 인노첸시오 8세 잠바티스타 치보는 조롱의 목적으로 '순수한'이라는 이름을 이어받기로 했고, 한 유대인 의사가 그의 힘없는 혈관에 젊은 이 세 명의 혈액을 주사했다. 리미니의 영주인 이탈리아 귀족 시지스몬도 말라테스타는 이소타 델리 아티를 사랑했는데, 로마 사람들은 말라테스타가 신과 인류의 적이라며 그의 인형을 만들어 불태웠다. 그는 냅킨으로 폴리세나를 목 졸라 죽였고, 에메랄드 컵에 독을 담아 지네브라 데스테에게 주었으며, 수치스러운 연정 때문에 이교도의 교회를 짓고 기독교적으로 사용했다. 샤를 6세는 형제의 아내를 너무나 열렬히 사랑하는 바람에 나병 환자에게 곧 미치게 되리라 경고를 받았고, 그를 위로할 수 있는 것은 사랑과 죽음과 광기에 관한 그림이 그려진 사라센인의 카드뿐이었다. 그리포네토 발리오니는 테두리를 장식한 조끼와 보석 박힌 모자를 쓰고, 아칸서스 같은 곱슬머리를 가진 남자였는데 같은 집안 사람들인 아스토레와 그의 신부, 시모네토와 그의 수습 기사를 죽였다. 그러나 지극히 아름다웠으므로 그가 죽어 노란 페루자 광장에 눕자 생전 그를 증오하던 자들도 울지 않을 수 없었고, 그를 저주했던 어머니 아탈란타조차 축복을 빌었다.

이들은 전부 끔찍한 매력이 있었다. 도리언은 밤에 그들

을 보았고 낮에는 그들의 환영이 눈앞에 어른거려서 마음이
산란했다. 르네상스는 인간을 중독되게 하는 기이한 수단들
을 알았다. 인간을 헬멧이나 타오르는 횃불에, 수놓은 장갑과
보석 박힌 부채에, 금도금한 향료 상자와 호박 목걸이에 중독
시키는 방법을 알았다. 그리고 도리언 그레이는 책 한 권에 중
독되었다. 때때로 그는 악행이란 단지 자신의 아름다움에 관
한 가설을 실현해 줄 수단일 뿐이라고 생각했다.

10

그날은 11월 7일, 나중에도 가끔 떠올렸듯이 그의 서른두 번째 생일을 하루 앞둔 밤이었다.

헨리 경의 집에서 저녁 식사를 한 뒤 11시쯤 귀가하는 길이었다. 날이 쌀쌀하고 안개가 심해서 두꺼운 모직 코트를 꼭 여민 채 걷고 있었다. 그로브너 광장과 사우스 오들리 스트리트가 만나는 모퉁이에서 어떤 남자가 뿌연 안개를 뚫고 나타나더니 그를 스쳐 지나갔다. 발걸음이 아주 빨랐고 회색 얼스터 코트의 옷깃을 세운 모습이었다. 손에는 가방을 들고 있었다. 아는 얼굴이었다. 바질 홀워드였다. 설명할 수 없는 기이한 두려움이 그를 덮쳤다. 도리언은 그를 알아봤음을 티 내지 않고 천천히 집으로 향했다.

하지만 홀워드가 그를 알아채고 말았다. 도리언은 그가 발걸음을 멈추는 소리, 헐레벌떡 따라오는 소리를 들었다. 잠시 후 그의 손이 도리언의 팔에 닿았다.

"도리언! 굉장히 운이 좋군! 아까 9시부터 네 서재에서 기다리고 있었어. 결국에는 피곤해하는 하인이 가여워서 얼른

쉬러 가라고 일러두고 나왔지. 난 자정에 기차를 타고 파리로 떠날 예정이야. 그 전에 도리언만은 꼭 보고 싶었어. 옆을 지나는데 도리언이구나, 아니 도리언이랑 똑같은 모직 코트구나, 싶었지. 확실하게는 못 봤지만. 도리언은 날 못 봤어?"

"세상에, 바질, 이런 안개 속에서요? 아이고, 그로브너 광장도 못 알아보겠는데요. 내 집이 이 근처였던 것 같은데 그것마저 잘 모르겠네요. 떠난다니 아쉽네요. 못 본 지 오래됐잖아요. 금방 돌아올 거죠?"

"아니. 여섯 달 동안 파리에 머물 거야. 작업실을 하나 빌려서 틀어박혀 있으려고. 구상해 놓은 작품을 훌륭하게 완성할 때까지. 어쨌든 내 소식을 전하려고 찾아온 게 아니야. 벌써 네 집 앞이네. 잠시 들어가도 되겠지. 할 말이 있거든."

"나야 좋죠. 그런데 기차 시간은 괜찮아요?" 도리언 그레이는 무심히 말하며 계단을 올라가서 열쇠로 현관문을 열었다.

간신히 안개를 헤치고 나온 희미한 조명 아래서 홀워드가 시계를 보았다. "시간은 넉넉해." 그가 대답했다. "기차는 12시 15분은 되어야 출발하니까. 지금은 겨우 11시잖아. 사실 네가 클럽에 있을까 해서 그리로 가던 참이었어. 게다가 부칠 짐이 없어서 일찍 안 가도 돼. 무거운 건 이미 다 보내 놨어. 들고 갈 짐은 이 가방뿐이야. 빅토리아역까지는 이십 분이면 충분하고."

도리언은 그를 바라보며 미소 지었다. "세련된 화가의 여행이란 참 멋지네요! 글래드스턴 가방에 얼스터 코트도 멋지고! 들어오세요. 이러다 안개가 집 안으로 들어오겠어요. 그런데 진지한 이야기는 하지 말아요. 요즘 시대에 진지한 건 하나도 없으니까요. 아니, 하나도 없어야만 해요."

홀워드는 고개를 가로저으며 실내로 들어가서 도리언을

따라 서재로 향했다. 널찍한 난로에 밝은 장작불이 활활 타고 있었다. 램프에서 빛이 뿜어져 나왔고, 은으로 만든 네덜란드산 주류 수납장은 활짝 열려 있었다. 작은 탁자 위에 소다수가 담긴 사이펀과 세공 유리 텀블러가 있었다.

"봐, 자네 하인이 날 아주 융숭하게 대접해 줬어, 도리언. 달라는 건 다 내줬지, 자네 담배 중 가장 좋은 것도. 정말 손님 대접할 줄 알던데. 전에 있던 프랑스인보다 훨씬 마음에 들어. 그나저나 그 친구는 어떻게 된 거야?"

도리언이 어깨를 으쓱했다. "레이디 애슈턴 댁에서 일하던 하녀랑 결혼해서 파리로 갔대요. 아내에게 영국식 옷 가게를 차려 줬다네요. 요즘 파리는 '영국 스타일'이 유행이라고 들었어요. 프랑스 사람들 참 바보 같죠, 아니에요? 어쨌든 그 친구는 하인으로선 전혀 나쁘지 않았어요. 딱히 좋아한 적은 없지만 불만도 없었죠. 사람들은 참 말도 안 되는 상상을 하곤 해요. 그 친구는 내게 헌신적이었고, 떠날 때도 정말 속상해 보였어요. 소다 탄 브랜디 한 잔 더 마실래요? 아니면 백포도주에 탄산수 타 줄까요? 난 항상 그것만 마셔요. 분명 옆방에 조금 있을 거예요."

"고마워. 난 더 안 마셔도 돼." 홀워드가 모자와 코트를 벗어서 구석에 두었던 가방 위로 던졌다. "자, 친애하는 도리언, 이제 진지한 이야기를 해야겠어. 그렇게 찡그리지 마. 안 그래도 꺼내기 힘든 이야기인데 더 힘들어지잖아."

"무슨 일인데요?" 도리언이 특유의 부루퉁한 목소리로 대꾸하며 소파에 풀썩 앉았다. "내 이야기를 하려는 건 아니었으면 좋겠어요. 오늘 밤에는 나한테 질렸어요. 다른 사람이 되고 싶네요."

"도리언 이야기야." 홀워드는 그만의 무겁고 깊은 목소리로 말했다. "꼭 해야 할 이야기지. 삼십 분이면 끝날 거야."

도리언은 한숨을 쉬고 담배에 불을 붙였다. "삼십 분이나!" 그가 중얼거렸다.

"그 정도는 괜찮잖아, 도리언. 게다가 순전히 너를 생각해서 하는 말이라고. 지금 런던에서 도리언을 두고 아주 끔찍한 말들이 오가고 있다는 걸 알려 줘야겠어. 내 입으로 되풀이하기도 싫은 끔찍한 말들이야."

"전혀 알고 싶지 않아요. 다른 사람에 관한 스캔들은 좋지만 나에 관한 스캔들엔 관심 없어요. 참신한 매력이라고는 없어서."

"알아 둬야 할 거야, 도리언. 신사라면 누구든 자기 명성에 신경 써야지. 사람들이 너를 두고 그렇게 불쾌하고 모욕적인 이야기를 수군거리는 건 싫잖아. 물론 신분이니 재산이니 그런 건 보장되어 있지. 그러나 신분과 재산이 전부는 아니야. 알지, 나는 그런 소문이 진짜라고 믿지 않아. 적어도 도리언의 얼굴을 보고 있을 때는 믿을 수가 없지. 죄악이란 저지르는 사람의 얼굴에 흔적을 남기는 법이야. 숨길 수가 없어. 사람들은 몰래 나쁜 짓을 할 수 있다고 생각하지만 그런 건 불가능해. 못된 인간이 악덕을 저지르면 입가의 주름에, 축 처진 눈꺼풀에, 심지어 손 모양에도 그게 선연히 나타나지. 어떤 사람이 ─ 이름은 밝히지 않겠지만 도리언도 아는 사람이야. ─ 작년에 나를 찾아와서 초상화를 부탁했지. 전에는 한번도 본 적 없는, 이야기도 들어 본 적 없는 사람이었어. 그 후로는 귀가 닳도록 들었지만. 그는 엄청난 가격을 제시했어. 거절했지. 손가락 모양에 어딘가 마음에 안 드는 부분이 있었거든. 그때 내 짐작이 다 사실이었음을 이제는 알지. 그 사람 인생은 정말 끔찍하거든. 하지만 도리언의 얼굴은 이토록 순수하고 밝고 티 없이 눈부시고 평온하고 풋풋할 뿐이니, 소문 따위는 믿을 수가 없지. 그렇지만 이제 좀처럼 얼굴을 못 보고, 네가 작업실로 찾아오는 일도 없고, 너와 떨어져 지내는 동안에 사람들이 수군거리는 추잡한 소문들이 자꾸만 내 귀로 흘러드니 무슨 말을 해야 할지 모르겠어. 도리언, 왜 네가 클럽에 나타나면 버윅 공작 같은 자들이 자리를 뜨지? 왜 런던의 수많은 신사가 네 집에 발을 들이는 것도, 너를 집에 초대하는 것도 꺼리는 거야? 도리언과 코도 경은 친구였잖아. 코도 경과 지난주에 같이 저녁을 먹었거든. 거기서 도리언 이야기가 나왔단 말이야. 네가 더들리에서 열린 전시회에 빌려줬던 세밀화 이야기였어. 코도가 입을 삐죽거리면서 도리언더러 예술적 안목은 뛰어날지언정 순수한 소녀라면 절대 알고 지내서는 안 되는 사람이고, 정숙한 여자라면 절대 함께 있어서는 안 되는 인물이라는 거야. 그래서 내가 도리언은 내 친구라고 밝힌 다음, 무슨 말이냐고 물었지. 그가 이야기하더군, 모든 사람 앞에서. 정말 끔찍했어! 너와 친해진 젊은이들은 전부 끔찍한 일을 겪고 타락하는 모양이던데 왜 그런 거지? 근위대에 있던 그 자살한 청년, 너랑 아주 친한 친구였지. 명성이 바닥까지 추락해서 영국을 떠나야만 했던 헨리 애슈턴 경도 너와 꼭 붙어 다녔고. 에이드리언 싱글턴도 끔찍한 일을 겪었지? 켄트 경의 외동아들도 경력이 날아갔잖아? 어제 세인트 제임스 스트리트에서 켄트 경을 만났어. 부끄럽고 슬퍼서 마음이 만신창이더군. 그 청년, 퍼스 공작은 또 어떻고? 이제 그 청년 인생이 어떻게 됐는지 알아? 어느 신사도 어울리려고 하지 않잖아? 도리언, 도리언, 너는 악명이 높아. 너와 해리가 끈끈한 친구라는 건 알아. 이제 둘의 우정에 관해서는 아무 말 하지 않을 거야. 하지만 해리 누이의 이름을 그런 식으로 알려지게 해서는 안 됐어. 도리언이 처음 레이디 그웬돌린을 만났을 때만 해도 그분은 어떤 스캔들과도 연루된 적 없었지. 지금은 그분과 함께 마차를 타고 공원에 가려는 숙녀가 런던에 한 명이라도 있던가? 세상에, 레이디 그웬돌린은 아이들도 빼앗겼어. 다른 소문도 많아. 새벽녘에 도리언이 살금살금 흉악한 장소를 빠져나오는 모습을, 변장하고 런던에서 가장 더러운 곳으로 숨어드는 모습을 봤다는 소문이야. 정말인가? 그런 게 정말 사실일 수 있어? 처음에 그런 이야기를 들었을 때는 웃고 말았지. 이제는 몸이 덜덜 떨려. 네 별장, 그곳에서 벌어진다는 일들은? 젊은 남자를 비웃음과 조롱거리로 삼으려면 셀비 로열에 간다고만 말해도 충분할 지경이야. 도리언, 세상이 뭐라고 쑥덕거리는지 너는 모를 거야. 설교하기는 싫다느니 그런 말은 안 할 거야. 언젠가 해리가 그랬지, 다들 설교하기 싫다고 하다가 뒤돌자마자 설교를 늘어놓아서 아마추어 목사로 전락한다고. 난 설교하고 싶지 않아. 난 도리언이 세상의 존경을 얻을 수 있는 삶을 살았으면 좋겠어. 깨끗한 명성과 온당한 과거를 가졌으면 좋겠어. 같이 다니는 끔찍한 인간들과 연을 끊었으면 좋겠어. 그렇게 어깨를 으쓱하지 마. 그렇게 무심하게 굴지 말라고. 네겐 굉장한 영향력이 있어. 그걸 선을 위해서 써, 악이 아니라. 사람들은 도리언이 친하게 지내는 사람마다 못된 물을 들인다고 해. 네가 어떤 집에 발을 들이기만 해도 수치가 따라붙는다고. 난 그게 사실인지 아닌지 몰라. 어떻게 알겠나? 하지만 그렇게들 말한다고. 의심하기 힘든 이야기들이 내 귀에 들어와. 글로스터 경은 옥스퍼드에 다니던 시절, 가장 친하게 지낸 친구야. 그가 편지를 한 장 보여 줬어. 망통에 있는 빌라에서 혼자 죽어 가던 아내가 쓴 것이지. 내가 그때까지 읽은 것 중 가장 끔찍한 고백이었어. 글로스터 경은 도리언을 의심한다더군. 나는 말도 안 된다고, 내가 도리언을 속속들이 아는데 그런 일은 절대 못 할 사람이라고 했지. 한데 정말 그런가? 내가 정말 도리언이 어떤 사람인지 알고 있나? 이 질문에 대답하려면 네 영혼을 봐야겠지."

"내 영혼을 본다니!" 도리언은 깜짝 놀라 소파에서 벌떡 일어나며 말했다. 두려움에 하얗게 질린 얼굴이었다.

"그래." 홀워드가 끝없는 슬픔이 담긴 무거운 목소리로 답했다. "도리언의 영혼을 봐야 해. 다만 그건 신만이 할 수 있는 일이야."

도리언의 입술에서 쓰디쓴 조롱의 웃음이 터져 나왔다. "오늘 밤에 직접 보도록 해요!" 그가 테이블에 놓인 램프를 집어 들며 말했다. "따라와요. 바질이 직접 창조한 건데 못 볼 이유가 없잖아요? 원한다면 온 세상에 떠벌려도 좋아요. 아무도 믿지 않을 테니까. 믿는다면 되레 날 사랑하게 되겠지. 우리가 사는 시대에 관해서라면 내가 바질보다 잘 알아요, 바질은 주절주절 말만 많지만. 이리 오라니까요. 타락에 관해서 떠드는 건 그 정도로 충분해요. 이제 직접 보게 될 거예요."

도리언이 내뱉은 모든 단어에 당당한 광기가 묻어났다. 그는 아이 같은 건방진 태도로 쿵쿵 발을 굴렀다. 자신의 비밀을 다른 사람과 나누게 되었다고 생각하니, 혼자 감당해야 했던 모든 수치의 기원인 초상화의 창작자가 자기 손으로 초래한 끔찍함에 사로잡혀서 평생 살아갈 생각을 하니 격렬한 기뻠이 샘솟았다.

"좋아." 도리언은 바질에게 가까이 다가가서 흔들림 없이 그의 단호한 눈빛을 응시했다. "내 영혼을 보여 주지요. 오직 신만이 볼 수 있다고 하는 그것을 직접 보라고요."

홀워드는 깜짝 놀라서 뒤로 물러섰다. "그건 신성 모독이야, 도리언!" 그가 외쳤다. "그런 말은 하면 안 돼. 끔찍한 말이야. 그런 게 가능할 리도 없고."

"아, 그래요?" 도리언이 또 웃음을 터뜨렸다.

"확실해. 오늘 내가 했던 말은 다 도리언을 위한 거였어. 내가 항상 네게 진심이었다는 걸 알잖아."

"내 몸에 손대지 말아요. 하려던 말이나 마저 해요."

홀워드의 얼굴이 한순간 고통으로 일그러졌고, 잠시 입을 다물었다. 이루 말할 수 없이 안타까웠다. 가만 따지고 보면 바질에게 도리언 그레이의 삶을 파헤칠 권리는 없지 않은가? 돌고 도는 소문 중 열에 하나만 사실이라 해도 도리언의 고통 역시 만만찮았을 것이다! 바질은 자세를 바로잡고 난롯불 앞으로 다가가서 활활 타는 장작과 서리 같은 재, 고동치듯 타오르는 불꽃의 중심을 가만히 바라보았다.

"말해요, 바질." 도리언은 또렷하고 굳은 목소리로 말했다.

바질이 뒤돌았다. "내가 하고 싶은 말은 이거야." 그가 말했다. "너에 관한 이런 끔찍한 혐의들이 정말인지 말해 줘. 처음부터 끝까지 전부 거짓말이라고 해. 나는 그대로 믿을 테니까. 거짓이라고 해 줘, 도리언, 거짓이라고 해! 내가 얼마나 만신창이인지 모르겠어? 세상에! 네가 그런 추악한 사람이라고는 하지 마!"

도리언 그레이는 미소 지었다. 입술에 경멸의 기색이 어렸다. "같이 위층으로 가죠, 바질." 그가 조용히 말했다. "난 매일 일기를 쓰거든요. 일기장은 일기 쓰는 방에 두고 옮기는 법이 없죠. 그걸 보여 줄 테니까 같이 가요."

"그러지, 도리언. 네가 원한다면. 이미 기차는 놓쳤군. 상관없어. 내일 떠나면 그만이야. 하지만 이 밤에 읽으라고 하지는 마. 그저 내 질문에 대답해 주기만 하면 돼."

"위층에서 답해 줄게요. 여기서는 불가능하니까. 읽을 게 많지는 않아요. 어서, 날 기다리게 하지 말아요."

11

도리언은 방에서 나와 위층으로 올라가기 시작했고, 바질 홀워드도 뒤를 따랐다. 밤이면 다들 본능적으로 그러듯 그들은 조용히 걸었다. 램프의 불빛이 벽과 계단 위로 환영 같은 그림자를 드리웠다. 바람이 거세지며 창문에서 덜컹거리는 소리가 났다.

맨 위층에 도달하자 도리언은 램프를 바닥에 내려놓은 다음, 열쇠를 꺼내서 자물쇠에 넣고 돌렸다. "정말 알고 싶은 거죠, 바질?" 그가 낮은 목소리로 말했다.

"그래."

"기쁘군요." 도리언이 미소를 띤 채 중얼거렸다. 그러고는 다소 쌀쌀한 목소리로 덧붙였다. "나의 모든 것을 알 권리가 있는 사람은 온 세상에 바질뿐이에요. 바질은 생각보다 내 삶에 지분이 크답니다." 그는 램프를 집어 든 뒤 문을 열고 안으로 들어갔다. 차가운 바람 한 줄기가 그들을 훑고 지나가자 램프의 불빛이 순식간에 짙은 주홍빛으로 변하며 화르르 타올랐다. 도리언이 몸을 떨었다. 그러고는 램프를 테이블 위에 올려놓으며 말했다. "뒤에 문 좀 닫아 줘요."

홀워드는 당황스러운 눈길로 주변을 둘러보았다. 그곳은 오랫동안 방치된 듯한 모습이었다. 색이 바랜 플랑드르 태피스트리, 휘장으로 가린 그림, 오래된 이탈리아 카소네, 거의 비어 있는 책장, 그리고 의자와 테이블이 전부인 것 같았다. 도리언 그레이가 벽난로 선반 위에 놓인 반 토막 난 양초에 불을 붙이자 홀워드의 눈에 방 곳곳에 더께로 앉은 먼지와 구멍 난 카펫이 보였다. 생쥐 한 마리가 웨인스코팅 벽 뒤로 허둥지둥 달려갔다. 눅눅한 곰팡내도 풍겼다.

"그러니까 영혼을 볼 수 있는 존재는 신밖에 없다는 거죠, 바질? 그림 앞에 있는 휘장을 젖히면 내 영혼이 보일 거예요."

그의 목소리는 냉담하고 잔혹했다. "정신이 나갔군, 도리언, 연기하는 건가." 홀워드가 얼굴을 찡그리고 중얼거렸다.

"가만히 있을 거예요? 그럼 내가 보여 주지." 도리언이 대꾸하더니 휘장을 봉에서 뜯어내 바닥을 내던졌다.

홀워드는 두려움에 사로잡혀 비명을 질렀다. 희미한 조명 속에서 캔버스 표면의 끔찍한 생명체가 음흉한 미소를 짓고 있었다. 어딘가 구역질 나고 혐오스러운 구석이 있는 표정이었다. 맙소사! 그가 보고 있는 것은 도리언 그레이의 얼굴이었다! 이미지의 정체는 알 수 없었지만 끔찍하게 훼손된 화폭 밑으로 도리언의 경이로운 아름다움이 비쳐 보였다. 숱 적은 머리칼에는 금빛이, 육감적인 입술에는 붉은빛이 약간 감돌고 있었다. 흐리멍덩한 눈에도 과거의 사랑스러운 푸르름이 조금 남아 있었고, 깎은 듯한 코와 빚은 듯한 목도 우아한 곡선을 완전히 잃지는 않은 모습이었다. 그렇다, 도리언이었다. 하지만 누가 이런 그림을 그렸을까? 곧 바질은 자신만의 붓놀림을, 직접 디자인한 액자를 알아보았다. 생각만으로도 끔찍했지만 직접 확인해 봐야 했다. 그는 불빛이 환한 양초를 그림에 가까이 가져갔다. 캔버스 왼쪽 구석에 선명한 주홍색의 기다란 글씨로 적어 넣은 이름은 바질 홀워드였다.

어느 못된 작자가 그린 복제품, 졸렬하고 비열한 풍자라고 생각했다. 그는 이런 그림을 그린 적이 없었다. 하지만 바질의 작품이었다. 그 사실을 깨닫자 타오르듯 뜨겁던 피가 순식간에 얼음으로 변해서 느릿느릿 혈관을 흐르는 것만 같았다. 분명 그의 작품이었다! 대체 무슨 일일까? 어째서 그림이 변했을까? 그는 뒤돌아서 도리언 그레이를 바라보았다. 아픈 사람 같은 눈빛이었다. 그의 입이 움찔거렸다. 입속이 바싹 말라서 아무 말도 못 하는 듯했다. 손을 들어 이마를 쓸자 식은 땀이 축축했다.

도리언은 벽난로 선반에 기대고 서서 기괴한 표정으로, 마치 훌륭한 배우의 열연에 홀딱 빠진 관객 같은 표정으로 바질을 바라보았다. 도리언의 얼굴에는 진정한 슬픔도 참된 기쁨도 없었다. 그저 열렬한 구경꾼 같은 표정이었고, 눈동자에는 승리감이 조금씩 번쩍이는 것 같기도 했다. 그는 코트에서 꽃을 꺼내 향기를 맡는 중이었다. 아니면 그런 척 연기하고 있었다.

"이게 무슨 일이지?" 마침내 홀워드가 소리쳤다. 자신이 듣기에도 날카롭고 이상한 목소리였다.

"오래전, 내가 아직 소년이었던 시절에." 도리언이 이야기를 시작했다. "우리는 만났어요. 바질은 내게 헌신했고, 나를 칭찬했고, 내 외모에 도취하도록 했죠. 그러던 어느 날, 내게 친구를 한 명 소개했어요. 그는 내게 청춘의 경이로움에 관해 설명해 줬고, 바질은 내 초상화를 그려서 아름다움의 경이로움을 보여 줬지요. 난 순간의 광기에 사로잡혀 어떤 소원을, 지금까지도 후회해야 할지 말지 모르겠을 소원을 빌었고요. 어쩌면 기도라고 할 수도 있겠죠……."

"기억나! 아, 똑똑히 기억나! 그럴 리가! 그런 일은 불가능해. 이 방은 습도가 높아. 캔버스에 곰팡이가 핀 거야. 내가 썼던 물감에 몹쓸 독성이 있었거든. 그런 일은 불가능하다고."

"아, 불가능한 게 어딨어요?" 도리언은 낮은 목소리로 대꾸하면서 창문 앞으로 다가가더니 안개 서린 서늘한 창에 이마를 댔다.

"초상화는 도리언이 망가트렸다고 했잖아."

"잘못 말했어요. 그림이 나를 망가트렸지요."

"이건 내가 그린 그림이 아니야."

"왜요, 이 그림에는 바질의 사랑이 없나요?" 도리언이 씁쓸한 목소리로 말했다.

"지금 네가 나의 사랑이라고 부른 그것에는……."

"사랑이라는 말은 자기가 먼저 했으면서."

"그것에는 사악한, 수치스러운 구석이 없었어. 이건 사티로스[31]의 얼굴이잖아."

"이게 내 영혼의 얼굴이에요."

"세상에! 내가 이런 존재를 숭배했단 말이야? 눈동자가 꼭 악마 같아."

"사람은 저마다 내면에 천국과 지옥을 품고 있는 거예요, 바질." 도리언이 외쳤다. 그의 몸짓은 극명하게 절망을 말하

---

31 그리스 신화에 등장하는 경박한 괴물로, 절반은 인간, 나머지 반은 짐승이다.

고 있었다.

홀워드는 다시 몸을 돌려 초상화를 응시했다. "맙소사! 그 말이 진짜라면, 이 얼굴이 네 인생을 나타낸다면, 너는 뒷말을 쑥덕거리는 사람들이 상상하는 것보다 훨씬 더 추악한 존재임이 틀림없어!" 그는 캔버스 가까이에 불빛을 대고 샅샅이 살펴보았다. 표면은 과연 덧칠한 흔적 없이 그가 그린 그대로였다. 그 추악함과 끔찍함은 분명 그림의 내면에서 발생한 것이었다. 어떤 기묘한 내부 작용이 일어나 병적인 죄악이 그것을 안에서부터 천천히 갉아먹고 있었다. 이제는 습한 무덤 속에서 썩어 가는 시체를 떠올려도 전만큼 무섭지 않았다.

바질의 손이 덜덜 떨렸다. 그릇에 붙어 있던 양초가 바닥으로 떨어지며 불꽃이 퍼덕거렸다. 그는 불을 발로 밟아 껐다. 그러고는 테이블 옆에 있던 삐걱거리는 의자에 몸을 던지고 양손에 얼굴을 묻었다.

"세상에, 도리언! 정말 끔찍한 교훈이야!" 도리언은 아무 대답이 없었지만 바질은 창문 옆에서 도리언이 흐느끼는 소리를 들었다.

"기도해, 도리언, 기도해." 바질이 중얼거렸다. "어린 시절에 이런 구절을 배웠잖아? '유혹에 굴복하게 하지 마소서. 우리 죄를 용서해 주소서. 우리 과오를 씻어 주소서.' 같이 그렇게 기도하자고. 도리언의 자만에 찬 기도가 받아들여졌으니, 참회의 기도도 받아들여질 거야. 내가 너를 너무 숭배했어. 그래서 벌받고 있고. 도리언도 스스로를 너무 숭배했어. 우리 둘 다 벌받는 중인 거야."

도리언 그레이는 천천히 뒤돌더니 눈물이 글썽글썽한 눈으로 바질 홀워드를 바라보았다. "너무 늦었어, 바질." 그가 조용히 말했다.

"절대 그렇지 않아, 도리언. 무릎 꿇고 기도문을 외워 보자. 이런 구절도 있었던 것 같은데. '너의 죄악은 붉디붉지만 나는 그것을 눈꽃 같은 순백으로 바꿔 놓을 것이다.' 맞지?"

"그런 말은 내게 아무런 의미도 없어요."

"그만해! 그런 말 하지 마. 너는 지금까지 악한 짓을 많이도 했어. 세상에! 우리를 보고 웃는 저 저주받은 것이 안 보인단 말이야?"

도리언 그레이는 그림을 흘끗 바라보았다. 갑자기 바질 홀워드를 향한 주체할 수 없는 증오가 그를 덮쳤다. 사냥꾼에게 쫓기는 짐승처럼 광적인 흥분이 휘몰아치면서 테이블에 앉아 있는 남자가 너무나도, 지금껏 살면서 미워해 본 어느 것보다도 증오스러웠다. 도리언은 급하게 주변을 둘러보았다. 마주 보이는 페인트칠한 서랍장 맨 위에 무언가가 반짝이고 있었다. 그의 시선이 그 반짝이는 물체를 포착했다. 그게 무엇인지 깨달았다. 칼이었다. 얼마 전에 끈 조각을 자르려고 가져왔다가 깜빡 잊고 치우지 않았다. 도리언은 천천히 바질을 지나쳐 그쪽으로 다가갔다. 홀워드를 뒤에 두자마자 칼을 쥐고 돌아섰다. 홀워드가 의자에서 일어나려는 듯 몸을 약간 움직였다. 도리언은 그에게 달려들어 귀 뒤쪽 대정맥에 칼을 꽂고는 테이블에 그의 머리를 누른 채 찌르고 또 찔렀다.

억눌린 신음 소리, 혈액으로 막힌 기도에서 꿀꺽거리는 끔찍한 소리가 들렸다. 쭉 뻗은 팔이 세 차례 발작적으로 튀어오르며 뻣뻣한 손가락과 뒤틀린 양손을 허공에 내저었다. 도리언이 한 번 더 찔렀지만 이제 움직임은 느껴지지 않았다. 바닥에 무언가가 흐르기 시작했다. 연신 그의 머리를 누른 채 잠시 기다렸다. 그러고는 테이블에 칼을 던지고 귀를 기울였다.

아무런 소리도 들리지 않았다. 그저 낡아서 올이 드러난 카펫 위로 액체가 똑똑 떨어질 뿐이었다. 도리언은 문을 열고 층계참으로 갔다. 집 안은 적막했다. 누구도 뒤척이지 않았다. 그는 다시 방으로 돌아와 열쇠를 꺼내더니 안쪽에서 문을 잠갔다.

그것은 여전히 뻣뻣하게 굳은 채로 의자에 앉아 있었다. 푹 숙인 고개, 구부러진 등, 길고 가짜 같은 팔이 보였다. 목에 난 붉고 삐죽삐죽한 자상이나 테이블 위에서 점점 면적을 넓혀 가는 검붉게 응고한 피 웅덩이만 없었다면 사람들은 그가 잠들었다고 착각했으리라.

정말이지 순식간에 일어난 일이었다! 그는 기이할 만큼 차분한 마음으로 창가에 서서 창문을 열고 발코니로 나갔다. 안개는 바람에 씻겨 간 뒤였다. 하늘의 수많은 별은 무시무시한 공작새의 꼬리처럼 황금빛 눈동자로 반짝이고 있었다. 아래를 내려다보자 순찰 중인 경찰이 적막에 휩싸인 집마다 손전등을 비춰 보는 모습이 눈에 들어왔다. 배회하는 이륜마차의 주홍색 조명이 모퉁이에서 어른거리다가 사라졌다. 누더기 숄을 걸친 여자가 비틀거리며 철책 주변을 어슬렁거리다가, 이따금 발걸음을 멈추고 뒤를 돌아보았다. 그러고는 거친 목소리로 노래를 부르기 시작했다. 경찰이 가서 뭐라고 말을 건넸다. 여자는 깔깔 웃으며 휘청휘청 떠나갔다. 날카로운 바람이 광장을 휘감았다. 가스등의 불빛은 흔들리며 푸른빛으로 타올랐고, 앙상한 나무들이 고통에 몸을 비틀듯 검은 쇠꼬챙이 같은 가지를 흔들었다. 도리언은 파르르 떨다가 실내로 들어와서 창문을 닫았다.

그는 문간으로 가서 열쇠를 넣고 돌리며 문을 열었다. 살해당한 사람 쪽으로는 시선을 흘리지조차 않았다. 상황을 제대로 인식하지 않는 게 이 상황을 타개할 비법 같았다. 치명적인 초상화, 모든 불행의 원인이었던 초상화를 그린 친구는 이제 그의 인생에서 사라졌다. 그것으로 충분했다.

그런데 문득 램프 생각이 났다. 무어인의 솜씨가 돋보이는 신기한 램프였는데, 흐릿한 은으로 만들었으며 광택이 나는 철로 아라베스크 무늬를 상감 세공해 넣었다. 어쩌면 하인이 램프의 행방을 눈치채고 물어볼지도 몰랐다. 그는 다시 안으로 들어가 테이블에서 램프를 집어 들었다. 죽은 자는 조금도 움직이지 않았다! 손은 어찌나 창백한지! 꼭 으스스한 밀랍 인형 같았다.

그는 밖으로 나와서 문을 닫고 조용히 아래층으로 내려왔다. 나무 계단은 마치 고통에 신음하듯 삐걱거렸다. 그는 몇 번이나 걸음을 멈추고 귀를 기울였다. 그렇지만 움직이는 것은 없었다. 그저 그의 발소리뿐이었다.

서재에 도착하니 구석에 놓인 가방과 코트가 보였다. 어딘가에 감추어야 했다. 웨인스코팅 벽에 숨겨진 텅 빈 비밀 벽장을 열고 그 안에 짐을 넣었다. 나중에 태우면 그만이었다. 그는 시계를 꺼냈다. 1시 40분이었다.

그는 앉아서 고민하기 시작했다. 영국에는 매년 — 거의 매달 — 도리언과 똑같은 짓을 저지르고 교수형을 당하는 사람들이 있었다. 공기 중에 살인적인 광기가 감돌았다. 붉은 별[32]이 지구에 너무 가까워진 것이었다.

---

32 고대 점성술에서 '붉은 별'은 불화, 전쟁, 폭력 등의 전조로 해석되었다.

증거는? 도리언에게 불리한 증거가 있었나? 바질 홀워드는 11시에 그의 집을 떠났다. 그가 돌아왔음을 목격한 사람은 아무도 없었다. 하인들은 대부분 셀비 로열에 있었고, 시종은 이미 잠자리에 든 상태였다.

파리! 그렇다. 바질은 계획대로 자정 기차를 타고 파리에 갔다고 치면 그만이었다. 바질은 습관적으로 아무 말 없이 사라지곤 했으니까, 사람들은 몇 달이 지나야 궁금해하기 시작하리라. 몇 달? 모든 걸 없애 버리고도 남을 시간이었다.

불현듯 한 가지 생각이 떠올랐다. 도리언은 모직 코트를 입고 모자를 쓴 다음 복도로 나갔다. 잠시 그곳에 서서 도로를 터벅터벅 지나가는 경찰관의 느릿한 발소리를 듣고, 그의 손전등이 유리창을 비추는 광경을 보았다. 숨을 참고 기다렸다.

잠시 후 현관문을 열고 밖으로 나와서 조심스럽게 문을 닫았다. 그러고는 벨을 울리기 시작했다. 십 분 정도 지나자 옷을 미처 챙겨 입지도 못한 시종이 아주 졸린 얼굴로 나타났다.

"깨워서 미안해, 프랜시스." 도리언이 안으로 들어서며 말했다. "열쇠를 놓고 갔지 뭐야. 지금 몇 시지?"

"2시 5분입니다, 주인님." 시종은 시계를 보고 하품하며 말했다.

"2시 5분? 많이 늦었네! 내일은 9시에 깨워 줘야 해. 할 일이 있어."

"알겠습니다."

"저녁에 누구 왔다 간 사람이 있었어?"

"홀워드 씨가 다녀갔습니다. 여기서 11시까지 기다리다가 기차를 타야 한다며 떠났지요."

"아! 못 봐서 아쉽네. 메시지 남긴 건 없고?"

"없습니다. 편지를 쓰겠다는 말은 했네요."

"알았어, 프랜시스. 내일 9시에 깨우는 것 잊지 말고."

"알겠습니다."

시종은 슬리퍼 차림으로 어기적어기적 복도를 걸어갔다.

도리언 그레이는 노란색 대리석 테이블에 모자와 코트를 던지고 서재로 갔다. 십오 분 동안 입술을 꼭 깨물고 이리저리 서재 안을 서성이며 고민에 잠겼다. 책상에서 주소록을 꺼내 페이지를 넘기기 시작했다. "앨런 캠벨, 하트퍼드 스트리트 152, 메이페어." 그렇다, 도리언이 원하는 바로 그 사람이었다.

12

다음 날 아침 9시에 시종이 초콜릿 음료가 담긴 쟁반을 들고 들어와서 덧문을 열었다. 도리언은 오른쪽으로 돌아누워 한 손을 볼 밑에 댄 자세로 아주 평화로이 잠자고 있었다. 신나게 놀거나 공부하다가 지쳐 잠든 소년 같은 모습이었다.

시종이 두 번이나 어깨를 건드린 뒤에야 그는 잠에서 깨어나 눈을 떴다. 꼭 달콤한 꿈을 꾸다가 깬 듯 입술에 희미한 미소가 떠올랐다. 하지만 실제로는 아무런 꿈도 꾸지 않았다. 그의 밤은 어떤 즐거움이나 고통의 이미지 없이 고요했다. 그러나 젊은이란 별다른 이유 없이도 웃는 법이다. 그것이 젊음의 가장 빛나는 매력 중 하나다.

도리언은 반대쪽으로 돌아누워 팔꿈치를 괴고 초콜릿 음료를 마셨다. 그윽한 11월의 태양이 방으로 흘러들고 있었다. 하늘은 밝고 푸르렀고, 공기는 다정하고 따뜻했다. 마치 5월의 아침 같았다.

간밤에 일어난 일들이 피로 얼룩진 발걸음을 이끌고 은밀하게 그의 머릿속으로 파고들자 끔찍한 장면들이 조금씩 선명해졌다. 그는 자신이 겪은 모든 고통을 떠올리고 얼굴을 찡그렸다. 어제 느꼈던 바질 홀워드를 향한 기이한 혐오감, 의자에 앉은 바질을 살해하게 했던 혐오감이 돌아왔고, 잠시 그 격렬한 감정에 몸이 식었다. 죽은 자는 여전히 그 자리에, 이제는 햇빛을 받으며 앉아 있을 것이다. 얼마나 끔찍한가! 그런 추악한 것들은 어둠에 속하지 낮과는 어울리지 않았다.

지난밤의 일을 계속 곱씹다가는 병이 나거나 미쳐 버릴 것 같았다. 어떤 죄악은 실제로 저지르는 것보다 기억할 때 더 매혹적이었고, 그런 죄악이 낳은 이상한 승리감은 격정보다는 자부심을 자극하면서 그동안 죄악이 지성에 가져다주었거나 앞으로 줄 수 있는 것보다 더 커다란 기쁨을 선사했다. 하지만 이번에는 그렇지 않았다. 이 죄악은 마음에서 쫓아내야했고, 양귀비로 취하게 해야 했으며, 그것이 자신의 숨통을 끊기 전에 먼저 그 숨통을 끊어 놓아야 했다.

도리언은 손으로 이마를 훑고 급하게 잠자리에서 일어나 평소보다 더 공들여 옷을 입었다. 어떤 넥타이와 넥타이핀을 할지 고심해서 골랐고, 꼈던 반지를 빼고 다른 것으로 바꿔 끼기도 했다.

아침 식사도 오랫동안 했다. 여러 음식을 맛보았고, 시종에게 셀비에 있는 하인들의 새로운 제복에 관해 이야기했으며, 새로 온 편지를 살폈다. 몇몇 편지는 그를 미소 짓게 했다. 세 통은 지루했다. 하나는 여러 번 읽고 또 읽은 다음, 다소 신경질 난 얼굴로 찢어 버렸다. "정말이지 지독하구나, 여자의 기억력이란!" 언젠가 헨리 경이 했던 말이었다.

커피를 마신 후에는 테이블 앞에 앉아 편지를 두 통 썼다. 하나는 주머니에 넣고 하나는 시종에게 건넸다.

"하트퍼드 스트리트 152에 직접 가져다주고 와, 프랜시스. 캠벨 씨가 집에 없으면 어디 있는지 주소를 알아 오고."

홀로 남은 그는 담배에 불을 붙이고, 종이 한 장을 꺼내서 꽃과 건축물, 사람의 얼굴을 그렸다. 그런데 그려 놓은 얼굴마다 바질 홀워드와 놀랍도록 닮아 보였다. 도리언은 얼굴을 찌푸리며 일어나 책장에서 아무 책이나 뽑아 들었다. 간밤에 일어났던 일은 꼭 떠올려야만 할 때까지는 떠올리지 않으려고 결심한 참이었다.

소파 위에 몸을 뻗고 누워서 책 표지를 보았다. 그것은 고티에의 시집 『에나멜과 카메오』였는데 조르주 샤르팡티에가 일본산 종이에 화가 자크마르의 에칭화를 넣어서 제작한 판본이었다. 표지는 연두색 가죽에 금박 격자무늬를 넣고 석류 그림을 점점이 그려 넣은 모습이었다. 에이드리언 싱글턴이 준 책이었다. 책장을 넘기다 보니 라스네르[33]의 손에 관한 시 한 편이 눈에 들어왔다. 노랗고 차가운 그의 손은 붉은 솜털로 뒤덮였으며, "아직 고문의 흔적을 깨끗이 씻어 내지 못했"고, "손가락이 파우누스 같다."라고 했다. 도리언은 자신의 하얗고 가느다란 손가락을 바라보다가 다시 읽어 내려갔다. 이윽고 베네치아에 관한, 다음과 같은 아름다운 시구를 발견했다.

반음계의 음악이 파도치는 가운데,
진주 같은 가슴으로,

---

33 피에르 프랑수아 라스네르(Pierre François Lacenaire, 1803~1836). 19세기 프랑스의 시인이자 살인자로, 사회의 부정의를 고발하고자 살인을 저질렀다고 주장했다. 고티에, 발자크, 도스토옙스키 등의 작가에게 영향을 주었다.

장미처럼 붉고 흰 몸으로
아드리아해의 비너스가 물에서 솟구친다.

푸르른 물결 위의 둥근 하늘은
맑고 음악적인 문장을 좇으며,
사랑의 한숨이 빚어 놓은
동그란 가슴처럼 부풀어 오른다.

사공은 기둥에 밧줄을 던지고
조각배를 정박해 나를 내려 주네,
장밋빛 건물 앞에,
대리석 계단 위에.

정말 아름다웠다! 이 구절들을 읽고 있으면 은빛 뱃머리 옆에 휘장을 드리운 검은 곤돌라에 누워서 분홍빛 진주 도시의 초록색 물길을 따라 둥둥 떠가는 느낌이었다. 글자가 일렬로 늘어선 시행의 모습도 도리언의 눈에는 리도로 이어지는 청록색 물길로 보였다. 불현듯 스쳐 지나가는 색채는 오팔과 붓꽃 빛깔의 목덜미를 가진 새들이 위엄과 우아함을 뽐내며, 흐릿한 아케이드를 통과해 벌집이 달린 높은 종탑이나 굴뚝 주변을 날아다니는 모습을 떠오르게 했다. 그는 눈을 반쯤 감고 몸을 뒤로 기댄 채 이 구절을 반복했다.

장밋빛 건물 앞에,
대리석 계단 위에.

이 두 행에 베네치아가 전부 녹아 있었다. 도리언은 베네치아에서 보낸 가을을, 그에게 즐겁고 환상적이고 어리석은 짓을 종용했던 꿈같은 사랑을 기억했다. 낭만은 어느 곳에든 있었다. 그런데 베네치아는 옥스퍼드와 마찬가지로 낭만적 경험의 배경이 되어 주는 도시였고, 배경은 낭만의 전부, 혹은 거의 전부였다. 여행의 며칠 동안은 바질과 함께했는데, 그때 바질은 틴토레토의 그림에 열광했다. 가여운 바질! 그런 식으로 죽다니 정말 끔찍했다!

도리언은 한숨을 내쉰 다음, 다시 시집을 집어 들고 잊어 보고자 애썼다. 시집 속에는 제비들이 날아들고 떠나가는 스미르나의 작은 카페가 등장하는데, 그곳에서는 성지 순례를 마친 이슬람교도들이 둘러앉아 호박 구슬을 헤아리고, 터번을 쓴 상인들은 술 장식 달린 긴 파이프 담배를 피우며 진지한 목소리로 대화를 나눈다고 했다. 파리 콩코르드 광장에 있는 오벨리스크가 태양 없는 외로운 유배 생활을 견디며 화강암으로 된 눈물을 흘린다는 이야기도 있었다. 오벨리스크는 뜨거운 나일강으로, 연꽃과 스핑크스, 장미처럼 붉은 따오기, 황금 발톱을 지닌 흰 독수리, 작은 녹주석 같은 눈을 하고 김이 오르는 녹색 진흙을 기어 다니는 악어가 있는 그곳으로 돌아가기를 바란다고 했다. 고티에는 루브르 박물관의 반암실에 있는 어느 기이한 조각상을 "매력적인 괴물"이라 부르며 콘트랄토 음성에 빗대기도 했다. 하지만 잠시 후 도리언은 손에서 시집을 떨어뜨렸다. 불안해졌고, 자꾸 무시무시한 공포감에 압도되었다. 앨런 캠벨이 외국에 있으면 어쩌지? 그가 돌아올 때까지 며칠이나 걸릴 것이다. 어쩌면 오지 않겠다고 할지도 모른다. 그러면 어떻게 해야 하나? 매 순간이 극도로 중요한 상황인데 말이다.

두 사람은 한때, 그러니까 오 년 전에는 떼어 놓을 수 없을 정도로 좋은 친구였다. 그러다가 갑자기 둘의 두터운 우정이 끊겼다. 지금은 어쩌다가 사교계에서 마주쳐도 도리언 그레이만 미소를 지었고 앨런 캠벨은 그러지 않았다.

앨런은 아주 영민했으나 예술에 대해서는 무지했으며 시의 아름다움을 감상하는 법도 전부 도리언이 알려 주었다. 그의 지적인 열정은 주로 과학을 향했다. 케임브리지 시절에는 실험실에서 오랜 시간을 보냈고, 자연과학부를 우등으로 졸업했다. 실제로 지금까지 화학 연구에 매진하고 있었는데 자기만의 실험실을 마련해서 온종일 틀어박힌 탓에 어머니의 신경을 긁었다. 그의 어머니는 아들이 의회에 진출할 줄 알았고, 화학자란 처방전을 써 주는 사람에 지나지 않는다고 생각했다. 한편 앨런은 음악에 조예가 깊어 바이올린과 피아노 실력 모두 아마추어 중에서는 최고 수준이었다. 사실 그와 도리언 그레이가 친해진 계기는 음악이었다. 음악과 더불어 도리언이 원할 때면 언제든 발휘하는 것 같은 그의 정의할 수 없는 매력, 의식조차 못 하고 발휘하는 매력도 작용했다. 두 사람은 레이디 버크셔의 집에서 루빈스타인의 피아노 연주회가 열렸던 밤에 만났고, 그 후로는 오페라 극장에서, 좋은 음악이 있는 곳이면 어디에서든 둘이 함께 있는 장면을 볼 수 있었다. 그들의 우정은 열여덟 달 동안 지속했다. 캠벨은 항상 셀비 로열 아니면 그로브너 광장에 있었다. 그에게 도리언 그레이는 많은 사람이 느끼듯 인생의 모든 경이롭고 매혹적인 것들을 대표하는 존재였다. 둘이 다투었던가? 누구도 정확히 알지 못했다. 하지만 이제 그들이 좀처럼 말을 섞지 않는다는 것, 도리언 그레이가 동석한 파티면 캠벨이 언제나 일찍 자리를 뜬다는 것을 사람들은 알아채고 수군거렸다. 그는 성격도 변했다. 종종 울적해졌고, 격정적인 음악은 무엇이든 싫어하는 듯 보였으며, 절대 악기를 연주하지 않았다. 누가 요청하더라도 과학에 푹 빠져서 연습할 시간이 없었다며 핑계를 대고 빠져나가기 일쑤였다. 사실이기도 했다. 그는 날이 갈수록 생물학에만 몰두했고, 종종 그의 이름이 어떤 신기한 실험과 관련해서 과학지에 오르기도 했다.

바로 이 사람이 지금 도리언 그레이가 여기저기 서성이면서, 매번 시계를 흘끗거리고 분침이 움직일 때마다 불안에 떨면서 기다리고 있는 사람이었다. 마침내 현관문이 열리고 시종이 들어왔다.

"앨런 캠벨 씨가 오셨습니다, 주인님."

그의 메마른 입술 사이로 한숨이 터져 나오더니 창백한 두 뺨에 핏기가 돌았다.

"당장 이리로 모셔, 프랜시스."

시종은 고개를 꾸벅하고 밖으로 나갔다. 잠시 후 캠벨이 등장했는데 혈색 없이 굳은 얼굴은 석탄처럼 까만 머리카락, 짙은 눈썹과 대비를 이루어 더욱더 파리해 보였다.

"앨런! 친절하기도 하지. 와 줘서 정말 고마워."

"네 집에는 다시 발 들일 생각이 없었는데, 그레이. 하지만 생사가 걸린 문제라고 하기에 왔어." 그의 목소리는 딱딱하고 냉담했다. 고민을 거듭하며 천천히 말했다. 도리언을 향한 끈질긴 탐색의 시선에는 경멸의 기운이 서려 있었다. 손은 줄곧 아스트라한 코트 주머니에 넣고 빼지 않았다. 도리언이 악수하려고 손을 내밀었지만 보지 못한 듯했다.

"정말 생사가 걸린 문제야, 앨런. 그것도 여러 사람의 생사가 걸렸지. 앉아 봐."

캠벨이 테이블 옆 의자에 앉자 도리언은 그 반대편에 앉았고, 두 사람의 시선이 엮였다. 도리언의 눈에는 무한한 연민이 있었다. 그는 자기가 하려는 행동이 얼마나 끔찍한 짓인지 알고 있었다.

팽팽한 긴장과 침묵의 순간이 흐른 뒤 도리언은 몸을 앞으로 숙이고 조용히, 하지만 한 마디 한 마디가 상대의 얼굴에 불러일으키는 효과를 지켜보며 말했다. "앨런, 이 집 꼭대기에는 잠긴 방이 있어. 나 말고는 아무도 못 들어가는 방이야. 그 방 테이블에 시체가 앉아 있어. 죽은 지는 열 시간이 지났고. 움직이지 마, 그렇게 바라보지도 말고. 그 사람이 누구인지, 왜 죽었는지, 어떻게 죽었는지는 너와 상관없어. 네가 해 줘야 할 일은 다름 아니라……."

"그만해, 그레이. 더 이상 알고 싶지 않아. 지금 네가 한 말이 사실이든 아니든 나랑은 관계없어. 난 네 삶에 얽혀 들고 싶지 않다고. 네 끔찍한 비밀들은 혼자만 간직해. 나는 이제 관심 없으니까."

"앨런, 관심이 생길 거야. 이 비밀에는 관심이 생기게 될 테지. 정말 미안하게 됐어, 앨런. 하지만 별수가 없어. 날 구해 줄 사람은 너뿐이거든. 널 끌어들이지 않을 수가 없게 되어 버렸네. 선택의 여지가 없어. 앨런, 넌 과학자잖아. 화학이나 뭐 그런 것들에 대해서 잘 알지. 실험도 많이 했고. 내 부탁은 위층에 가서 그걸 없애 달라는 것, 그걸 없애서 일말의 흔적도 남지 않게 해 달라는 거야. 이 사람이 우리 집에 오는 건 아무도 못 봤어. 실제로 그는 지금쯤 파리에 있는 것으로 되어 있지. 몇 달 동안은 아무도 그가 없어졌음을 눈치채지 못할 거야. 나중에 알아차릴 때쯤에는 이곳에 아무런 흔적이 없어야 하고. 앨런, 네가 그 사람과 그의 소지품을 한 움큼의 재로 바꿔서 내가 바람에 날려 버릴 수 있도록 해 줘."

"미쳤군, 도리언."

"아! 네가 도리언이라고 불러 주길 기다리고 있었어."

"정말 미쳤다니까. 내가 너를 위해서 손가락 하나라도 까딱하리라 생각했다니 단단히 미쳤군. 게다가 이런 끔찍한 이야기를 털어놓다니 제정신이 아니야! 이게 정확히 무슨 사건이든 난 이 사건에 손대지 않을 거야. 너를 위해서 내 명예를 위험에 처하게 할 것 같아? 네가 하려는 악마 짓이 나와 무슨 상관인데?"

"자살이었어, 앨런."

"차라리 다행이군. 하지만 그가 자살하도록 몰아세운 사람이 누군데? 아마 너겠지."

"정말 내 부탁을 들어주지 않을 생각이야?"

"당연하지. 나와는 전혀 상관없는 일이라고. 네가 어떤 수치스러운 꼴을 당하든 나는 개의치 않아. 당해도 싸지. 네가 망신을 당한다 해도, 공개적으로 망신을 당하더라도 난 속상할 이유가 없지. 어떻게 감히, 세상에 많고 많은 사람 중에 나한테 그런 끔찍한 부탁을 하지? 네가 사람들 성격에 대해 잘 안다고 생각했는데. 네 친구 헨리 워튼 경이 다른 것에 대해선 잘 가르쳐 줬는지 몰라도 심리에 관해서는 형편없는 선생이었나 보군. 어떤 수단을 동원해도 내가 널 돕는 일은 없어. 사람 잘못 봤어. 다른 친구한테 가 보라고. 나한테 매달리지 마."

"앨런, 사실은 살인 사건이야. 내가 죽였어. 그 사람이 날 얼마나 괴롭혔는지 넌 몰라. 내가 지금 어떤 삶을 살든 내 삶을 이렇게 만든 건, 아니 이렇게 망쳐 놓은 건 불쌍한 해리가 아니라 그 사람이야. 의도하지 않았더라도 어쨌든 이렇게 되어 버렸어."

"살인이라고! 세상에! 도리언, 어디까지 추락한 건가? 내가 말해 줄 필요도 없잖아. 이건 내가 관여할 일이 아니야. 게다가 내가 관여하든 않든 넌 분명 체포될 거야. 실수 없이 살인을 저지르는 사람은 없으니까. 아무튼 나랑은 상관없는 일이지."

"내 부탁은 그저 실험을 한번 해 달라는 것뿐이야. 넌 병원이나 시체 안치소 같은 곳에 만날 들락날락하고 끔찍한 짓을 하면서도 개의치 않잖아. 그 남자가 어느 무시무시한 해부실이나 더러운 실험실에 있는 납 테이블 위에 내장이 제거된 채 누워 있었다면 그저 흥미진진한 실험 대상으로만 보았을 거야. 넌 눈 하나 깜짝하지 않았겠지. 네가 잘못된 일을 한다고는 생각지도 않을 거고. 오히려 인류에게 공헌한다고, 아니면 세계의 지식 축적에 기여한다고, 지적 호기심을 충족시키는 중이라고, 뭐 그런 식으로 생각하겠지. 내가 해 달라는 건 네가 지금까지 종종 해 왔던 일이잖아. 사실 시체 처리는 네가 평소에 익숙하게 해내는 일보다 덜 끔찍할걸. 그리고 기억해, 내가 남긴 증거는 시체뿐이야. 누가 그걸 발견하면 나는 끝이겠지. 그리고 네가 날 도와주지 않는다면 누군가가 발견하고 말 거야."

"널 도와주고 싶은 마음은 조금도 없어. 그 점을 자꾸 잊는 것 같은데, 난 이 모든 것에 무관심할 뿐이라고. 나랑은 상관없는 일이야."

"앨런, 부탁할게. 내가 지금 어떤 상황인지 고려해 줘. 네가 오기 전에 난 두려워서 기절할 뻔했다고. 아니! 내 상황은 고려하지 마. 순전히 과학적인 관점에서 바라봐 줘. 넌 네 실험에 쓰이는 시체가 어디서 왔는지 의문을 가지는 법이 없잖아. 지금도 궁금해하지 마. 이미 내가 너무 많은 걸 털어놨지. 하지만 내 부탁은 꼭 들어줘. 한때는 친구였잖아, 앨런."

"과거 이야기는 하지 마, 도리언. 이제 죽어 없는 날들이니까."

"가끔은 죽은 것들도 이승을 떠도는 법이야. 위층에 있는 그 사람, 아무 데도 못 가. 테이블에 머리를 숙이고 팔은 쭉 뻗은 채 앉아 있지. 앨런! 앨런! 네가 도와주지 않으면 난 끝장이야. 세상에, 교수형을 당할 거라고, 앨런! 이해 안 돼? 내가 한 짓 때문에 목매달려 죽을 거야."

"계속 이야기해 봤자 소용없어. 난 이 사건에 개입하지 않겠어. 애초에 나한테 부탁한 게 미친 짓이야."

"절대 도와주지 않을 생각인가?"

"그래."

아까처럼 도리언의 눈 속에 연민이 떠올랐다. 그는 손을 뻗어 종이를 한 장 집더니 그 위에 무어라고 썼다. 자기가 쓴 것을 두 번 반복해서 읽더니 조심스럽게 접은 뒤 테이블 건너편으로 밀었다. 그러고는 자리에서 일어나 창가로 갔다.

캠벨은 놀란 얼굴로 그를 바라보다가 접힌 종이를 집어서 펴 보았다. 그것을 읽은 캠벨은 얼굴이 유령처럼 새하얗게 질려서 넘어지듯 의자에 등을 기댔다. 속이 심하게 울렁거리기 시작했다. 텅 빈 구덩이 속에서 심장 마비로 죽어 가는 느낌이었다.

이삼 분 정도 무거운 침묵이 흐른 후 도리언은 몸을 돌려 캠벨의 뒤쪽으로 가서 어깨에 손을 올렸다.

"미안해, 앨런." 그가 조용히 말했다. "하지만 네가 그렇게 나오니 다른 대안이 없어. 이미 편지는 써 뒀어. 이거야. 주소 보이지. 도와주지 않으면 이 편지를 보낼 수밖에 없어. 결과가 어떨지는 네가 잘 알 거야. 이러면 날 도와주겠지. 이제는 거절하지 못할 거야. 이렇게까지는 안 하려고 했어. 네가 공정한 사람이라면 그 점은 인정하겠지. 네가 딱딱하고 가혹하고 못되게 굴어서 생긴 일이야. 어떤 사람도 감히 날 그런 식으로 대하지 않았어. 적어도 살아 있는 사람은. 난 그걸 다 참아 냈어. 이제 내가 하라는 대로 해."

캠벨은 두 손에 얼굴을 묻고 몸을 바르르 떨었다.

"그래, 이제 내가 하라는 대로 해, 앨런. 뭘 해야 하는지 알지. 아주 간단한 거잖아. 어서, 그렇게 수선 떨지 말고. 해야만 하는 일이야. 외면하려 하지 말고 해 버려."

캠벨의 입술 사이로 신음이 터져 나왔고, 온몸을 덜덜 떨고 있었다. 벽난로 선반에 놓인 시계가 똑딱거리는 소리에 시간은 무수한 고통의 미립자로 쪼개졌고, 그것들은 하나같이 감당할 수 없을 정도로 끔찍했다. 이마에 쇠고리가 채워져 그것이 점점 그를 옥죄는 듯, 도리언 그레이가 예고한 불명예가 이미 현실이 된 듯 괴로웠다. 어깨 위에 얹힌 도리언의 손이 납처럼 무거웠다. 견딜 수 없었다. 그를 짓누르는 것 같았다.

"어서, 앨런. 당장 결정해."

캠벨은 잠시 망설였다. "위에서 불을 쓸 수 있나?" 그가 낮은 목소리로 물었다.

"응, 석면 가스난로가 있어."

"집에 들러서 실험실에 있는 도구를 챙겨 와야겠어."

"안 돼, 앨런. 여기에서 한 발자국도 나가면 안 돼. 필요한 걸 종이에 적어. 내 하인이 마차를 타고 가서 가져올 테니까."

캠벨은 몇 줄 끄적이고는 번진 잉크를 닦은 다음, 조수의 주소를 썼다. 도리언은 메모를 들어 꼼꼼히 살펴보았고, 벨을 울렸다. 그러고는 시종에게 쪽지를 건넨 뒤 목록에 있는 것들을 챙겨서 최대한 빨리 돌아오라고 말했다.

복도 쪽 문이 닫히는 소리가 나자, 캠벨은 화들짝 놀라며 자리에서 일어나 벽난로 선반 쪽으로 갔다. 학질에 걸리기라도 한 듯 몸을 덜덜 떨었다. 거의 이십 분 동안 둘 중 아무도 입을 열지 않았다. 파리 한 마리가 요란스럽게 날아다녔고, 시계가 똑딱거리는 소리는 망치 소리 같았다.

시계가 1시를 알렸을 때 캠벨은 뒤돌아서 도리언 그레이를 바라보았고, 그의 눈에 눈물이 가득한 모습을 보았다. 그 슬픈 얼굴의 순수하고 섬세한 모습이 캠벨의 분노를 자극했다. "정말 파렴치하군, 그야말로 파렴치해!" 그가 내뱉었다.

"그만해, 앨런. 네가 내 인생을 구했어." 도리언이 말했다.

"네 인생? 세상에! 참 대단한 인생이지! 타락에 타락을 거듭하더니 이제는 범죄까지 저지른 인생이라니. 지금부터 내가 하게 될 일, 네가 내게 강요한 일, 그건 절대 네 삶을 위해 하는 게 아니야."

"아, 앨런." 도리언 그레이가 한숨을 쉬며 읊조렸다. "내가 너에게 느끼는 연민의 1000분의 1만이라도 되돌려 줄 수는 없는 걸까." 도리언은 돌아서서 정원을 내다보며 말했다. 캠벨은 아무 말도 하지 않았다.

십 분쯤 지나 문을 두드리는 소리가 들리더니 시종이 안으로 들어왔다. 마호가니로 된 화학 약품 상자를 들었고, 그 위에 작은 축전기가 놓여 있었다. 시종은 상자를 테이블에 올려놓은 뒤 다시 밖으로 나가서 기다란 강철 고리와 백금 전선과 기이하게 생긴 쬠쇠 두 개를 들고 들어왔다.

"여기다 둘까요?" 그가 캠벨에게 물었다.

"그래." 도리언이 답했다. "그리고 미안하지만, 프랜시스, 다른 심부름이 또 있어. 리치먼드에 사는, 셀비에 난초를 공급하는 사람의 이름이 뭐지?"

"하든입니다, 주인님."

"그래, 하든. 지금 바로 리치먼드에 가서 하든을 직접 만나 난초를 평소보다 두 배 더 가져다 달라고 해 줘. 흰색은 되도록 적게. 아니, 흰색은 하나도 넣지 말라고 해. 오늘은 날이 좋은 데다가 리치먼드는 예쁜 동네잖아, 프랜시스. 그렇지 않으면 안 보냈을 거야."

"문제없습니다, 주인님. 언제까지 돌아올까요?"

도리언이 캠벨을 바라보았다. "실험이 얼마나 걸릴 것 같아, 앨런?" 차분하고 무심한 목소리였다. 제삼자가 같은 공간에 있다는 사실에서 기묘한 용기를 얻은 듯했다.

캠벨은 얼굴을 찌푸리고 입술을 깨물었다. "다섯 시간쯤 걸릴 거야." 그가 대답했다.

"그럼 7시 30분까지만 오면 되겠어, 프랜시스. 아니면 내 옷만 준비해 놓고 외출해. 저녁 내내 자유를 즐겨. 집에서 식사 안 하니까 프랜시스가 할 일은 없거든."

"고맙습니다, 주인님." 그가 방에서 물러가며 말했다.

"자, 앨런. 단 한 순간도 낭비해선 안 돼. 이 상자 대단히 무거운데! 이건 내가 들게. 다른 걸 들고 와." 도리언은 빠르고

강압적인 목소리로 말했다. 캠벨은 제압당한 듯한 기분에 휩싸였다. 두 사람은 함께 방을 나섰다.

꼭대기에 도착하자 도리언은 열쇠를 꺼내서 구멍에 넣고 돌렸다. 그런데 돌연 움직임을 멈춘 그의 눈에 고통스러운 기색이 떠올랐다. 그가 몸서리치며 조용히 말했다. "난 못 들어가겠어, 앨런."

"상관없어. 넌 들어올 필요 없어." 캠벨이 차갑게 말했다.

도리언은 문을 반쯤 열었다. 그 사이로 햇빛 아래서 히죽 웃고 있는 초상화의 얼굴이 보였다. 초상화 앞쪽 바닥에는 찢긴 휘장이 널브러져 있었다. 지난밤에 방을 나서면서 깜빡하고 가려 두지 않았음이 떠올랐다. 처음 있는 일이었다.

하지만 손 위에 번쩍거리는 흉측하고 붉은 물방울, 마치 캔버스가 흘린 피처럼 생긴 저것은 또 무엇이라는 말인가? 정말이지 끔찍했다! 그 순간 초상화는 테이블에 엎드려 있을 말 없는 그것보다도 끔찍해 보였다. 핏방울 튄 카펫 위에 드리운 괴기스럽고 기형적인 그림자는 그것이 움직이지 않고 여전히 거기에 도리언이 내버려 둔 그대로 있음을 알려 주었다.

도리언은 문을 조금 더 열고서, 절대 시체 쪽으로 시선을 던지지 않겠다는 각오로 반쯤 눈을 감고 고개를 돌린 채 재빨리 걸어 들어갔다. 그리고 몸을 굽혀 금색과 보라색이 섞인 장막을 집어서 초상화 위에 둘렀다.

돌아서기가 두려운 그는 가만히 서서 눈앞의 정교한 무늬에 시선을 고정했다. 캠벨이 무거운 상자와 쇠붙이 도구들, 그의 무시무시한 작업에 필요한 것들을 운반하는 소리가 들렸다. 도리언은 캠벨과 바질 홀워드가 만난 적이 있을지, 만났다면 서로를 어떻게 생각했을지 궁금해졌다.

"이제 나가." 캠벨이 말했다.

도리언은 몸을 돌려 서둘러 방에서 나왔지만 캠벨이 널브러져 있던 시체를 일으켜 의자에 똑바로 기대어 놓고 그 번들거리는 노란 얼굴을 들여다보고 있음은 똑똑히 알았다. 계단을 내려가고 있을 때 캠벨이 문을 잠그는 소리가 들렸다.

캠벨이 다시 서재로 돌아왔을 때는 7시가 한참 넘은 시각이었다. 얼굴은 창백했으나 아주 침착한 모습이었다. "네가 하라는 대로 했어." 그가 말했다. "이제 안녕. 다시는 마주치지 않기를 바라."

"네 덕에 살았어, 앨런. 절대 잊지 못할 거야." 도리언은 이렇게만 말했다.

캠벨이 떠나자 도리언은 위층으로 올라갔다. 방에서 지독한 화학 약품 냄새가 났다. 하지만 테이블에 앉아 있던 그것은 사라지고 없었다.

13

"착하게 살 거라는 말은 해 봤자 소용없어, 도리언." 헨리 경이 붉은 구리 그릇을 가득 채운 장미수에 흰 손가락을 담그며 말했다. "너는 지금 이대로 완벽해. 차라리 변하지 않게 해 달라고 기도해."

도리언이 고개를 저었다. "아니에요, 해리. 난 살면서 끔찍한 일을 많이 저질렀어요. 이제는 안 그럴 거예요. 어제부터 시작해서 착한 일을 여러 번 했죠."

"어제 어디에 있었는데?"

"시골에 갔어요, 해리. 혼자 작은 여관에 머물렀어요."

"아이고, 이 친구야." 헨리 경이 웃으며 말했다. "시골에서는 누구나 착한 법이야. 아무런 유혹이 없으니까. 그래서 도시 밖에 사는 사람들이 그렇게 문명과 동떨어진 거라고. 알다시피 문명인이 되는 방법은 두 가지뿐이야. 교양 있게 살기, 그리고 타락하기. 농촌 사람들에겐 둘 중 어느 쪽도 요원하니 과거에 머물러 사는 거지."

"교양과 타락이라." 도리언이 중얼거렸다. "둘 다 조금씩은 아는 것들이네요. 그 두 개가 엮여 있다는 사실이 지금 내게는 이상하게 느껴져요. 이제 내겐 새로운 이상이 있어요, 해리. 난 변할 거예요. 이미 변한 것 같아요."

"어떤 선행을 실천했는지 아직 말해 주지 않았는데. 여러 번 했다고?"

"해리에겐 말해 줄 수 있어요. 다른 사람에겐 절대 못 할 이야기예요. 내가 어떤 사람을 구했거든요. 구했다는 말은 자아도취 같지만 무슨 뜻인지는 알겠죠. 정말 아름다운 여자였어요. 시빌 베인이랑 판박이였죠. 처음에 끌렸던 까닭도 그 때문인 것 같아요. 시빌 기억하죠, 그렇죠? 전부 까마득한 옛날처럼 느껴지네요! 어쨌든 당연한 이야기지만 헤티는 우리 같은 신분이 아니었어요. 그냥 시골 마을 소녀였죠. 하지만 정말 사랑했어요. 사랑했다고 굳게 믿어요. 이 아름다운 5월 내내 일주일에 두세 번씩 그 마을에 가서 헤티를 봤죠. 결국 헤티는 나를 따라 도시에 오겠다고 약속했어요. 난 집을 마련하고 다른 것도 다 준비해 놨고요. 어제 헤티는 작은 과수원으로 날 보러 왔답니다. 그 애의 머리카락에 자꾸 사과꽃이 떨어졌고, 헤티는 깔깔 웃었지요. 사실은 오늘 새벽에 함께 떠날 예정이었어요. 그런데 갑자기 이런 생각이 드는 거예요. '이 소녀를 망쳐선 안 돼. 수치를 안겨 줄 수는 없어.' 그래서 처음 헤티를 발견했을 때처럼 그 꽃 같은 싱그러움을 그대로 남겨 두고 떠나기로 했어요."

"그런 새로운 감정 덕분에 분명 짜릿한 쾌감을 느꼈을 테지, 도리언." 헨리 경이 끼어들었다. "하지만 낭만적인 시골 연애담의 결말은 내가 다시 써 주지. 너는 그 소녀에게 좋은 교훈을 가르쳐 준 거야. 마음의 상처도 줬고. 도리언의 개심은 상처로 시작됐어."

"해리, 정말 못됐잖아요! 그런 끔찍한 말 하지 말아요. 헤티는 상처받지 않았어요. 물론 울고불고 그러긴 했죠. 하지만 인생이 망가진 건 아니잖아요. 망신을 당하진 않았어요. 헤티는 페르디타[34]처럼 자기 정원에서 살면 되죠."

"자신을 배신한 플로리젤 때문에 엉엉 울면서 말이지." 헨리 경이 웃으며 말했다. "이봐, 도리언, 정말 기묘하고 소년다운 감성인데. 이제 헤티라는 소녀가 자기와 같은 신분인 남자에게 만족할 수 있을 것 같아? 아마 그 애는 미래에 억센 짐꾼이나 바보처럼 히죽거리기만 하는 농부와 결혼하겠지. 그래, 헤티는 너를 만나 사랑했던 경험 탓에 남편을 경멸하게 될 거고, 정말 고약하게 굴겠지. 하지만 네 정부가 되었다면 매력적이고 교양 있는 사람들의 사회에서 살 수 있었잖아. 네가 그 애를 교육시켜서 옷 입는 법과 대화하는 법, 몸가짐을 가르쳤을 테지. 헤티는 도리언 덕에 완벽해져서 지극히 행복하게 살았을 거야. 물론 시간이 지나면 너는 그 애가 지겨워서 견딜 수 없어졌겠지. 그 애는 난리를 쳤을 테고. 그러면 너는 협상에 나섰을 거야. 헤티는 새로운 직업을 갖게 됐겠지. 도덕적인 관점에서 보자면 선해지겠다는 도리언의 결심을 높이 평가하긴 힘들어. 시작부터 실패인걸. 게다가 헤티가 오필리아처럼 어디 방앗간 연못에 몸을 던져 수련이 가득한 수면 위에 둥둥 떠 있을지도 모르잖아?"

---

34 셰익스피어의 희곡 『겨울 이야기』의 여자 주인공. 본디 공주이지만 자신의 신분을 모른 채 시골 양치기의 수양딸로 자란다. 열여섯 살 무렵, 왕자 플로리젤을 만나서 사랑에 빠지고, 우여곡절 끝에 진실을 마주하게 된다.

"정말 못 참겠네요, 해리! 뭐든 조롱하지 않고는 못 견디죠. 아주 심각하고 비극적인 결말만 상상하고. 괜히 말했어요. 해리가 뭐라고 하든 상관없어요. 난 내 행동이 옳았다는 걸 아니까. 가여운 헤티! 오늘 아침에 농장을 지나는데 창문 너머로 재스민 꽃송이 같은 헤티의 하얀 얼굴이 보였지요. 이제 이 이야기는 그만두도록 해요. 그리고 내가 몇 년 만에 처음으로 행한 착한 일이, 태어나서 처음으로 감행한 자그마한 자기희생이 사실은 죄악의 일종이라고 설득하려 들지 말아요. 난 더 좋은 사람이 되고 싶어요. 좋은 사람이 되고 말 거예요. 해리 이야기나 해 줘요. 요즘 런던 사람들은 어떻게 지내지요? 클럽에 안 간 지도 오래됐어요."

"다들 전과 마찬가지로 가여운 바질의 실종에 관해 이야기 중이지."

"이쯤 되면 다들 질릴 줄 알았는데." 도리언은 포도주를 따르며 희미하게 얼굴을 찡그렸다.

"이봐, 도리언. 실종 이야기가 처음 나온 게 겨우 여섯 주 전이라고. 그리고 대중은 석 달 동안 두 가지 주제 이상은 감당하지 못해. 최근에는 사건이 많아서 다들 재미 좀 봤지. 내 이혼도 화제였고, 앨런 캠벨의 자살 사건도 있었잖아. 이제는 화가의 수수께끼 같은 실종 사건이 터졌지. 런던 경찰은 11월 7일 자정 빅토리아역에서 출발한 기차에 탔던 회색 얼스터 코트 차림의 남자가 바질이었다고 주장 중이고, 프랑스 경찰은 바질이 파리에 오지 않았다고 발표했어. 두 주쯤 지나면 샌프란시스코에서 목격되었다는 이야기가 나오는 것 아닐까. 이상한 일이야, 실종되었다고 난리였던 사람들은 전부 샌프란시스코에서 발견되는 것 같으니. 분명 굉장한 도시일 테지. 내

세의 모든 즐거움이 다 그곳에 있을 것 같군."

"바질에게 무슨 일이 있었다고 생각해요?" 도리언이 부르
고뉴산 포도주를 들어 올려 불빛에 비추어 보며 말했다. 어떻
게 이토록 침착한 태도로 바질 이야기를 할 수 있는지 스스로
가 놀라웠다.

"나야 아무것도 모르지. 바질이 숨어 살기를 선택한다면
나도 어쩔 수 없는 일이야. 만약 바질이 죽었다면 더 이상 생
각하고 싶지 않아. 날 무섭게 하는 건 오직 죽음뿐이니까. 정
말 싫어. 지금은 무슨 일이 있어도 살아남을 수 있는 시대지만
죽음만은 피하지 못해. 19세기에 간단명료하게 설명해 낼 수
없는 건 죽음과 저속함뿐이야. 음악실에 가서 커피를 마시자
고, 도리언. 쇼팽을 들려줘. 내 아내랑 달아난 녀석은 쇼팽을
아주 훌륭하게 연주했지. 가여운 빅토리아! 한때 빅토리아는
도리언을 열렬히 사랑했어, 도리언. 빅토리아가 네 칭찬을 늘
어놓는 모습을 보고 있으면 즐거웠는데. 도리언의 무심한 태
도는 참 매력적이었지. 그거 알아? 난 사실 빅토리아가 그리
워. 그 여자는 절대 지루한 법이 없었지. 하는 행동마다 아주
재미있고 별났어. 참 좋아했는데. 빅토리아가 없으니까 집이
조금 쓸쓸해."

도리언은 아무 대꾸 없이 자리에서 일어나 옆방으로 가더
니 피아노 앞에 앉았다. 그러고는 건반 위로 손가락을 움직였
다. 커피가 준비되자 연주를 멈추더니 헨리 경을 바라보며 말
했다. "해리, 바질이 살해당했다고 생각한 적 없어요?"

헨리 경은 하품을 했다. "바질에겐 적이 없었어. 시계도 항
상 싸구려 워터베리35만 차고 다닌걸. 누가 바질을 죽이겠어?
바질은 적을 만들 만큼 영리하지 않아. 물론 그림에는 천재적

이었지. 하지만 벨라스케스처럼 그림을 잘 그려도 믿기 힘들 정도로 따분할 수 있는 법이라고. 바질은 사실 조금 따분했잖아. 바질이 나를 솔깃하게 했던 건 딱 한 번, 몇 년 전에 자기가 도리언에게 열렬한 애정을 느낀다고 고백했을 때뿐이야."

"난 정말 바질을 좋아했어요." 도리언이 눈동자에 슬픔을 머금고 말했다. "하지만 사람들은 바질이 살해당했다고 말하지 않나요?"

"오, 몇몇 신문에 그런 기사가 있었지. 영 신뢰가 안 가던데. 파리에 끔찍한 곳이 있다는 건 알지만 바질은 그런 데에 드나드는 사람이 아니니까. 호기심이라곤 없었다고. 그게 바질의 가장 큰 단점이었어. 「녹턴」 중에 하나를 연주해 줘, 도리언. 그리고 연주하면서 조용한 목소리로 말해 줘, 어떻게 그렇게 변함없이 젊어 보이는지. 분명 비결이 있을 거야. 난 겨우 너보다 열 살이 많을 뿐인데 이렇게 주름이 자글자글하고 머리도 벗어졌고 안색은 누래. 너는 정말 놀라워, 도리언. 오늘 밤처럼 미모가 빛났던 적이 없는 것 같은데. 얼굴을 보고 있으니 너를 처음 만난 날이 생각나는군. 까불거리면서도 아주 수줍어했고, 그야말로 굉장했지. 물론 도리언도 변하긴 했지만 외모는 그대로야. 비법을 좀 말해 줬으면 좋겠는데. 내 젊음을 되찾을 수 있다면 정말 무엇이든 할 거야. 운동, 일찍 일어나기, 성실하게 살기만 빼고. 젊음! 젊음만큼 좋은 건 없어. 젊은 사람들이 무지하다는 건 말도 안 되는 소리지. 요즘 조금이라도 존중할 만한 의견을 내는 사람들은 다들 나보다

---

35 1880년 미국 코네티컷에서 설립된 시계 제조 회사. 값싼 회중시계를 대량 생산
   했으므로, 당시 대중 사이에서는 싸구려 물건의 대명사로 통했다.

어린 친구들이야. 나보다 한발 앞선 것만 같아. 그들은 삶의 마지막 경이로움까지 전부 알고 있어. 나이 든 사람들에 관해 말하자면 나는 그 사람들 말은 무조건 반박부터 해. 그게 내 원칙이야. 어제 일어난 사건에 대해 의견을 구하면 그자들은 엄중한 목소리로 1820년대에나 어울리는 의견을 낸다니까. 그때는 옷깃을 한껏 세운 멍청한 사람들이 우글거리던 시절이었는데. 지금 연주하는 곡, 아주 멋진데! 쇼팽은 마요르카에서, 별장 주변으로 파도 소리가 철썩이고 소금기 섞인 물이 유리창으로 달려드는 그곳에서 이 곡을 썼다던데 정말일까? 놀랍도록 낭만적인 곡이야. 재현이 아닌 예술, 음악이 있다는 게 얼마나 큰 축복인지! 멈추지 마. 오늘 밤에는 음악이 필요해. 왠지 도리언이 젊은 아폴론이 된 듯, 나는 마르시아스[36]로서 도리언의 음악을 듣는 것 같은 기분이야. 내겐 도리언 너도 모르는 나만의 슬픔이 있지. 나이 드는 일의 비극은 나이가 많다는 것이 아니고 여전히 젊다는 것이지. 가끔 나는 내가 너무 솔직해서 놀라워. 아, 도리언, 너는 얼마나 행복할까! 네가 살아온 삶은 그야말로 대단해! 이 세상 모든 것을 아주 깊이 음미했어. 입 안에 포도를 넣고 깨물어 맛보았지. 어느 것도 도리언에게서 숨지 못했어. 하지만 네게 모든 건 그저 음악 소리에 지나지 않았지. 너는 아무런 상처도 입지 않았어. 전과 똑같아.

앞으로 도리언의 삶이 어떻게 될지 궁금하군. 괜히 착해지겠다느니 수선 떨면서 망쳐 놓지 말라고. 지금 너는 이대로

---

36 그리스 신화에 나오는 반인반수의 괴물 사티로스 중 하나로, 자신의 피리 솜씨를 자만해서 아폴론과 연주 대결을 벌이다가 패배한다.

완벽해. 자신을 불완전한 존재로 전락시키지 마. 지금 흠잡을 데가 없으니까. 그렇게 고개를 가로젓지 마. 본인이 완전무결하다는 걸 알잖아. 게다가 도리언, 모르는 척하지 말라고. 삶은 의지나 계획으로 굴러가는 게 아니야. 삶은 신경과 섬유로, 내부에 생각을 품은 채 천천히 몸피를 늘리는 세포로 이루어져 있고, 열정도 자기만의 꿈이 있어. 네가 안전하다고, 강한 사람이라고 착각하는 건 자유야. 그렇지만 우연히 마주친 어떤 공간이나 아침 하늘의 빛깔, 생경한 기억을 불러일으키는 한때 사랑했던 향기, 잊고 살았으나 어느 날 갑자기 재회하게 된 시구, 이제는 연주하지 않는 곡의 카덴차, 우리 삶은 이런 것들에 달렸어. 내가 장담해, 도리언. 로버트 브라우닝이 비슷한 이야기를 했던 것 같은데. 사실 우리의 감각은 독자적으로 그런 기억의 작용을 만들어 내. 가끔 헬리오트로프 꽃향기가 나를 스치면 내 인생에서 가장 기묘했던 시절이 되살아나지.

네 삶을 살아 보고 싶군, 도리언. 세상은 내게나 네게나 시끄럽게 비난을 퍼부었지만 숭배의 대상은 항상 너였어. 세상은 영원히 도리언을 숭배할 거야. 너는 이 시대가 찾아 헤매던 인물, 결국 찾아내어 애석해하는 인물이야. 네가 아무것도 하지 않아서, 조각에도 그림에도 손대지 않고 자신 외에 어떤 것도 창조하지 않아서 정말 기쁘다니까! 삶이 네 예술이었지. 음악으로 만족했어. 살아가는 나날들이 네 소네트였고."

도리언은 피아노 의자에서 일어나 손가락으로 머리칼을 쓸었다. "맞아요, 내 인생은 참 아름다웠어요." 그가 조용히 말했다. "하지만 이제는 예전 같은 삶을 살지 않을 거랍니다, 해리. 이제 나한테 그런 번지르르한 이야기는 하지 말아 줘요. 해리가 내 모든 걸 알지는 못하잖아요. 전부 알았다면 절교했을걸요. 웃으시네요. 웃지 말아요."

"왜 피아노 안 쳐, 도리언? 가서 「녹턴」을 한 번 더 연주해줘. 저기 봐, 어스름한 하늘에 꿀 빛깔의 달이 떴네. 네 매력을 맛보려고 기다리는 거야. 피아노를 치면 달이 더 가까이 올 거야. 안 칠 텐가? 그럼 클럽에 가지. 산뜻한 저녁이었으니 산뜻하게 끝내야 해. 클럽에 다니는 사람 중에 도리언과 친해지고 싶어서 난리인 자가 있어. 풀 경이라는 청년인데 본머스가 장남이지. 벌써 똑같은 넥타이를 하고 다녀. 소개해 달라고 난리더군. 꽤 재미있는 친구야. 도리언이랑 비슷한 면도 있고."

"사실이 아니기를 바랄게요." 도리언의 목소리에 비애가 어려 있었다. "그런데 오늘은 조금 피곤해서요, 해리. 클럽에는 안 갈래요. 거의 11시가 다 됐어요. 일찍 자고 싶네요."

"가지 마. 오늘처럼 연주가 훌륭했던 적은 없었다고. 어딘가 황홀함이 깃든 멋진 연주였어. 그 곡을 그렇게 풍부한 표현력으로 연주하는 건 처음 들어."

"내가 착한 마음을 먹어서 그런 거예요." 도리언이 웃으며 답했다. "난 이미 조금은 달라졌거든요."

"달라지지 말라니까, 도리언. 적어도 나를 다르게 대하진 마. 항상 친구로 지내자고."

"하지만 해리는 내게 독약 같은 책을 줬었죠. 그건 용서할 수 없어요. 해리, 그 책, 앞으로 아무한테도 빌려주지 말아요. 약속해요. 해로운 책이라고요."

"이 친구 좀 봐, 성인군자가 다 됐네. 이러다 옛날에는 나쁜 짓을 참 많이도 했는데 이제는 질렸다면서 사람들한테 설교하고 다니겠는걸. 너는 그러기엔 너무 즐거운 사람이라고. 게다가 다 소용없는 짓이야. 도리언과 나는 원래 그런 사람이고 항상 그렇게 살 테니까. 내일 또 와. 11시에 외출할 계획이 니 같이 가자고. 요즘 공원이 참 예뻐. 너를 처음 만난 그해 여 름 이후로 이토록 라일락이 아름다웠던 적은 없었어."

"좋아요. 11시에 올게요." 도리언이 말했다. "잘 자요, 해 리." 문손잡이로 손을 뻗던 도리언은 할 말이 있는 듯 잠시 망 설였다. 그러더니 한숨을 내쉬고 밖으로 나갔다.

아름다운 밤이었다. 날이 너무 따스해서 코트를 벗어 팔 에 걸치고 목에 실크 스카프도 두르지 않았다. 담배를 피우며 집으로 걸어가는 길에 옷을 갖춰 입은 두 청년과 스쳤다. 그 중 하나가 일행에게 속삭였다. "저 사람이 도리언 그레이야." 한때 도리언은 사람들이 자신을 손가락으로 가리키거나 빤 히 응시하거나 자기를 두고 소곤거릴 때 기분이 좋았다. 이제 는 본인의 이름이 들릴 때면 피곤해졌다. 최근에 자주 들락거 린 작은 시골 마을의 매력 중 절반은 아무도 그의 이름을 모른 다는 점이었다. 그와 사랑에 빠진 소녀에게 자신이 가난하다 고 말했고, 소녀는 그를 믿었다. 한번은 자신이 악랄하다고 털 어놓았는데 소녀는 깔깔 웃으며 악랄한 사람은 늙고 추한 법 이라고 했다. 어찌나 신나게 웃던지! 꼭 개똥지빠귀 울음소리 같았다. 그리고 무명 드레스에 커다란 모자를 쓴 모습은 얼마 나 예뻤던가. 아무것도 모르는 소녀는 도리언이 잃은 모든 걸 가지고 있었다.

집에 도착하니 하인이 기다리고 있었다. 도리언은 하인을 쉬게 하고 서재의 소파에 널브러져서 헨리 경이 했던 이야기 들을 곰곰 생각하기 시작했다.

정말 사람은 바뀌지 않을까? 티끌 없이 순수했던 소년 시 절이, 헨리 경이 "흰 장미 같은 앳됨"이라고 묘사했던 그 시절이 미칠 듯이 그리워졌다. 그는 스스로 자신을 더럽히고, 마음을 타락으로 채웠으며, 상상력을 끔찍하게 물들였음을 알았다. 자기가 타인에게 사악한 영향력을 끼쳤다는 것도, 그러면서 무시무시한 기쁨을 느꼈다는 것도 알았다. 만난 사람들 중에서도 손꼽히게 순수하고 장래가 밝은 자들에게 수치를 안겼다는 사실도 알았다. 하지만 정말 돌이킬 수 없을까? 이제 도리언에게 희망은 없는 걸까?

과거 생각은 안 하는 편이 나았다. 아무것도 과거를 바꿀 수는 없으니까. 자기 자신, 스스로의 미래에 집중해야 했다. 앨런 캠벨은 어느 날 밤 자기 실험실에서 총으로 자살했지만 강제로 알게 된 비밀을 공개하지는 않았다. 바질의 실종을 향한 관심은 지금도 크지 않았으나 곧 완전히 잦아들 것이다. 벌써 사람들은 흥미를 잃고 있었다. 그 사건에서 도리언은 완벽히 안전했다. 실제로 마음을 가장 옥죄는 것은 바질 홀워드의 죽음이 아니었다. 그를 괴롭히는 것은 살아 있지만 이미 죽은 것과 마찬가지인 자신의 영혼이었다. 바질은 도리언의 인생을 망쳐 버린 초상화를 그렸다. 그건 용서할 수 없었다. 모든 악행을 저지른 건 바로 그 초상화였다. 바질은 전부터 참을 수 없는 말을 많이 했음에도 도리언은 전부 견뎌 냈다. 그 살인은 그저 순간의 광기였다. 앨런 캠벨의 경우, 그를 죽인 건 캠벨 자신이었다. 캠벨이 그러기로 선택했으니, 도리언과는 무관했다.

새로운 삶! 도리언은 새로운 삶을 원했다. 그것을 기다리고 있었다. 분명 그것은 이미 시작되었다. 어쨌든 순수한 소녀를 구원했으니 말이다. 앞으로 순수한 존재를 유혹하는 일은 절대 없으리라. 그는 착하게 살 것이다.

헤티 머튼을 생각하니 잠가 놓은 방 안의 초상화가 혹시 변했을지 궁금해졌다. 틀림없이 전처럼 끔찍한 모습은 아니지 않을까? 혹시 삶이 순수해지면 그 얼굴에서 사악한 열정의 흔적이 사라질지 모른다. 어쩌면 악행의 흔적이 이미 사라졌을 수도 있었다. 도리언은 가서 살펴보기로 했다.

테이블에서 램프를 집어 들고 살금살금 계단을 올라갔다. 잠긴 문을 여는 동안 앳된 얼굴에 기쁨 가득한 미소가 스치더니 잠시 입가에 머물렀다. 그렇다, 그는 선하게 살 것이고 지금은 숨어 사는 그 흉물도 더 이상 그를 위협하지 못할 것이다. 도리언은 이미 큰 짐을 내려놓은 듯 홀가분했다.

그는 조용히 안으로 들어가서 항상 그러듯이 문을 잠그고는 초상화 앞에 드리운 보라색 장막을 걷었다. 고통과 분노의 비명이 그의 입에서 터져 나왔다. 변한 것은 없었다. 오히려 눈빛은 더 교활해졌고 입에 새겨진 주름에서는 위선이 느껴졌다. 그림 속의 얼굴은 변함없이 혐오스러웠으며, 가능한 일인지 모르겠지만 전보다 더 혐오스럽다고도 할 수 있었다. 손에 흩뿌려진 붉은 자국은 더 선연해져 방금 생긴 자상에서 피가 흐르는 것 같았다.

그가 한 번의 선행을 행할 수 있었던 까닭은 그저 허영심 때문이었나? 아니면 헨리 경이 조롱의 웃음을 터뜨리며 지적했듯 새로운 감정을 향한 욕구 때문이었을까? 아니면 인간으로 하여금 자기 본성보다 더 훌륭히 행동하게 하는 동력, 즉 다른 사람으로 살아 보고 싶은 마음 때문이었나? 아니, 어쩌면 이 모든 것이 전부 원인일까?

어째서 붉은 얼룩이 전보다 커졌을까? 꼭 끔찍한 병이라도 걸린 듯이 주름진 손가락 위로 퍼져 있었다. 피가 뚝뚝 떨어지기라도 했던 듯 발 주변에 핏자국이 있었고, 칼을 들지 않았던 손에도 피가 묻었다.

자백? 혹시 자백하라는 뜻일까? 자수하고, 죽음을 받아들이라고? 도리언은 웃었다. 도저히 말이 안 되는 생각이었다. 게다가 고백한다 한들 누가 믿어 주겠는가? 시체의 흔적은 이미 감쪽같이 없애 버린 후였다. 바질의 소지품도 다 처리하고 없었다. 도리언이 직접 아래층에서 태웠다. 세상 사람들은 그에게 미쳤다고 할 것이다. 그가 이야기를 멈추지 않는다면 입을 틀어막을 터다.

하지만 자백하고, 공공연한 수치를 견디고, 온 세상에 속죄하는 것이 그의 의무였다. 천국에서 지은 죄를 자백하듯 이 땅에서도 자백하라고 가르치는 신이 있었다. 저지른 짓을 전부 털어놓기 전까지 어떤 행위도 그의 죄를 씻어 주지 못할 것이다. 죄? 그는 어깨를 으쓱했다. 바질 홀워드의 죽음은 별것 아닌 듯이 느껴졌다. 그는 헤티 머튼을 생각하고 있었다.

그 거울, 도리언이 바라보는 영혼의 거울은 공평하지 못했다. 허영심? 호기심? 위선? 착해지겠다는 그의 다짐은 정말 그 정도에 불과했나? 분명 그 이상이었다. 적어도 도리언 생각에는 그랬다. 하지만 누가 알겠는가?

그런데 이 살인은 평생 그를 따라다닐까? 그는 항상 과거에 붙들려 괴로워할 운명인가? 정말 자백을 해야 하나? 아니다. 그에게 불리한 증거는 단 하나였다. 초상화가, 그것이 증거였다.

도리언은 초상화를 없애자고 결심했다. 애초에 왜 그렇게 오랫동안 가지고 있었을까? 한때는 그림이 변하고 늙어 가는 모습을 보며 즐거움을 느끼기도 했다. 최근에는 그런 즐거움이 사라졌다. 그림 때문에 밤에 잠이 오지 않았다. 집을 비울 때면 다른 사람이 초상화를 보게 될까 봐 전전긍긍했다. 그것이 불러일으킨 멜랑콜리에 그의 열정이 퇴색했다. 그림을 기억하는 것만으로도 기쁜 순간이 빛을 잃었다. 도리언에게 그것은 양심과도 같았다. 그렇다, 양심이었다. 그는 그것을 없애기로 했다.

그는 주변을 둘러보다가 바질 홀워드를 찌른 칼을 보았다. 얼룩이 말끔히 사라질 때까지 몇 번이나 씻은 칼이었다. 칼날이 번쩍거렸다. 그 칼은 화가를 죽였듯이 화가의 작품과 그 의미까지 전부 죽일 것이다. 과거도 죽일 것이고, 과거가 죽고 나면 도리언은 자유로워지리라. 도리언은 칼을 움켜쥐고 캔버스에 푹 찔러 넣고는 위에서 아래로 북 찢었다.

비명이, 무언가 충돌하는 소리가 들렸다. 고통으로 가득한 끔찍한 비명 소리가 하인들을 잠에서 깨우고 공포로 몰아넣었으며 살금살금 침실 밖을 기웃거리게 했다. 집 앞 광장을 지나던 두 신사는 발걸음을 멈추고 비명이 들려온 저택을 올려다보았다. 그들은 거리를 헤매다가 경찰관을 발견하고 저택으로 데려왔다. 경찰이 여러 번 초인종을 눌렀으나 아무런 대답이 없었다. 맨 위층의 창문에서만 불빛이 새어 나올 뿐 집 안은 어둠에 잠겨 있었다. 얼마 후 경찰관은 자리를 옮겨 이웃집 현관 지붕 밑에 서서 저택을 지켜보았다.

"저게 누구 집이지요, 경관님?" 두 신사 중 나이가 많은 쪽이 물었다.

"도리언 그레이 씨 집이지요." 경찰이 대답했다.

두 신사는 시선을 교환했고, 저택을 떠나며 경멸의 웃음을 흘렸다. 그중 하나는 헨리 애슈턴 경의 삼촌이었다.

저택 안, 하인들의 침실이 있는 곳에서는 대충 옷을 걸치고 복도로 나온 사람들이 나지막이 수군거리고 있었다. 나이 든 리프 부인은 눈물을 흘리며 양손을 꼭 붙잡고 있었다. 프랜시스는 송장처럼 창백했다.

십오 분 정도 지나서 그는 마부와 하인 한 명을 데리고 소리를 죽이며 위층으로 올라갔다. 맨 위층 방문을 두드렸지만 대답이 없었다. 그들은 주인을 불렀다. 사위에는 적막뿐이었다. 문을 밀어 보았으나 열리지 않았고, 결국 지붕을 타고 올라가서 발코니로 뛰어내렸다. 나사가 낡아서 창문은 맥없이 열렸다.

내부로 들어갔을 때 두 사람은 벽에 걸린 초상화를, 마지막으로 본 주인의 모습 그대로 그 아름다운 젊음과 미모를 전부 담아낸 눈부신 초상화를 보았다. 바닥에는 가슴에 칼이 박힌 야회복 차림의 시신이 나뒹굴고 있었다. 메마른 얼굴은 주름투성이에 혐오스러웠다. 그들은 반지를 살펴보고 난 뒤에야 그가 누군지 알아보았다.

《데일리 크로니클》 리뷰

따분함과 불결함, 이것이 이번 달 《월간 리핀콧》의 주요 특징이다. 이 잡지에는 과연 재미있지만 다소 지저분한 요소가 있는데, 바로 오스카 와일드의 소설 『도리언 그레이의 초상』 때문이다. 프랑스의 데카당이라는 병적인 문학 사조에 뿌리를 둔 이야기로— 작품 전반에 부패한 도덕과 영혼에서 풍기는 악취가 가득하므로 아주 유독하다.— 앳되고 아름답고 황금 같은 청춘의 정신과 신체가 타락해 가는 과정을 흐뭇한 시선으로 관찰한다. 끔찍하면서도 매혹적인 작품이 될 수도 있었으나 계집애 같은[37] 시시함, 계획적인 위선, 과장된 냉소, 천박한 신비주의, 건방진 궤변, 다채로운 저속함이 남긴 오염의 흔적은 물론, 와일드의 정교한 워더 스트리트[38] 유미주의

---

37 effeminate. 남자답지 못한, 특히 여성스럽게 행동하는 남성을 멸시하는 표현이다.

38 해당 소설에서 헨리 경이 양단을 사러 가는 동네인데, 대표적인 빈곤층 거주 지역이다. 와일드가 재미 삼아서 빈곤층을 들여다보고 작품에 이용했다는 비판의 뉘앙스가 담겨 있다.

와 주제넘은 싸구려 학식 자랑까지 만연하다.

와일드는 자기 소설 속에 "도덕적 교훈"이 있다고 한다. 우리가 파악한바 그 "도덕적 교훈"이란 인간 삶에서 가장 중요한 목표를 "항상 새로운 감각을 찾아"내는 데에 두고 천성을 최대한 실현하는 것이다. 또 병든 영혼을 치유하려면 감각에 모든 것을 허락해야 하는데, 그 이유를 와일드의 소설 속 인물, 헨리 워튼 경이 이렇게 설명해 준다. "영혼을 치유해 주는 건 감각뿐이지요. 감각을 치유할 수 있는 게 영혼뿐이듯이." 인간이란 반은 천사고 반은 짐승이므로, 스스로가 지나치게 천사 같다는 생각이 들면 당장 밖으로 달려 나가서 짐승 같은 짓을 하라는 "도덕적 교훈"을 주입하는 것 말고 와일드의 이 소설은 달리 쓸모가 없다. 인간의 천성에 존재하는 선하고 신성한 충동은 단 한 번도 묘사되지 않고 인류가 문명, 예술, 종교의 영역에서 동물과 다르게 오랫동안 갈고닦아 온 섬세한 감정이나 본능은 조롱이나 경멸의 대상으로 언급될 때가 아니고서야 거의 등장하지 않는다. 와일드의 경솔하고 천박하고 말만 번지르르한 건방진 소설의 효과를 묘사하는 데에 이런 엄숙한 단어들이 적절할지 모르겠지만 말이다. 소설의 결말 부분에서 "도덕적 교훈"을 보탄(補綻)하려는 절박한 노력은 예술적 관점에서 보자면 투박하고 조야할 따름이다. 도리언 그레이의 죽음은 연극계에서 사용하는 표현대로 "그림에 맞지 않기" 때문이다. 이 소설이 온갖 혐오스럽고 저속하고 불결한 문장으로 묘사하는 도리언 그레이의 삶은 형언할 수 없는 온갖 형태의 은밀한 악덕, 그리고 갖가지 사치와 예술적 탐닉으로 이루어진 무한한 방종 자체다. 그런 그가 유일하게 애석해하는 것, 때때로 이 시큰둥하고 세련된 젊은이에게 훨씬 강렬한 짜릿함을 선사해 주는 것은 무엇인가? 맙소사, 바로 때 이른 노화와 영혼의 추악함이 자신의 아름다운 장밋빛 얼굴에 드러날지도 모른다는 불안이다. 도리언과 비슷한 부류의 끔찍한 젊은이들의 얼굴, 이른바 동로마 제국[39]의 병적인 귀족들이 사랑하던 그 얼굴에 말이다.

도리언 그레이는 한 화가가(이 화가는 젊은 남자가 어리석지만 열정적인 방식으로 사랑하는 여자를 찬양하듯 도리언을 찬양한다.) 그려 준 초상화가 대신 늙어 가고 모델인 자신은 늙지 않기를 바란다. 어떤 초자연적 힘이 작용해서 실제로 이 바람이 이루어지는데 이러한 상황 묘사는 그저 우스꽝스럽다. 그 후 도리언은 세월이 지나도 시들지 않는 젊음을 즐기면서 "영혼을 치유"하기 위해 아무런 대가 없이 감각을 남용하며, 내면의 도덕적 부패로 영국 사회를 더럽히다가 의외의 행각을 저지른다. 그의 난데없고 충동적인 행동이란 화가를 살해하는 것이 아니라──예술적 관점에서 이 살인을 변호하자면, 삶에서 가능한 경험이라면 죄다 해 보려는 그의 계획이 새로운 경지에 이른 것이다.──분노에 사로잡혀 캔버스를 찢어 버린 것인데, 그 이유는 고작 한 번 선행을 베풀고서 바라던 대로 초상화의 추함이 전혀 나아지지 않았기 때문이다. 하지만 이 점은 도리언 그레이의 차갑고 계산적이고 양심의 가책을 느끼지 못하는 성격, 와일드의 '새로운 쾌락주의'를 통해서 발달했을 인간성과 부합하지 않는다.

---

39 당시 유럽의 사학계는 서로마 제국만을 자신들 문명의 모태로 여기면서 오스만 제국의 영토에 자리해 있었던 동로마 제국을 쇠퇴와 타락의 역사로 치부해 왔다. 여기서도 'the Lower Empire'로 칭하고 있다.

    와일드가 써낸 이야기의 결말에서 도리언 그레이의 하인들은 무언가가 바닥에 떨어지는 둔탁한 소리를 듣고 모여들었다가 벽면에 도리언의 앳된 모습을 그대로 간직한 초상화가 걸려 있고 바닥에 노화와 추악함을 옮겨 받은 더럽고 방탕한 도리언이 가슴에 칼이 박힌 채 쓰러져 있는 모습을 발견한다. 이는 엉터리 교훈이다. 실로 소설 속의 모든 것이 엉터리인데 다만 한 가지 요소만은 그렇지 않으니, 이를테면 이 이야기를 접하는 젊은이는 누구든 오염되고 말리라는 사실이다. 이 책은 충격적일 만큼 생생하게, 인간의 영혼이 지나친 청렴함과 자기 부정으로 고통받을 때마다 "영혼을 치유"하려면 감각에 호소해야 한다는 신조를 그럴싸하고 암시적인 방식으로 변호한다.

    물론, 이번 《월간 리핀콧》에 실린 다른 글들은 무해한 내용으로 이루어져 있다.

오스카 와일드의 응답[40]

《데일리 크로니클》담당 편집자께

선생님, 귀사의 오늘 자 신문에 제 소설, 『도리언 그레이의 초상』에 관한 리뷰가 실렸는데 그 리뷰를 쓴 평론가의 몇 가지 실수를 제가 바로잡아도 되겠습니까?

일단 평론가는 제가 소설에서 도덕적 교훈을 "보탄"[41]하려고 절박하게 노력했다는데요. 저는 "보탄"이 정확히 무슨 뜻인지 모른다고 솔직히 고백해야겠습니다. 때때로 신문에서 "보탄하는 법"에 관한 의아한 광고를 찾아볼 수 있기는 합니다만, 실제로 그 의미는 제게 수수께끼입니다. 다른 수수께끼와 마찬가지로 이것 역시 언젠가 탐구해 보고 싶군요.

---

40 [원주] 1890년 7월 2일.

41 vamp up. 'vamp'는 원래 신발의 발등 부분을 덮는 가죽을 뜻한다. 따라서 'vamp up'이라는 말은 본디 신발의 발등 부분에 가죽을 덧대는 수선 작업을 의미하다가, 쓰임새가 마구잡이로 확장되는 경우, 혹은 뜯어고치고 짜깁는 행위를 뜻하게 되었다.

하지만 저는 당대 언론에서 사용하는 괴이한 용어를 논의하려고 이 편지를 쓰고 있지 않습니다. 제가 말하고 싶은 바는 소설에서 도덕적 교훈을 강조하려는 의도가 절대 없었고, 실상 소설을 쓸 때 겪었던 문제란 지극히 당연한 교훈을 예술적 효과, 극적 효과의 통제 아래 두는 것이었습니다.

맨 처음, 한 청년이 영원한 젊음을 위해 영혼을 판다는 이야기를 구상했을 때─이런 이야기는 문학사에서 꽤 흔하지만 저는 그것에 새로운 형태를 부여했습니다.─저는 유미주의적 관점에서 도덕적 교훈을 그것에 어울리는 둘째 자리에 두는 일이 어렵겠다고 생각했습니다. 심지어 지금도 그 과제만큼은 성공했다고 확신하기가 힘들군요. 제가 보기에 도덕적 교훈은 너무나 명백합니다. 소설이 책으로 출간될 때 이 결점을 보완하려고 합니다.

그런데 교훈이란 무엇인가, 귀사의 평론가는 이렇게 대답합니다. 자신이 "지나치게 천사 같다는" 생각이 들면 당장 밖으로 달려 나가서 "짐승 같은 짓을 하라."라는 것이라고요. 이것은 교훈이라고 볼 수 없습니다. 이 소설의 진정한 교훈은, 무엇이든 너무 지나치면 과도하게 억제하는 경우와 마찬가지로 좋지 않은 결과를 불러일으킨다는 것입니다. 그리고 이 교훈은, 예술적 방식으로 신중하게 절제한 까닭에, 그 메시지가 일반적 법칙으로서 선언되지 않고 그저 인물들의 삶을 통해 실현되었으므로 예술 작품의 극적 요소가 될 뿐 작품의 목적으로는 기능하지 않습니다.

평론가가 저지른 또 다른 실수는, 도리언 그레이가 허영 가득한 의도에서 첫 번째 선행을 실천한 뒤 초상화의 추함이 나아지지 않았다는 이유로 자기 영혼의 그림자를 파괴한 행동이 그의 "차갑고 계산적이고 양심의 가책을 느끼지 못하는 성격"과 부합하지 않는다고 지적한 대목입니다. 도리언 그레이는 차갑고 계산적이고 양심의 가책을 느끼지 못하는 성격이 전혀 아닙니다. 오히려 정반대로 굉장히 충동적이고, 말도 안 될 만큼 낭만적이며, 한평생 지나친 양심 탓에 고통받고 있지요. 양심은 그가 느끼는 즐거움을 망쳐 놓고, 젊음과 즐거움이 세상의 일부분에 지나지 않는다는 충고를 반복합니다. 그가 초상화를 파괴하는 까닭은 일생 동안 발목을 잡아 온 양심을 마침내 없애 버리기 위함입니다. 그리고 양심을 죽이려는 시도로 인해서 스스로를 죽이게 되는 것이고요.

그리고 귀사의 평론가는 또 "주제넘은 싸구려 학식 자랑"이라고 언급했는데요, 보시지요. 학자의 글은 그 내용이 무엇이든 자기만의 스타일과 섬세한 언어 사용을 통해서 학식을 보여 주기 마련입니다. 하지만 제 소설 속에는 학술적인, 혹은 학자연하는 논의는 하나도 없습니다. 소설에 언급한 몇 안 되는 책들은 그럴듯한 교육을 받은 독자라면 익숙해할 만한 작품들입니다. 가령 페트로니우스의 『사티리콘』이나 테오필 고티에의 『에나멜과 카메오』가 그런 경우이고, 페트루스 알폰시의 『성직자 교육』 같은 책은 교양이라기보다 호기심의 영역에 속하지요. 누구든 이런 책을 모른다고 해도 비난받을 이유는 하등 없습니다.

마지막으로 이 말씀을 드리고 싶습니다. 유미주의 운동이 만들어 낸 오묘한 색채는 섬세하게 사랑스럽고, 그 신비스러운 경지의 어조 또한 매혹적이지요. 바로 그 색채 자체가, 확실히 점잖지만 분명 세련되지는 않은 이 시대의 투박한 원칙들에 대한 우리의 반응입니다. 제 소설은 장식 예술에 관한 이야기입니다.[42] 밋밋한 사실주의의 투박한 잔인함에 대한 대응이지요. 유독하다고 표현하고 싶으시다면야 별수 없지만 이 소설이 완벽하다는 사실만큼은 부정할 수 없을 것입니다. 완벽이야말로 우리 예술가들의 목표이니까요.

오스카 와일드 배상
타이트 스트리트 16, 6월 30일

---

42 산업 혁명 이후의 대량 생산 체계에 반대하며 19세기 후반 영국에서 대두했던 '아트 앤드 크래프트 운동'의 기치, 즉 예술과 삶의 통합을 염두에 둔 발언으로 해석된다.

환상 소설이라는 불가능의 세계[43]

줄리언 호손[44]

　최근 소설의 가능성을 전부 실현해 내려는 작품이 등장
했는데, 현실에서 일어날 수 없는 일을 소재로 삼고 있다. 적
절한 능력을 함양한 작가가 단단히 준비를 마치고 도전한다
면 이러한 시도는 흥미롭고 유익한 결과로 이어질 수 있다. 그
러나 필수적인 과업을 완수하지 못한다면 작가 스스로 작품
의 제물이 되어서 철저한 패배를 맛볼지도 모른다. 이때 작가
의 사냥감이란 아주 위험하고 불안정한 야생 동물 같기 때문
이다. 이러한 작품의 존재 조건은 — 어떤 존재가 존재하지
않음에 기반을 둘 수 있다면 — 참으로 이상하고 난해하기에,
오직 천재만이 그것을 제대로 잡아 두고 조련할 수 있다. 따라
서 그것을 성공적으로 붙잡기만 한다면 어찌나 기쁘고 짜릿
한지 초보자들조차 모두 거머쥐려고 야단이다. 마치 동화 속

43　[원주] 《월간 리핀콧》, 1890년 9월호.

44　줄리언 호손(Julian Hawthorne, 1846~1934). 미국의 소설가, 시인, 수필가. 너
　　새니얼 호손의 아들이다.

의 가련한 공주님 같다. 어떤 불합리한 조건을 충족해 낸다면 공주를 얻겠으나 혹시나 실패한다면 구애자의 머리가 날아가리라. 그동안 착각에 빠져서 자만했던 젊은이들이 많이도 희생되었는데, 마침내 한 사람이 성공했다. 환상 소설을 쓰려고 도전했다가 실패하면 심각한 타격을 피할 수 없지만, 만약 성공한다면 굉장한 보상이 따른다.

당연히 작품의 발상이 새롭지는 않다. 연금술사의 글도 불가능한 것을 다루지 않는가. 이런 종류의 이야기는 늘 존재해 왔다. 발자크가 쓴 『나귀 가죽』은 아마 이 같은 이야기가 도달할 수 있는 정점을 보여 준다. '나귀 가죽'을 가진 사람은 바라는 것을 전부 손에 넣을 수 있지만, 그 바람이 이루어질 때마다 가죽은 차차 줄어든다. 그러다가 신비한 가죽이 완전히 사라지면 그 주인도 함께 죽는다. 저자의 뛰어난 재능 덕에 이처럼 불가능한 일이 꽤 그럴듯하게 느껴진다. 우연과 운명이 조화롭게 어우러진 결과, 독자의 상식은 잠들어 버린다. 그 모든 것이 현실에서 이루어지더라도 자연법칙에 어긋나지 않으리라고 믿게 된다. 그런 일은 지금껏 단 한 번도 일어나지 않았고, 앞으로도 일어나지 않으리라는 사실을 충분히 알면서 말이다. 그러나 이 소설에 생동감이 넘치는 진짜 이유는, 이런 종류의 훌륭한 작품들이 모두 그렇듯이, 영혼의 진실을 상징적으로 제시하기 때문이다. 스스로를 충동에 내맡기거나 이기적인 삶은 끝내 영혼을 파괴한다. 이 진실을 아주 심오하고 현명하게 구현한 작품이라면, 독자로서는 근사하게 받아들일 수밖에 없다. 또 다른 유명한 환상 소설 『프랑켄슈타인』은 유례를 찾아볼 수 없을 만큼 기술적 결함이 적잖다. 하지만 소설의 영혼이라고 할까, 그것만큼은 아주 강력하고 명백해서 (사실상 요즘에 그 책을 읽는 사람이 아무도 없더라도) 그 내용(발상)을 모두 숙지하고 있다. 요컨대 『프랑켄슈타인』은 우리 언어 전반에 침투해 있다. 인간 본성의 변하지 않는 진실을 이야기하기 때문이다.[45]

현재 그 명맥을 잇는 작품 중 가장 뚜렷한 성공작은 스티븐슨의 『지킬 박사와 하이드 씨의 기이한 이야기』다. 그 끔찍한 우화 속에서 저자의 문학적 기교는 절정에 올라 있고, 모든 것을 최대화해 낸다. 다만 내 생각에, 사람들이 지켜보는 가운데 하이드 씨가 정체를 드러내는 대목은 예술적 실수였던 듯하다. 은은하고 신비로운 분위기는 사라지고, 그저 기적이라고 표현할 수밖에 없는 현상이 작품을 장악하기 때문이다. 하지만 이야기 자체의 힘이 워낙 강력하기에 그러한 결점마저 전부 품어 낸다. 또 보편적이고 중요한 도덕적 교훈을 전달하므로 — 누구든 그 교훈을 깨달으면 절절히 공감하게 되리라. — 이미 대중의 머릿속에 지울 수 없는 인상을 남겼다. 모든 사람은 저마다 자기만의 방식으로 지킬과 하이드다. 다만 마법의 약물이 없을 뿐이다. 불가능한 세계를 다루는 문학 작품 중에서 스티븐슨의 소설은 발자크의 작품과 어깨를 나란히 할 만하다.

아름다움의 주창자, 오스카 와일드는 《월간 리핀콧》 7월호에 정통 소설이라고 할 수도 있고, 환상 소설이라고 할 수도 있는(두 장르의 특징을 모두 지니고 있다.) 작품을 선보였는데, 누구나 관심을 가질 법하다. 먼저 발상이 독특하고, 재미로 가득

45 메리 셸리의 『프랑켄슈타인』이 재평가받기 이전의 비평이므로 오늘날의 위상과는 차이가 있다.

하며, 비극적이고 끔찍한 클라이맥스를 갖추고 있다. 훌륭한 작품이라면 으레 그렇듯이, 한 가지 이상의 방법으로 해석해 볼 수 있다. 아마 어떤 평론가들은 틀림없이 이 작품에 아무런 의미도 없다고 주장할 터다. 그들이 뭐라고 하든 이 소설은 '평범한 영국 소설'에서 벗어난 훌륭한 작품으로, 사회적 지위가 다른 남성 주인공과 여성 주인공, 악마 같은 포식자, 성인군자를 두루 보여 주며, 공동체와 사회 문제에 집중한다. 우리 모두 알다시피 와일드는 특이하고 대담한 사고방식을 가진 인물이고, 그에게 평범함이란 불가능의 영역이다. 게다가 와일드가 인생, 예술, 복장, 태도의 영역에서 이제껏 주창해 온 참신한 발상들 때문에, 우리는 그에게서 한결 놀라운 것을 기대하게 된다. 또 우리 시대는 문학의 시대이므로, 한 사람이 자신의 진수를 표출하는 최고의 방법이란 결국 글쓰기뿐이라고 여기곤 한다. 삶과 태도에 관한 와일드의 이론을 간결하고 최종적인 방식으로 읽을 수 있기를 바라면서 이 이야기를 집어 든 독자들이라면 어떤 면에서는 만족하고 어떤 면에서는 불만족하리라. 하지만 이 소설이 훌륭하다는 것, 표지에 저자의 이름이 없더라도 능히 주목받았으리라는 점을 부정할 수 있는 독자는 많지 않을 터다.

『도리언 그레이의 초상』은 초반부에서부터 소설의 중요한 특징을 보여 준다. 위다[46]의 작품 중 상당수가 '색채'에 중점을 두는데, 와일드 역시 자연과 예술가의 삶을 감각적이고 장식적으로 묘사하는 데에 있어서 '색채'를 두드러지게 중시

---

46 위다(Ouida, 1839~1908). 영국의 소설가, 아동 문학가. 『플랜더스의 개』의 작가로 유명하다.

한다. 등장인물들의 전반적 특성과 대화의 어조에서 벤저민 디즈레일리의『비비언 그레이』[47]나 에드워드 불워리턴의『펠럼』[48]이 조금씩 떠오르기도 하지만, 유사점은 그뿐이다. 와일드의 목표나 철학은 디즈레일리나 불워리턴의 그것과 확연히 구분된다. 하지만 와일드의 아포리즘과 경구는 그들의 성취와 견주어도 전혀 손색이 없다. 그의 문장 중 몇몇은 단순히 '기발한 수준' 이상이고, 삼라만상에 대한 진정한 통찰과 폭넓은 이해를 보여 준다. 여기에 더해 냉소적 위트마저 녹아들어 있는데 — 특히 등장인물 중 하나, 즉 해리 경의 입을 통해서 발화된다. — 그럼에도 저자는 등장인물의 의견에 전적으로 이입하기를 삼간다. 물론 와일드가 해리 경을 '꽤 멋진 친구'라고 생각할 것 같다는 의심이 들기는 한다. 여하튼 이야기 속에서 해리 경은 '늙은 해리(Old Harry)',[49] 이를테면 악마의 역할을 맡아서 모든 인물의 파멸을 목격하고 결국 살아남는다. 어쩌면 현대 문명의 가장 사악하고 가장 세련된 것들을 그러모아서 창조한 인물이라고도 할 수 있겠다. 그는 매력적이고, 예의 바르고, 재치 있고, 완곡히 표현할 줄 아는 메피스

47 영국의 총리이자 작가 벤저민 디즈레일리(Benjamin Disraeli, 1804~1881)의 첫 소설로, 정치적 야망을 지닌 오만한 청년 비비언 그레이의 일생을 다룬다. (비비언 그레이라는 주인공의 이름에서 유추할 수 있듯이)『도리언 그레이의 초상』에 영향을 끼쳤으리라 여겨지고 있다.

48 영국의 정치가이자 작가 에드워드 불워리턴(Edward Bulwer-Lytton, 1803~1873)의 소설. 벤저민 디즈레일리의『비비언 그레이』와 마찬가지로 야심 찬 청년의 화려한 일생을 보여 준다. 당시 댄디의 일상과 사교계의 풍경을 세밀하게 묘사하고 있다.

49 영국 도싯 지역의 전설 속에 등장하는 악마.

토펠레스이다. 또 선한 가치의 세속적 측면을 비판하면서 "인류가 바보처럼 덕목이라고 칭했던 금욕과 현명한 자들이 여전히 죄악이라 부르는 자연스러운 저항"에 관한 사색을 늘어놓는다. 해리 경이 아주 독창적인 인물은 아닐지라도 이 소설을 통틀어 가장 설득력 있게 그려진다. 한편 도리언 그레이는 동시대 독자가 기대할 수 있는 가장 새로운 인물이라고 할 수 있다. 도리언 그레이라는 인물을 더 본격적으로 구현하고 풀어냈더라면, 와일드의 이 첫 소설은 그보다 더 훌륭한 작품들이 다 잊힌 미래에도 충분히 기억될 수 있었으리라. 그럼에도 불구하고 "첫 시도는 결코 실패일 수 없다.(nemo repente fuit turpissimus.)"라는 말처럼, 첫 작품부터 완벽하게 독창적인 인물을 창조해 내는 경우는 없다. 적어도 극히 드물다. 한마디로 도리언 그레이는 하나의 인물로서 구체화되지 못했다. 가령 도리언과 그의 초상화 중 더 사실적인 것은 초상화다. 하지만 여기에는 설명이 필요하다.

　이 소설의 중심에는 강렬하고 기발한 사상이 자리하고 있다. 전부 남성으로 이뤄진 세 주인공이 그 사상을 보여 준다. 몇몇 여성 인물이 제시되지만 그들은 그저 배경처럼 언급만 될 뿐, 직접 나서서 자기들의 이야기를 들려주진 않는다. 주인의 식사를 대령하는 시종, 기적 같은 과학 기술로 감쪽같이 시체를 처리하는 화학자도 등장한다. 하지만 이 소설은 초상화를 그린 화가, 그의 친구이자 앞서 설명했던 해리 경, 그리고 도리언 그레이만을 본격적으로 다루는데, 특히 주인공 — 도리언 그레이는 이야기 속에서 보다 독자적으로 존재한다. 그는 자신의 초상화와 하나의 존재고, 그 둘의 결합이 이 작품의 교훈을 암시한다.

소설 속 상황은 다음과 같다. 도리언 그레이는 굉장히 아름답고 우아한 외모와 순수하고 순진한 영혼을 지닌 청년이다. 도리언을 보고 미학적 사랑에 빠진 한 화가(바질 홀워드)는 그에게서 예술을 위한 새로운 영감을, 구체적이면서도 보편적인 영감을 발견한다. 도리언의 형태와 특징에서, 그의 빛깔과 움직임에서 새롭고 심오한 법칙이 드러난다. 화가는 초상화를 그림으로써 도리언의 세세한 요소와 전체적인 분위기를 전부 구현해 내고, 결과물을 본 사람(해리 경)은 화가가 그토록 훌륭한 작품을 그려 냈음은 이번이 처음이라고 인정한다. 화가는 자신의 모든 지식과 재능을 동원해서 생명력과 우아함이 담긴 최후의 걸작을 완성해 낸 것이다. 초상화에 모델과 화가, 양쪽 모두가 깃들었으므로 마치 살아 있는 듯 느껴질 정도다. 해리 경은 동시대 최고의 미술 작품이라며 초상화를 극찬하고, 화가 스스로도 그 점을 소중히 여겨서 전시하지 않기로 결심한다. 자신의 내밀한 본성을 대중의 시선 앞에 드러내기가 꺼려진 것이다.

도리언이 모델을 서기로 한 마지막 날, 기묘한 일이 발생한다. 도리언 그레이를 처음 만난 해리 경은 그의 눈부신 아름다움과 풋풋한 매력에 화가 홀워드만큼 매료된다. 하지만 홀워드가 도리언을 세상의 분진으로부터 지키고 사악한 손길, 온갖 타락에 매혹되지 않도록 도와주려는 것과 달리, 해리 경은 사탄 같은 재주를 부려서 청년에게 젊음의 비길 데 없는 즐거움과 특권에 관해 속삭인다. 해리 경의 말에 따르면, 젊음은 인생의 황금기이므로 한번 지나가면 절대 되찾을 수 없고, 감각이란 오직 젊음 속에서만 신적인 효능을 지니며 지극한 기쁨과 순수한 쾌락을 누릴 수 있다. 따라서 청년은 스스로를 아낌없이 젊음에 내맡겨야 한다. 젊음의 영광스러운 충동에 가혹하고 비겁한 절제를 가해서는 안 되며, 본디 인간은 두려움과 이기심 때문에 선하게 행동할 뿐이다. 보통의 사람들은 인생의 아침에 쏟아져 내리는 신의 선물을 즐기기에는 너무 멍청하거나 소심하다. 마침내 자신의 광적인 자기 부정을 깨달을 때는 이미 아침이 지난 뒤이리라. 그렇게 흐린 날은 벌써 시작되었으며 밤의 그림자가 임박해 있다. 그러나 도리언은, 아름다움의 활력과 자질이 그 누구보다 풍부한 도리언은 미덕이라고 자칭하는 졸렬한 삶의 기반을 떨치고 일어서야 한다. 더 나아가 자기 천성의 모든 자연스러운 충동을 받아들이고 환영해야 한다. 나이 드는 일의 비극은 나이가 많다는 것이 아니고 여전히 젊다는 것이다. 그러므로 도리언을 제대로 살게 하라, 노년이 다가왔을 때 그동안 어떠한 쾌락과 충동의 기회도 헛되이 흘려보내지 않았음을 깨달으며 만족할 수 있도록.

해리 경의 유혹적인 설교는 순진한 도리언에게 깊은 영향을 끼치고, 그는 자기 인생과 스스로를 새로운 눈으로 바라본다. 지금껏 젊음과 아름다움을 당연하다고, 영속하리라고 여겨 왔으나, 이제는 그 가치에 덧붙은 일시성까지 깨닫게 되었다. 그는 자신의 초상화를 응시하면서, 그 그림이 장차 자기가 누리지 못할 불멸의 매력과 아름다움을 보유하리라는 사실에 탄식한다. 그리고 공상과 절망에 젖어서 자신이 아닌 저 초상화가 쇠약하고 끔찍한 노년기를 맞이했으면 좋겠다고, 광기 어린 기도를 올린다. 어떤 죄악을 저지르든, 어떤 쾌락에 취하든 자기가 아닌 저 초상화가 처벌받고 훼손되기를 바란다. 이것이 도리언의 기도이며, 처음에는 불확실한 순간도 있었으나 결국 그의 바람은 이루어진다. 그때부터 그가 살면서 저지르는 죄악은 그림 속 존재의 얼굴과 형태를 일그러뜨리지만, 정작 자신은 아무런 영향도 받지 않는다. 그가 나날이 새로운 죄를 저지를 때마다 초상화에는 타락의 흔적이 남는다. 학대, 욕정, 배신 등 모든 명명할 수 없는 죄악이 캔버스 표면의 형상을 끔찍하게 부패시키고 망가뜨린다. 그는 자신의 육체가 얼룩 하나 없이, 무결한 청년 시절의 싱그러움과 앳됨을 유지하는 동안 점차 오염되고 썩어 가는 자기 영혼을 바라본다. 최초엔 그 현저한 대비 때문에 충격받고 두려움에 떨지만, 시간이 흐르자 차츰 익숙해지고, 캔버스의 흉악한 변모를 지켜보며 사악한 기쁨마저 느낀다. 끝내 초상화를 외딴 방에 가둬 두고 이따금 그곳에 머물면서 그 무시무시한 기적에 골몰한다. 오직 도리언 그레이만이 그 믿을 수 없는 진실을 안다. 아니, 추측한다. 그는 극명하게 드러나 보이는 자신의 실체와 찬란한 외모 사이의 괴리를 마치 중죄처럼 단단히 숨기고자 안절부절못하는데, 이것은 아주 강렬한 설정이다. 이제 오스카 와일드가 이 이야기를 어떻게 풀어내는지, 독자들 스스로 확인해 보기를 바란다.

『도리언 그레이의 초상』에 대하여[50]

월터 페이터[51]

　　"오스카 와일드의 글에선 언제나 달변가의 면모가 돋보여서"보통의 대화도 그가 써내면 탁월한 생동감으로 그 존재를 정당화할 수 있다. 작가 중에서도 보기 드문 솜씨다. 그는 삶과 삶 속의 즐거운 교류를 대하는 데 있어서 온화하고 긍정적인 태도를 지녔고, 그런 태도를 통해 그의 기이한 이론에 존재

50　[원주]《북맨》, 1891년 11월.

51　월터 페이터(Walter Horatio Pater, 1839~1894)는 19세기 영국에서 가장 중요하고 영향력 있는 문예 비평가로, '예술을 위한 예술'을 주창하며 오스카 와일드를 비롯해 당대 예술가들에게 막대한 영향을 끼쳤다. 특히 영국 산문 문학의 정수로 손꼽히는 『르네상스(The Renaissance)』는 오스카 와일드에게 '황금의 책'이라 상찬받으며 유미주의 사조에 커다란 영감을 주었다. 한편 와일드는 『도리언 그레이의 초상』 속에 페이터의 미학과 사상을 적극 반영함으로써 그에게 존경을 표했지만, 정작 페이터는 부정적인 비평(에피쿠로스주의를 곡해했다며, 사실상 혹평했다.)을 남겼다. (이 책에 수록한) 월터 페이터의 리뷰(『도리언 그레이의 초상』에 대하여)를 읽은 와일드는 적잖이 충격을 받았고, 그 뒤로 둘의 관계는 악화되었다. 그러나 페이터가 (리뷰를 발표한 지 삼 년 후) 1894년에 사망함으로써 두 사람은 끝내 화해하지 못했다.

할 수도 있었을 조야함을 전부 제거해 버렸다. 그리고 자기만의 기론(奇論)으로써, 종종 기론 속에 도사리는 찬란한 진실을 통해서 그의 '국민'에게 충격을 안기며 어느 작가보다도 더 탁월하게 매슈 아널드의 훌륭한 비평 작업을 이어 갔다. 예컨대 『거짓의 쇠락(The Decay of Lying)』은 확고한 신념에 기반을 두면서도 다소 유머러스한 어조로 비평의 값진 진실을 드러내므로 특별하다. 편안한 대화, 자연스러운 현실 재현, 절묘한 묘사는 성공적 소설 쓰기와 본질적으로 연관되는 특성들이고, 와일드의 『의향(Intentions)』(그는 자신의 비평적 노력을 그렇게 명명한다.)과 함께 등장한 소설은 단연코 독창적이며 그의 창작가로서의 면모와 비평가로서 선언한 수많은 계율을 비교해 볼 수 있는 즐거운 기회를 제공한다.

그는 옳든 그르든 당대의 진부한 모든 것들을 부르주아와 중산층의 산물이라고 정의하며 그것들에 대해서 유익한 혐오를 품는데, 이는 이른바 예술의 '사실주의'에 격렬하게 반대하는 태도로 표명된다. 그의 주장에 따르면 사실 삶은, 정말로 깨어 있는 삶은, 유능한 예술가가 제시하는 '삶의 방식으로서의 예술'을 모방할 가능성이 크다. 한편 예술, 영향력 있고 효과적인 예술은 실제 삶에서 단서를 얻는다. 분명 『도리언 그레이의 초상』은 전반적으로 그가 『의향』에서 설파한 유미주의적 철학과 부합한다. 하지만 예술에는 실제 삶과 그런 삶의 추악한 면면이 어느 정도 침투할 수밖에 없다는 철학도 구현되어서 그는 저속한 극장, 교양이라곤 없는 사람들의 얼굴들, 그들의 쾌락과 슬픔까지 언급하지만 물론 영리하게 다루어 냈다. 짐 베인이라는 단비 같은 인물은 뚱한 듯해도 누이의 명예를 지키는 일에 전적으로 매진하면서 다정하고 진실한 면모를 드러내며, 독자의 연민을 자극함으로써 앞서 말한 부류의 인물이 보여 줄 수 있는 최고의 매력을 선보인다. 이를 통해 작가는 스스로의 다재다능한 재능을 넉넉히 입증하고 그의 책이 인기를 끌어야만 하는 이유를 설명해 준다. 그러나 이 책은 영리하긴 해도 중산층을 위한 온순한 인생철학──일종의 조심스러운 에피쿠로스주의 같은 것──을 제시하는 데에 있어서는 얼마간 성공적이지 못하다. 이유는 명백하다. 진정한 에피쿠로스주의란 인간이라는 유기체의 완전하되 조화로운 발달을 목표로 삼기 때문이다. 그러므로 도덕감을 상실하는 것, 이를테면 죄의식과 올바름에 대한 감각을 잃는 것은── 와일드의 인물이 바로 이러한 경우에 처해 있는데, 그의 인물들은 최대한 빠르고 철저하게 이 과제를 수행하려고 한다.──질서를 잃어버리거나 악화하는 것, 완전함을 상실하는 것, 발달의 높은 단계에서 낮은 단계로 추락함을 의미한다. 그러나 한 편의 이야기, 초자연적 요소가 첨가된 이야기로서 이 작품의 예술적 기량은 최고의 경지다. 에피쿠로스주의적 세부 사항은 소설의 뼈대에 알록달록한 장식만을 더해 줄 뿐이다. 독특하고 아름다운 구절, 매력적인 배경 묘사, 줄곧 이어지는 간결하고 날카롭고 경이롭고 지극히 자연스러운 대화, 그 모든 것에서 풍기는 분위기처럼 말이다. 이런 유쾌하고 장식적 요소들은 전부 당대의 교양, 지적·사회적 관심사, 관례에서 가져온 것으로 결국 한 차원 높은 사실주의적 효과를 발휘하면서 능숙하게 고안해 낸 초자연적 요소를 돋보이게 하는데, 이 점은 분명 에드거 앨런 포의 영향을 상기시키지만 포가 도달하지 못한 우아함을 보여 준다. 이런 매력이 앞서 언급한 교훈적 목적을 상쇄하면서 훌륭한 이야기에 충분한 흥미 요소를 가미한다.

　주인공은 호감형이고, 홀워드에게는 다소 폐쇄적으로 예술에 몰두한다는 단점이 있지만 헨리 워튼 경보다 마음이 동한다. 헨리 경의 내면에는, 그리고 그의 주변엔 아주 고상하지만은 않은 세계가 자리해 있고 그의 제법 냉소적인 견해는 종종 작가 자신의 의견처럼 보이기도 하는데, 어쩌면 작가는 헨리 경을 풍자하려고 부러 기인(奇人) 캐릭터를 구상했을지도 모른다. 성향과 정신이 하나같이 냉소적인 헨리 경을 키레네학파나 에피쿠로스학파가 주장하는 삶의 원칙 혹은 경향을 나타내는 인물로 의도했다고 보기는 힘들다. 끔찍한 결말을 맞이하는 도리언 그레이가 그런 인물이 아니듯이 말이다. 예술가 홀워드의 감수성이 주변 세상을 이상화하고 그중에서도 도리언 그레이라는 인물을 굉장하고 신비로운 존재로 바라보는 반면, 헨리 경은 진정한 에피쿠로스주의 신봉자라고 하기에는 자기 파괴적 도리언에 비해서도 일찍이 삶의 감동과 즐거운 추억과 희망을 대부분 폐기해 버린다. 진정한 에피쿠로스주의적 관점에 따르자면 차라리 홀워드가 그러한 것들을 전부 잘 간직한 채 살아간다. 다만 인물들의 특성과 작가는 서로 무관하다고 여겨야 공평하리라. 작가는 어떠한 인물에게도 완벽히 이입하지 않은 듯 보이기 때문이다. 그리고 워튼의 냉소주의, 정확히는 냉소주의가 아닐지라도 그 덕분에 아주 영리한 이야기가 가능해졌다. 그가 아름다운 청년을 망쳐 놓은 결과, 청년의 육체는 늙지 않지만 영혼은 점진적으로 타락하면서 홀워드의 역작인 초상화가 변화하는 마법 같은 일이 벌어지기 때문이다. 다음은 실제로 매력적인 인물들과 그들이 예술에 끼치는 효과를 서술하는 대목인데, 정말이지 정확하고 명료하게 예술의 특성을 밝혀 준다. 와일드가 지닌 더욱 진중한 일면의 예시로서 인용하고자 한다.

"가끔은 이런 생각도 들어. 세계사를 통틀어 중요한 시기는 딱 두 번뿐이었다는 생각. 첫째는 예술에 새로운 장르가 탄생한 시기, 둘째는 예술에 새로운 인물이 도래한 시기지. 르네상스 시기 베네치아 화가들에게 유화의 발견이 중대했듯, 후기 그리스 조각가들에게 안티누스의 얼굴이 유의미했듯, 내게는 도리언 그레이의 얼굴이 중요했다고 평가될 거야. 단순히 내가 도리언의 얼굴을 보고 그렸다, 도리언이 내 모델이었다, 라는 설명으로는 부족해. 물론 실제로 그 말도 전부 사실이야. 하지만 도리언은 모델 이상의 존재야. 내가 그린 도리언의 초상화가 불만스럽다거나 그의 아름다움이 예술로 표현할 수 없는 정도라고는 말하지 않을 거야. 예술이 표현할 수 없는 건 없고, 내가 도리언 그레이를 만난 뒤로 했던 작업은 전부 훌륭해. 내 인생 최고의 작품이지. 하지만 어떤 묘한 방식으로…… 도리언의 매력은 내게 완전히 새로운 방식의 예술이 있음을, 완전히 새로운 유형의 스타일이 있음을 알려 줬어. 나는 사물을 다르게 바라보고, 다르게 생각하게 되었지. 전에는 생각해 내지 못했던 방식으로 삶을 재현할 수 있게 되었어."[52]

도리언이 훌륭한 예술 작품으로서의 삶에서도, 에피쿠로스주의적 실험에서도 꽤 실패작이었음은 분명하지만 (그의 내면에 도사린 타락이 돌연 외부로 현현하기까지, 또 이야기의 막바지에 잠시) 틀림없이 아름다운 창조물이다. 그러나 그의 이야기는

52 [원주] 1891년 판본.

세심하게 고민한 작품이기는 하되 또한 노골적이고 강렬하게 영혼의 부패를 보여 주며, 악덕과 범죄가 인간을 거칠고 흉측하게 만든다는 굉장히 밋밋한 교훈을 전달한다. 어쨌든 일반적인 독자들은 이런 도덕보다도, 매 쪽마다 확인할 수 있는 작가의 세련되고 다재다능하고 굉장히 감탄할 만한 교양보다도 이야기 자체에 관심이 많을 터다. 이야기 속에서 능숙하게 다뤄진 초자연적 요소, 그리고 초자연적 요소만큼이나 멋지게 자연 과학을 적용해 낸 대목들은 분명 현실에선 불가능하지만 소설 속에서는 충분히 있음 직하다. 이 소설은 아주 오래된 주제를 줄기로 삼는다. 인간 존재의 본연적 경험, 아니면 뇌의 작용이 만들어 낸 환상이라고 할 수 있을 이중적 삶, 즉 도플갱어의 삶을 다루고 있기 때문이다. 물론 이 작품에는 두 사람이 아니라 한 사람과 그의 초상화가 등장한다. 앞서 언급했듯이 후자는 변화하고 추해지면서 망가지는데 전자는 긴 타락의 과정을 통과해 왔음에도 외부의 시선에서 보자면 전혀 변한 점 없이, 오롯이 아름답고 흠 없는 젊음을 유지한다. 이른바 '악마의 거래'가 이루어진 것이다. 줄거리를 더 자세히 공개했다가는 독서의 즐거움을 망칠 테니, 여기서 줄이겠다. 다시 한 번 말하건대, 이 글에서는 작가의 예술적 기량과 섬세함, 대화를 통해서 편안하고 자연스럽게 이야기를 전개하는 능력을 강조하고자 한다. 와일드는 이런 탁월한 솜씨로, 자신이 아주 영리하고 무자비하게 묘사해 낸 전통적이고 말끔히 다듬어진 계몽된 세계 속에 초자연적 의식을 도입한다. 작품의 특별한 매력은 당연하게도 이 지점에, 이런 극명한 대비에 깃들어 있다. 와일드의 소설은 에드거 앨런 포의 소설과 결이 비슷하다고 해도 무방하다. 또 프랑스 작가들이 쓴 비슷한 종류의 탁월한 작품들과도 비교할 수 있는데, 어느 정도 의식하고 모방한 면도 있는 듯싶다.

『도리언 그레이의 초상』(1891) 서문

예술가는 아름다운 것을 창조하는 자다.

예술을 보여 주고 예술가는 숨기는 것이 예술의 목적이다.

비평가는 아름다운 것을 보고 받은 인상을 새로운 방식이나 새로운 재료로 표현해 내는 자다.

가장 훌륭한 비평은 가장 저급한 비평과 마찬가지로 자서전의 형식을 취한다.

아름다운 것에서 추한 의미를 찾는 자들은 타락했으면서 매력적이지도 않은 사람들이다. 이는 잘못이다.

아름다운 것에서 아름다운 의미를 찾는 자들은 교양 있는 사람들이다. 그들에게는 희망이 있다.

그들은 선택받은 자들로 그들에게 아름다운 것은 오직 아름다움만을 뜻한다.

도덕적인 책이나 비도덕적인 책 같은 것은 없다. 잘 쓰인 책과 못 쓰인 책이 있을 뿐이다. 그게 전부다.

19세기의 사실주의 혐오는 칼리반이 거울 속에 비친 자기 얼굴을 목격하고 분노하는 것과 같다.

19세기의 낭만주의 혐오는 거울을 들여다본 칼리반이 그 안에서 자기 얼굴을 발견하지 못해 분노하는 것과 같다.

인간의 도덕적인 삶은 예술가가 다루는 주제 중 일부를 구성하지만 예술의 도덕성은 불완전한 장르의 특성을 완벽하게 구사하는 것에 달려 있다.

예술가는 무언가를 증명하려고 하지 않는다. 심지어 진실한 것조차 증명하지 않는다.

예술가는 윤리에 동조하지 않는다. 예술가가 윤리에 동조한다면 그것은 스타일에서 매너리즘에 빠진 것이며, 용서할 수 없다.

예술가는 결코 변태적이지 않다. 예술가는 무엇이든 표현할 수 있다.

예술가에게 생각과 언어는 예술의 도구다.

예술가에게 미덕과 악덕은 예술의 재료다.

형식의 관점에서 모범적인 예술은 음악가의 예술이다. 감정의 관점에서 모범적인 예술은 배우의 기교다.

모든 예술에는 외관이 있고 그 밑에 상징이 있다.

외관 밑으로 파고드는 자는 위험을 무릅쓰고 파고드는 것이다.

상징을 읽어 내는 자는 위험을 무릅쓰고 읽어 내는 것이다.

예술이 비추어 보여 주는 것은 그것을 바라보는 관객이지 현실이 아니다.

예술 작품에 대한 의견이 다양하다면 그것은 그 작품이 새롭고 복잡하고 생명력이 풍부하다는 뜻이다.

예술가가 비평가의 동의를 얻지 못한다면 그것은 예술가가 스스로에게 충실하기 때문이다.

누군가가 쓸모 있는 것을 만들었을 때는 그가 그것에 예술로서 감탄하지 않는 한 용납할 수 있다. 누군가가 쓸모없는 것을 만들었을 때는 그가 그것에 진심으로 감탄한다는 점만이 유일한 변명이 될 수 있다.

모든 예술은 정말이지 쓸모없다.

오스카 와일드

어쩌면 다른 시대에

오스카 와일드의 유일한 장편 소설 『도리언 그레이의 초상』은 이미 여러 차례 출간되어 19세기 후반 영국 문학계의 아이콘이라 할 수 있는 저자만큼이나 독자들에게는 친숙한 작품이다. 그런데 이 책은 조금 특별하다. 와일드가 1890년 봄에 완성해서 잡지 《월간 리핀콧》에 보냈던 최초의 원고를 번역했기 때문이다. 《월간 리핀콧》의 편집자 J. M. 스토더트는 원고를 받은 뒤 (저자의 동의 없이) 동료들과 수정 작업을 거쳐서 같은 해 7월호에 실었다. 훗날 와일드는 그 변형된 텍스트를 다시 고치고 분량을 늘린 뒤 서문을 추가해서 책으로 출간해 냈고, 지금까지 국내에 소개된 『도리언 그레이의 초상』은 (내가 알기로) 전부 이 마지막 판본을 번역한 것이다.

한 작품의 역사와 다양한 판본을 살펴볼 때, 보통 여러 차례 수정을 거듭한 최종 판본을 작가의 문학적 이상에 가장 가까운 '결정판'이라 여기곤 한다. 하지만 『도리언 그레이의 초상』은 딱히 그렇지 않았다. 출판사 편집부와 저자가 감행한 두 차례의 대대적인 수정은 초기 구상을 더 치밀하게 구현해 내는 데 목적을 두었다기보다 소설에서 "가혹하고 부적절한 청교도주의"라고 부른 빅토리아 시대의 엄격한 성 윤리를 의식한 결과였고, '중대 외설죄(gross indecency)'라는 죄목으로 교도소에 가는 일을 피하려는 현실적 의도가 숨어 있었다.

1885년에 발효된 '개정 형법'에 등장한 '중대 외설죄'는 주로 남성의 동성애 행위를 처벌하기 위한 것이었다. 그러니까 당시 동성애는 단순히 비도덕적 행위라고 지탄받는 것을 넘어서 불법이었다. 순결과 정조에 집착하고, 성 정체성이나 성적 지향이라는 개념은 희박하며, 동성애를 상류층 남성의 비행으로만 인식하던 빅토리아 시대의 정신을 그대로 반영한 바였다. 오스카 와일드는 앨프리드 더글러스 등 여러 남성과 교제했고, 남성 주인공 세 사람의 감정과 관계를 서사의 주요 동력으로 삼는 소설을 쓴 만큼 삶에서도, 예술에서도 시대와 극심하게 불화할 수밖에 없었다. 따라서 작품 속에 그 흔적이 남은 것도 무리는 아니었다.

"안심하셔도 됩니다, 이 소설은 응당 갖춰야 할 올바름을 갖추기 전까지 잡지에 실리지 않을 테니까요. 다만 지금 상태로는 순수한 여성이라면 고개를 돌릴 만한 내용이 꽤 있습니다. 하지만 제가 이 문제를 바로잡아서 아주 까다로운 독자도 받아들일 수 있는 작품으로 만들겠습니다."[53]

이것은 《월간 리핀콧》의 편집자 J. M. 스토더트가 잡지사

53   J. M. Stoddart, letter to Craige Lippincott, April 10, 1890, J. B. Lippincott Co.
      Records 1858~1958, Pennsilvania Historical Society.

의 사장 크레이그 리핀콧에게 보낸 편지에서 발췌한 대목이다. 여기서 언급된 소설은 물론 『도리언 그레이의 초상』이다. 그렇다면 '순수한 여성이라면 고개를 돌릴 만한 내용'이란 대체 뭘까?

《월간 리핀콧》편집부는 오스카 와일드의 영국식 철자법이나 구두법을 교정했음은 물론, 고매한 독자들의 눈살을 찌푸리게 할 단어도 500개 정도 삭제했다. 이를테면 헨리 경이 도리언에게 선물한, 그래서 그의 삶에 지극한 영향을 끼친 '책'의 표기만 봐도 초고에서는 '카튈 사라쟁(Catuille Sarrazin)'의 '라울의 비밀(Le Secret de Raoul)'이라고 저자 이름과 제목이 명확히 언급되지만, 이후 원고에선 나오지 않는다. 프랑스어로 적힌 고유 명사(저자 이름과 책의 제목)가 기존의 도덕과 관습에 반대하는 탐미적 데카당스, 즉 소설에서도 등장하는 석간신문 《세인트 제임스 가제트》에 의하면 "쓰레기와도 같은 프랑스 데카당"[54] 문학을 상기하기 때문이었다.(실제로 오스카 와일드는 '그 책'을 데카당 문학의 정전으로 인정받는 조리스카를 위스망스의 『거꾸로(À rebours)』를 염두에 두고 언급했노라 밝힌 바 있다.)

또 잡지사 편집부는 부도덕한 남녀 관계가 언급된 대목도 대거 수정하고 삭제했다. 예컨대 도리언이 헨리 경에게 처음으로 시빌 베인의 이야기를 꺼내는 장면이다. 초고에서 헨리 경은 "그러면 시빌 베인은 네 정부가 되기로 한 거야?(Is Sybil Vane your mistress?)"라고 묻지만 수정 원고에서는 "너와 시빌 베인의 진짜 관계는 무엇이지?(What are your actual

---

54   A STUDY IN PUPPYDOM, *St. James Gazette*, June 24, 1890.

relations with Sibyl Vane?)"라고 질문한다. '상류층의 악덕'에 관한 바질과의 대화에서는 "하지만 하층민 남자 중에서 자기 아내만 바라보고 사는 자는 열 명 중 하나도 안 될걸.(And yet I don't suppose that ten per cent of the loser orders live with their own wives.)"이라는 문장이 "하지만 노동 계급 중에서 올바르게 사는 자는 열 명 중 하나도 안 될걸.(And yet I don't suppose that ten percent of the proletariat live correctly.)"이라는 한마디로 두루뭉술하게 바뀌었다. 게다가 헨리 경이 전 부인 빅토리아가 한때 "도리언을 열렬히 사랑했다.(desperately in love with you.)"라고 말한 부분은 달리 대체하는 문장조차 없이 통째로 삭제되었다. 겨우 몇 단어이니 중요하지 않다고 치부할 수도 있겠지만 도리언에게 반한 아내와 그런 아내를 흥미롭게 바라보는 헨리 경의 시선은 두 남자의 미묘한 관계를 풍부하게 암시할 뿐 아니라 그들이 얼마나 복잡한지 사이인지 넌지시 보여 준다.

그러나 헨리 경의 도발적인 발언들보다 더 무자비하게 잘려 나간 부분은 바질의 진솔한 고백이었다. 헨리 경이 왜 초상화를 세상에 공개하려 하지 않느냐고 바질에게 질문했을 때 초고에서 그는 답한다. "그림에 평범하지 않은 사랑을 전부 쏟아부었거든.(I have put into it all the extraordinary romance.)" 하지만 출간된 책에서 독자가 읽은 문장은 다음과 같았다. "그림에 이상한 예술적 숭배를 표현해서 넣었거든.(I have put into some expression of all this curious artistic idolatry.)" 그리고 도리언이 헨리 경과 같은 질문을 건넸을 때 초고에서 바질은 이렇게 설명한다. "틀림없는 사실이야, 난 도리언에게 친구에게 어울리는 것 이상의 사랑을 느꼈고, 도리언을 숭배했어. 이유는 모르겠지만 난 여자를 사랑한 적이 없지.(It is true that I have worshipped you with far more romance of feeling than a man should ever give to a friend. Somehow, I had never loved a woman.)" 그리고 "긋는 선마다 사랑이 깃들었고, 붓이 닿을 때마다 열정이 묻어났어.(There was love in every line, and in every touch there was passion.)" 물론 소설이 세상에 공개되었을 때 이런 문장들은 전부 사라지고 없었으며, 바질의 직접적인 사랑의 대상은 예술로 바뀌어 있었다.

그러니까 세 주인공의 오묘한 관계와 직간접적으로 닿아 있는 문장들은 부도덕을 이유로 수정, 삭제되었고, 그 결과 원고는 꽤 뭉툭해진 모습으로 세상에 공개되었다. 그러나 편집부의 온갖 노력에도 불구하고 언론은 열광적으로 악평을 쏟아냈다. 《스코츠 옵저버》는 "오스카 와일드가 쓰지 않았으면 좋았을 글을 또 썼다."라면서 와일드에게 "깨끗하고 건강하고 정상적인 삶"을 살 생각이 없는 것 같다고 비난했다. 게다가 "무법자 귀족과 변태적인 전보 배달부 소년[55]들을 위한 글밖에 쓸 수 없다면 재단사가 되는 편이 낫겠다."라면서 사적인 공격까지 감행했다.[56] 그리고 소설 속에 등장했던 《세인트 제임스 가제트》에서는 "재무부나 사회 감시단에서 오스카 와일드 씨나 출판사를 기소해야 한다고 생각할지도 모르겠다."라면서 "너무나 멍청하고 저속한" 작품이라 평했고, 바질이 도리언에게 "낭만적인 우정"을 품고 있다고 굳이 따옴표를 붙임으로써

---

55 당시 낮에는 전보 배달부로 일하고 밤에는 성매매를 하는 소년들의 이야기가
    널리 알려지면서 영국 사회는 커다란 충격을 받았다.

56 *Scots Observer*, July 5, 1890.

"저속"하다는 말이 정확히 무슨 의미인지 알렸다.[50] 이렇게 독자들의 항의가 빗발친 탓에 실제로 당시 영국에서 가장 큰 서점이었던 'WH 스미스'는 소설이 실린《월간 리핀콧》7월호를 매대에서 내려야만 했다.

사실『도리언 그레이의 초상』은 결정적인 부분이 잘려 나간 뒤에도 여전히 동성애적 함의가 많은 소설이었다. 주인공의 이름부터 남성 동성애가 자유로웠던 그리스 '도리스 지방의 사람'이라는 뜻이고, 8장에서 언급되는 미켈란젤로, 몽테뉴, 빙켈만, 셰익스피어는 뛰어난 예술가이자 학자이기도 하지만 전부 동성애와 연관된 인물들이다. 또 도리언이 겨울을 보냈다는 알제는 당시 영국의 상류층 게이들이 즐겨 찾던 휴양지이기도 했다. 바질의 고백을 포함해서 그 무렵의 도덕관과 어긋나는 부분을 대거 잘라 낸 원고였음에도 웬만한 독자라면 세 남성 주인공 사이의 긴장감을 의아해할 수밖에 없었고, 따라서 평론가와 독자 모두가 작품은 물론 작가에게까지 비난을 퍼부었던 것이다.

그래서 와일드는 잡지에 게재한 소설을 책으로 출간하기로 계약한 뒤, 한 차례 더 수정을 감행하고 새로이 서문을 덧붙였다.(이 책에서 1891년 판본의 서문을 1890년 판본 다음에 수록한 까닭도 이러한 사연 때문이다.) 예술가와 예술가의 작품을 구분해 달라고, 예술가가 창조한 아름다움에서 아름다움을 포착해 달라고, 작품에서 무언가가 비쳐 보인다면 그것은 예술가가 아닌 독자의 몫임을 깨달아 달라고 호소하는 서문은, 작품과 작가 자신에게 쏟아진 부당한 모욕을 겨냥한 정면 돌파구

57 A STUDY IN PUPPYDOM, *St. James Gazette*, June 24, 1890.

였다.

하지만 소설이 부도덕하다는 이유로 기소를 운운하는 상황에서 원고를 이상(理想)에 충실하게 수정하기는 힘들었으리라. 1891년의 단행본은 소설의 논쟁적 측면을 둔화하기 위함인지 오히려 빅토리아 시대 일반 독자의 도덕관에 훨씬 친화적인 모양새였다. 추가된 부분은 주로 도리언의 죄악을 다루었는데, 니콜라스 프랭클 교수에 의하면 사실 돈을 펑펑 쓰고 아편에 빠지는 모습은 귀족 생활을 주제로 한 '은 포크(Silver Fork)' 소설 장르에서 상류층의 타락상으로 흔히 제시하던 장면이었다. 그리고 추가된 인물인 제임스 베인(짐 베인)은 도리언과 계급, 계층적으로 명확한 대비를 이루면서 독자들이 도리언의 사악함과 무책임함에 더욱더 경악하도록 도왔다. 그래서 책에 서술된 도리언의 다채로운 언행을 들여다보노라면 그의 아름다움이 독이었고, 그는 부도덕하게 살았으므로 벌을 받았다는 식의 교훈을 얻어야 할 것만 같은 유혹에 사로잡힌다. 하지만 서문에서 와일드는 예술과 도덕을 명확히 구분했으니, 그것은 분명 위험한 결론이다. 도리언은 사회의 도덕을 어기기도 했지만 예술과 삶을 구분하지 못하고 문학 속 인물처럼 살고자 했으며, 끝내 초상화에서, 즉 예술에서 "위험을 무릅쓰고" 도덕적 상징을 찾아내고야 만다. 요컨대 예술과 도덕의 영역이 서로 다름을 명확하게 구분하지 못함으로써 와일드의 유미주의적 계명을 어긴 것은 누구보다 도리언 그레이였고, 바로 그 탓에 파국을 맞는다.

이렇듯 작품에 일종의 위장(僞裝)을 입히려 했던 와일드의 노력에도 불구하고 상황은 잘 풀리지 않았다. 책이 출간되고 약 사 년 뒤, 1895년 5월에 그는 '중대 외설죄'로 강제 노동

형을 선고받고 교도소에 갇히게 되었다. 연인 앨프리드 더글러스의 아버지, 퀸스베리 후작이 틀린 철자법으로 "허세쟁이 호모(posing sodomite)"라는 메모를 남기자 오스카 와일드는 그를 명예 훼손으로 고소했는데, 바로 이 재판 과정에서 자신에게 불리한 증거들이 대거 공개되었다.(이때 퀸스베리 후작의 변호사는 와일드가 실제로 "호모"임을 증명하기 위해서 『도리언 그레이의 초상』의 원고를 인용했다. 특히 잡지에 게재한 1890년의 판본을 주로 활용했고, 단행본으로 출간된 책을 가리켜 "정화한 판본(purged edition)"[58]이라고 불렸다.)

와일드는 열악한 교도소에서 심신이 완전히 망가져 버렸고 석방된 뒤에도 회복하지 못했다. 영국, 유럽, 북미에서 명성이 자자했던 그의 책들은 차차 서점에서 사라졌고, 그가 집필한 연극의 상연도 중단되었다. 그는 한순간에 지인들로부터 절연당하고, 식당에서조차 문전박대당하는 처지가 되었다. 그리고 앨프리드 더글러스와 재회했지만, 그 역시 재정적으로 압박해 오는 가족의 협박을 이기지 못하고 떠나 버렸다. 아내는 일주일에 몇 파운드씩 생활비를 보내 주었으나 끝내 두 아들을 만나게 해 주지 않았다. 결국 와일드는 "글을 쓸 수는 있지만 글 쓰는 재미를 잃어버린(I can write, but have lost the joy of writing)"[59] 상태로 파리의 싸구려 호텔 방에서 은둔하다가 뇌막염으로 사망했다.

"바질 홀워드는 내가 바라보는 나의 모습이고, 헨리 경은

58   Merlin Holland, *The Real Trial of Oscar Wilde*(Perennial, 2004), p.86.

59   Richard Ellmann, *Oscar Wilde*(Alfred A. Knoph, 1988), p.527.

세상이 바라보는 나의 모습이며, 도리언은 내가 되고 싶은 존재입니다. ……어쩌면 다른 시대에."[60]

『도리언 그레이의 초상』에서 오스카 와일드의 흔적을 찾으려고 할 때 줄곧 소환되는 이 문장의 끝부분에는 원래 "어쩌면 다른 시대에"라는 작은 단서가 붙어 있었다. 도리언의 이름이 무슨 의미인지 숙고해 보면 와일드가 언급한 '다른 시대'란 남성 사이의 사랑이 자유로웠던 고대 그리스일지도 모른다. 하지만 그가 혹시라도 마음 한구석에서 미래를 상상했다고 가정한다면 과연 오늘날을 오스카 와일드가 도리언 그레이로 살아갈 수 있는 시대라고 할 수 있을까? 그러니까 이제 그와 그의 소설이 부도덕하다거나 변태적이라고 비난받지 않을 수 있을까? 그가 숨김없이 당당하게 성 정체성을 밝히고, 창작하고, 사랑받고, 시대의 아이콘으로 자리매김할 수 있을까? 오늘날 그의 사랑이 법적으로 인정받고 보호받을 수 있나? 또 그의 사랑과 성 정체성은 처벌의 대상에서 완전히 해방되었나? 아니면 그의 사랑은 여전히 "감히 명명할 수 없는 사랑"[61]일까? 지금 우리 시대의 현주소를 되묻지 않을 수 없다.

『도리언 그레이의 초상』, 그리고 오스카 와일드의 삶을 웬만큼 알고 있노라 생각했던 나는 이 소설의 1890년 판본(최초의 판본)을 번역하고 텍스트의 역사를 공부하면서 숙연해졌다. 사실은 아무것도 모르고 있었구나, 하는 생각을 수시로 떠올렸다. 그리고 많은 질문을 던지면서 끝내는 어김없이 "어쩌면 다른 시대에"라는 문장을 곱씹게 되었다. 세상은 머리가 핑 돌

---

60   Oscar Wilde, *Complete Letters*(Fourth Estate, 2000), p.585.

61   Lord Alfred Douglas, "Two Loves."

도록 빠르게 변화하면서도 지긋지긋하게 고집스럽다. 이 소설은 그간 발표된 수많은 논문과 연구서와 번역서가 증명하듯 다양한 관점에서 읽어 낼 수 있는, 와일드 스스로의 표현을 빌리자면 "완벽한"[62] 작품이다. 그러나 『도리언 그레이의 초상 1890』과 함께할 때는 이 텍스트의 질곡을, 그리고 "어쩌면 다른 시대에"라는 세 마디를 꼭 기억해 주시기를 바란다.

2022년 봄
임슬애

---

62   Oscar Wilde, *Complete Letters*(Fourth Estate, 2000), p.436.

옮긴이
임슬애

고려대학교에서 불어불문학을, 이화여자대학교 통역번역대학원에서 한영 번역을 공부하고, 현재 번역가로 활동하고 있다. 레이첼 커스크의 『영광』, 엘리너 데이비스의 『오늘도 아무 생각 없이 페달을 밟습니다』, 니나 라쿠르의 『우리가 있던 자리에』 등을 우리말로 옮겼다.

도리언 그레이의
초상 1890

1판 1쇄 펴냄 2022년 4월 29일
1판 5쇄 펴냄 2024년 8월 2일

지은이 오스카 와일드
옮긴이 임슬애
발행인 박근섭, 박상준
펴낸곳 (주)민음사

출판등록 1966. 5. 19. 제16-490호
서울시 강남구 도산대로 1길 62(신사동)
강남출판문화센터 5층 06027
대표전화 02-515-2000 팩시밀리 02-515-2007
www.minumsa.com

© 임슬애, 2022. Printed in Seoul, Korea

ISBN 978 89 374 2985 9 04800
ISBN 978 89 374 2900 2 (세트)